KB020182

그러나 누군가는
더 검은 밤을 원한다

우다영 소설집

그러나 누군가는 더 검은 밤을 원한다

초판 1쇄 발행 2023년 12월 12일
초판 2쇄 발행 2024년 2월 15일

지은이 우다영
펴낸이 이광호
주간 이근혜
편집 방원경 김필균 이주이 허단 윤소진 유하은
마케팅 이가은 최지애 허황 남미리 맹정현
제작 강병석
펴낸곳 ㈜**문학과지성사**
등록번호 제1993-000098호
주소 04034 서울 마포구 잔다리로7길 18(서교동 377-20)
전화 02) 338-7224
팩스 02) 323-4180(편집) / 02) 338-7221(영업)
대표메일 moonji@moonji.com
저작권 문의 copyright@moonji.com
홈페이지 www.moonji.com

ⓒ 우다영, 2023. Printed in Seoul, Korea
ISBN 978-89-320-4203-9 03810

이 책은 서울특별시, 서울문화재단 '2022년 창작집 발간 지원사업'의
지원을 받아 발간되었습니다.

그러나 누군가는
더 검은 밤을 원한다

sed quandam
volo nocte Nigriorem

우다영 소설집

문학과지성사

차례

우리 사이에 칼이 있었네

나의 오메가는 나와 같은 여성이었고, 나와 같은 왼손잡이였다. 그런 특징을 제외하면 우리는 놀랍도록 닮은 구석이 없어서 그 애와 내가 오래전에 하나였고 곧 다시 하나가 된다는 사실이 터무니없는 농담처럼 느껴졌다.

그 애는 성인식 전날 오메가 구역을 무단이탈한 뒤 용케도 사흘간이나 도주하다가 치안대에게 붙잡혀 왔다. 수갑을 찬 두 손목을 아래로 늘어뜨린 채로 집을 구경하러 온 사람처럼 태연하게 거실과 부엌을 돌아다녔다. 현관 입구 쪽에서는 치안대원들이 더 진입하지 못하도록 앞을 가로막은 할머니의 조용하지만 화난 목소리가 들려왔다. 아마도 오메가의 뺨과 팔에 불그스름하게 올라오기 시작한 멍을 보고 과잉 진압이 있던 것은 아닌지 따지는 모양이었다.

나는 처음 만난 오메가와 단둘이 남겨진 상황에 어찌할 바를 몰랐다. 내가 천천히 뒤를 따르는데도 그 애는 내가 보이지 않는 것처럼 한 번도 눈길을 주지 않았다. 대신 거실 벽에 띄엄띄엄 걸린 작은 그림 액자들과 선반에 진열된 장식용 접시, 물결치는 가장자리에 금박을 입힌 유리 찻잔 등을 재미있다는 듯이 한참 들여다보았다. 그러다 할머니와 내가 늘 아침과 이른 저녁을 함께 먹는 원형 식탁 옆에 이르러서는 돌연 걸음을 멈추고 나를 주의 깊게 관찰하기 시작했다.

덩달아 나 역시 오메가의 얼굴을 제대로 보았다. 처음 본 순간부터 입술을 꾹 다물고 있어서 마치 화를 참는 사람 같았다. 하지만 이상하게도 눈매의 움직임에 따라 웃음을 참는 것처럼 보이기도 했다. 그나마 그 애의 기분을 엿볼 수 있는 것이 그 커다란 갈색 눈이었다. 가만히 있는 순간에도 아치형 눈썹 주변의 근육을 잘 사용했는데 생기발랄한 호기심과 세상을 시시하게 여기는 무료함이 시시각각 번갈아 드러났다. 눈앞의 대상을 흥미롭거나 지루한 무언가로 즉각 양분하는 것이 보였고, 그런 태도를 숨기려 하지도 않았다.

오메가는 잠시 훑어본 것만으로도 자신의 알파인 나를 시시하다고 판단했다. 누구라도 그런 기미쯤은 느낄 수 있었다.

옷 위로 드러난 다부진 등과 어깨의 윤곽은 나와 다른 그 애의 에너지를 짐작하게 했다. 키는 10센티미터쯤 더 컸다. 오메가의 시선을 피하지 않기 위해 나는 턱을 치켜들어야 했다. 하지만 긴장한 것을 들킬까 봐 맞잡은 두 손 때문에 마치 그 애와 똑같이 수갑을 차고 체포된 모양새가 되었다.

우리는 둘 다 자신의 트윈을 처음 보는 것이었다. 원래대로 열여덟 살 생일에 처음 만났다면 예식에 맞는 몇 가지 절차를 수행한 뒤 지체 없이 성인식을 치렀어야 했고 우리가 이렇게 대화를 나눌 일은 영영 없었을 것이다. 하지만 생일은 이미 사흘 전에 지나가버렸다. 나는 그동안 초조하게 마음을 졸였다. 무엇으로도 영원히 메워지지 않는 커다랗고 컴컴한 구멍을 안고 살아가게 될까 봐 겁을 먹었다. 그래서 나의 오메가가 포획된 사냥감처럼 집 안으로 걸어 들어오던 순간부터 내 머릿속은 온통 이 잘못된 상태를 바로잡아야 한다는 집념으로 가득 차 있었다.

하지만 그 애는 무슨 생각을 하는지 알 수 없는 표정으로 내게 물었다.

"악수라도 할래?"

얼떨결에 손을 내민 나는 거울에 비춘 것처럼 동시에 오메가가 뻗은 왼손을 마주 잡은 뒤 깜짝 놀랐다. 왼손잡이라니.

겨우 이런 걸 닮다니.

그날 저녁, 할머니는 식탁에 간이 화로를 올려두고 천일염으로만 간을 한 담백한 만두전골을 끓였다. 평소 손님이 오면 할머니가 자신 있게 내놓는 메뉴였고, 다진 고기와 부추가 듬뿍 들어간 손만두는 내가 특히 좋아하는 음식이었다. 하지만 알고 보니 오메가는 고기를 먹지 않았다.

"이런, 몰랐구나."

할머니는 정말로 안타까워했다.

"괜찮아요, 이렇게 먹을 게 많은데요."

표정이 거의 없어 보였던 오메가는 의외로 잘 웃었고 심지어 넉살 좋게 굴었다. 오메가 구역에 있는 고모 집에서 자란 그 애는 아주 어릴 때 나와 트윈으로 분리된 이후 할머니를 처음 보는 것일 텐데도 전혀 어색해하지 않았다. 할머니는 기쁜 기색을 감추지 못했다. 귀여운 구석 없이 책에만 빠져 있는 예민한 손녀와 단둘이 살다가 이제 살가운 손녀가 한 명 더 생긴 것이다.

하지만 나는 그 애가 눈에 뻔히 보이는 아양을 떨고 있다고 생각했다. 그 애가 원하는 어떤 목적이 있고 교활하게도 속내를 숨기고 있다고. 나는 이 불편하고 묘하게 소름이 끼치는 낯선 손님을 침략자나 다름없이 바라보며 식사 내내 주시했다.

내가 그러거나 말거나 오메가는 전골냄비 속에서 잘 익은 버섯과 숙주와 단호박을 건져 맛있게 먹었다. 특별할 것 없는 밑반찬들도 골고루 따듯한 밥 위에 얹은 뒤 크게 한 숟갈씩 떠먹어 할머니를 감탄하게 했다. 나는 절대로 밥공기 위에 반찬 양념이나 기름을 묻히지 않았다. 그런 행동을 보는 것만으로도 눈살을 찌푸렸다.

저녁을 먹으며 할머니는 자신이 치안대원들을 쫓아버렸으며 그들이 아무것도 강요하지 못할 거라고 장담했다.

"너희가 원하는 순간에 성인식을 하면 돼. 이건 너희 문제잖니? 암, 그렇고말고."

"하지만 저는 지금 당장이라도 성인식을 치르고 싶어요."

나는 할머니에게 말하면서도 오메가를 똑바로 바라봤다.

"누구나 때가 되면 통과하는 관문을 늦추거나 빠뜨리고 싶지 않아요. 그런 불완전한 낙오자가 되지 않을 거예요."

수갑을 찬 범법자의 모습으로 집에 들어서던 오메가의 모습이 잊히지 않았다. 그 모습이 나의 일부가 된다니. 아니, 사실 진짜 두려운 일은 이것이었다. 그 모습이 다름 아닌 나의 미래라면?

"물론, 언젠간 성인식을 치를 거야."

오메가가 접시 안에 덜어둔 채소를 젓가락으로 뒤적이며 차분하게 말했다.

"단지 지금은 그러고 싶지 않아. 너랑 조금 더 친해지고 싶기도 하고."

그런 웃기지도 않는 거짓말을 하며 생긋 웃는 오메가 때문에 나는 속이 부글부글 끓었다. 트윈이 성인식 전에 만나거나 대화를 나누는 것은 금지되어 있었다. 그 규정은 엄연히 법으로 정해져 있었고, 미성년법이기 때문에 어긴다고 해도 훈방 조치를 받는 것이 고작이었지만, 그럼에도 관례처럼 여겨졌다. 트윈들은 집안 어른들의 보호하에 알파 구역과 오메가 구역에서 분리되어 성장했다. 그런 당연한 사실을 다 알면서도 오메가는 천연덕스럽게 떼를 쓰고 있는 것이었다.

"그래, 너희는 자매가 없잖니. 잠시 언니와 동생이 생겨보는 것도 좋지. 서로에게 친구가 되어주는 것도 멋진 일일 테고."

할머니는 이 모든 일이 그저 성장통을 겪는 손주들의 일시적인 일탈이라고 여기는 것이 분명했다.

"맞아요. 할머니가 들려주시는 이야기도 듣고 싶어요. 알파랑 하나가 되어 그저 할머니를 '아는' 상태가 되기 전에요."

"그럼, 그래야지. 얼마든지 들려줘야지. 생각보다 우리에겐 언제나 적당한 시간이 있단다. 모르고 낭비하지만 않는다면 말이지."

마음이 다급한 사람은 나뿐이었다. 식탁 맞은편에 앉은 오메가는 식사를 하며 이따금씩 나와 눈이 마주쳤다. 그럴 때마다 그 애는 움직이던 턱을 멈추지 않고 느릿느릿하게 입안에 든 음식물을 계속 씹었고 끝까지 시선을 피하지 않았다. 나를 마치 다음 접시에 놓인 디저트 파이처럼 무심하게 바라봤다.

"손을 잡고 자면 된다니 정말 웃기지."

내가 평생 쓰던 2층 방에 들어서며 오메가가 말했다. 오메가와 성인식을 치른 후 어른이 된 내가 쓰게 될 거라 생각하고 얼마 전에 할머니가 침구와 커튼을 새로 바꿔둔 방이었다.

"남자랑 손을 잡고 자면 임신한다는 말보다 더 비현실적이잖아. 그 구닥다리 거짓말을 여덟 살 때 사촌언니한테 처음 들었는데, 난 물론 믿지 않았지. 넌 어때?"

"뭐가?"

"너는 언제 알았냐고."

나는 대답하지 않았다. 설사 자신의 트윈이라 해도 오늘 처음 만난 사람에게 낯 뜨거운 이야기를 서슴없이 꺼내는 이가 내 일부라는 사실에 거의 분노를 느꼈다. 오메가는 이제 살짝 빙글거리는 웃음을 입가에 달고 침대에 걸터앉아 편안하게 양팔을 뒤로 뻗었다. 그 애는 내 커다란 티셔츠와 반바지를 입고 하얗고 긴 종아리를 드러낸 채, 새것이나 다름없는 연녹색 광목 이불을 자기 것인 듯 움켜잡으며 내 표정이 어떻게 변하는지 지켜보고 있었다. 내가 아무 반응도 하지 않자 곧 시선을 돌려 창문에 면한 책상과 방 안 여기저기 쌓아둔 책들을 질린 눈으로 훑어봤다.

"할머니가 곱게 키운 공주님에…… 책벌레에……"

그 애는 별안간 벌떡 일어나 내가 기대선 벽을 향해 성큼성큼 걸어왔다. 큰 키의 오메가는 가까이 다가오는 것만으로도 위협적이었다. 나는 내 앞에 멈춰 선 그 애가 고개를 저으며 일부러 작게 속삭이는 소리를 들었다.

"게다가 아직 아무것도 못 해보고 얌전이나 떠는 숙맥이란 말이지?"

순간적으로 반걸음쯤 물러나고 싶은 충동을 참으며 내가 말했다.

"난 적어도 너처럼 철없이 굴지는 않아. 누군가에게 피해를 주지도 않고."

"내가 누구에게 피해를 줬을까?"

오메가는 허리에 손을 얹고 정말 모르겠다는 듯이 나를 바라봤다.

"그래봤자 성인식을 제때 못 해서 신경쇠약에 걸린 너뿐이잖아. 이게 뭐 인생이 무너지는 엄청난 오점이라도 된다는 듯이 말이야."

"모두가 그렇게 평범하게 어른이 돼. 왜 비뚤게 나가는 거야? 이러는 이유가 대체 뭐냐고."

오메가의 얼굴에서 웃음기가 사라졌다. 이제 또다시 호기심과 흥미가 완전히 사라진 냉담한 눈동자가 나를 쳐다보고 있었다. 할머니가 여분의 이불을 가져다주자 오메가는 그것을 받기 위해 내 곁을 가볍게 스쳐 지나갔다. 그 애가 시선을 거두고 나서야 나는 그 표정의 의미를 알 수 있었다. 나의 오메가는 나를 한심하게 여기고 있었다.

침대와 책상 사이 바닥에 이불을 펴고 나서 오메가가 물었다.

"나를 너한테 흡수될 영양분 혹은 독소쯤으로 생각하는 건가?"

"뭐라고?"

오메가는 내가 아무것도 대답하지 않았는데도 벌써 부인

하는 사람처럼 천천히 고개를 내저었다.

"내 반쪽이 만난 지 다섯 시간 만에 따분해지는 고리타분한 타입인 것은 어쩔 수 없어도 멍청하지는 말아야지."

"뭐라고?"

그 순간만큼은 정말이지 내가 멍청하게 반응하고 있다고 생각했다. 오메가는 어깨를 으쓱이며 자신도 황당하다는 듯이 물었다.

"넌 생각이라곤 하지 않는 거야?"

인정할 수도 이해할 수도 없는 비난에 분하게도 말문이 막히고 말았다. 지금 저 애가 대체 무슨 말을 하고 있는 거지? 의혹과 당혹이 뒤섞인 혼란 속에서 나는 어느 순간 서서히 다가오는 섬뜩한 진실을 깨달았다. 하루빨리 성인식을 치르고 완전한 어른이 되어야 한다는 막연한 조바심 속에서 내가 놓치고 있던 한 가지. 저 끝도 없이 속을 알 수 없는 낯선 존재와 하나가 된다는 것이 무슨 의미인지, 그것이 얼마나 대책 없고 두려운 일인지를 나는 마침내 이해하기 시작했다.

모든 것이 참담했지만 무엇보다 참을 수 없는 것은 단연 오메가의 말이었다. 그 애는 할머니와 이웃들 앞에서는 순한 양처럼 굴다가도 나를 무너뜨리고 싶은 순간이 찾아오면 단숨에 돌변했다. 비열하고 무자비한 전사가 되어 지목한 적을 확실하게 사살하는 언사를 퍼부었다. 상대를 가장 수치스럽게 만드는 조준점을 소름 끼치게 짚어냈다.

"그래서, 너 친구는 있는 거야? 일주일 동안 어떻게 아무랑도 통화하지 않아?"

그 애는 매일 밤 전화를 붙들고 자신과 꼭 같은 부류인 친구들과 큰 소리로 저속한 이야기를 떠들었다.

"미쳤어. 넌 정말 미친놈이야."

가끔 목소리를 조금 낮추고 이런저런 에두르는 표현을 쓰면 내 얘기를 하는 것이었다.

"뭐랄까, 아주 말랑말랑하면서도 딱딱하달까."

물론 내게도 그 말소리가 모두 들렸다. 그 애가 오메가 구역에 있는 고모 집에서 자랐다는 것을 할머니에게 전해 들어 알고 있었고, 단 한 번도 그 집에 가보지 않았지만 어떤 환경인지 짐작이 갔다. 새벽에도 잽싸게 들어올 수 있는 현관 쪽 방과 낮은 창문으로 시도 때도 없이 드나드는 시시껄렁한 친구들. 훔친 맥주와 시끄러운 음악, 침에 젖은 담배꽁초, 쓰레기 더미, 신을 모욕하고 맹목적인 분노를 표출하는 못생긴 문신. 나는 저 애의 몸 어딘가에 분명 문신이 있을 거라고 확신했다. 우리가 하나가 되면 그 끔찍한 흔적은 어찌 된단 말인가. 성인식 후 성체에는 알파와 오메가의 신체적 특징이 무작위하게 선별되어 남는다. 심지어 여성과 남성으로 나뉜 트윈이 성인식을 치렀을 때 어떤 성별을 가지게 될지도 알 수 없었다.

성인이 되고도 알파와 오메가에게서 온전하게 모두 이전되는 것은 기억뿐이었다. 두 트윈이 경험한 기억과 생각, 습득한 지식 들은 지워지거나 왜곡되지 않고 하나의 자아로 조화롭게 합쳐졌다. 신비로운 일이지만 이상한 일은 아니었다. 모두가 그렇게 어른이 되니까. 성인식은 오히려 누구에게나 명백하고 공평하게 예정된 사건이었다.

적어도 나는 그렇게 믿고 있었다. 오메가의 말을 어느 정도 인정하자면, 나는 성인식을 전에 없던 새로운 취향이나 능력이 조금 생기는, 십대를 마무리한 사람만이 치를 자격을 얻는 수여식쯤으로 여기고 있었다. 하지만 이제 나에게 남은 건 한 치 앞도 알 수 없는 혼돈뿐이었다. 한집에서도 공존할 수 없는 존재와 여생 동안 한 사람이 된다고? 입은 옷을 아무렇게나 뒤집어 의자에 던져두고, 세면대에 매번 치약을 흘리고도 자기가 남긴 흔적에 무관심하고, 매일 점심으로 민트 초코라테를 그것도 뜨겁게 마시며, 아침엔 게으르고 밤에는 조증으로 날뛰는, 심지어 새벽녘에 잠들 때면 소리가 밖으로 새어 나오는 허술한 헤드셋으로 범죄 수사물 영상 오디오를 듣는 괴상한 사람과 조화를 이룬다고?

"제가 미쳐버리지는 않을까요? 그런 경우는 한 번도 없었어요?"

한 쌍의 뜨개바늘로 작은 손가방을 뜨고 있는 할머니 곁에 앉아 내가 진지하게 물었다.

"그런 경우는 들어본 적이 없어. 성인식 후에 현실적인 문제에 직면해서 어려움을 겪는 경우는 많지만 그 과정 자체는 아주 안전하단다."

얇은 안경알 너머로 나를 슬쩍 보는 할머니의 갈색 눈동자에 장난기가 어렸다. 순간 처음으로 오메가의 눈이 할머니를 닮았다는 사실을 깨닫고 나는 살짝 당황했다.

"알파와 오메가는 성인식을 치르면 자연스럽게 한데 뒤섞인단다. 마치 처음부터 하나가 되도록 안배되어 꼭 맞게 성장한 짝처럼 말이야. 모날 게 하나도 없지."

나는 끔찍해서 눈을 질끈 감아버렸다. 그러자 할머니는 뜨개바늘을 무릎 위에 내려놓고 손을 뻗어 내 뺨을 엄지로 가볍게 문질렀다. 그건 할머니가 어린 나를 칭찬할 때 하던 행동이었다. 식사를 마치고 접시와 수저를 개수대에 옮겨두었을 때, 할머니가 아끼는 허브 화단에 물을 주었을 때, 넘어졌지만 울지 않고 다시 일어나 할머니에게 다가갔을 때 나를 칭찬해주던 손길이었다. 내게는 그런 기억들이 있었다. 하지만 과연 오메가와 하나가 된 뒤에도 이 기억을 지금과 똑같은 마음으로 떠올릴 수 있을까?

"이젠 정말 오메가랑 하나가 되어야 하는 건지 잘 모르겠어요. 할머니, 저는 걔가 정말로 싫어요. 걔가 하는 생각을 이해할 수 없고, 걔가 가진 위험한 기질들이 제 일부가 된다는 걸 도저히 믿을 수 없다고요. 게다가 걔는…… 절 아주 무시해요. 아무래도 어리다고 생각하는 것 같아요."

"충분히 생각해보렴."

할머니는 다시 주름진 손을 움직여 정교한 구조의 뜨개질을 시작했다. 굵고 짙은 청색 실은 각각 다른 방향에서 시작된 씨실과 날실로 엮이며 이제 한쪽 손잡이의 형태를 거의 갖추고 있었다. 할머니는 그 가방을 다 뜨면 '나'에게 주겠노라고 약속했다. 그리고 다시 한번 다정하게 조언해주었다.

"그 애에 대해 생각하는 건 곧 네 자신에 대해 생각하는 것과 같잖니. 얼마나 고민하든 아깝지 않지."

그날 저녁 내가 1층에서 샤워를 마치고 계단을 올라갔을 때, 살짝 열려 있는 방문을 밀고 오메가가 어두운 복도로 나왔다. 그러고는 한 손가락을 입술 위에 대고 말했다.

"소리 지르면 안 돼."

방에는 네 명의 아이들이 들어차 있었다. 남자 두 명과 여자 두 명이었는데 침대에 한 명, 바닥에 두 명, 그리고 놀랍게도 책상 위에 한 명이 걸터앉아 있었다. 나는 아무도 신발을 벗지 않은 것을 천천히 확인했다. 모두 오메가 구역에서 나의 오메가를 보기 위해 위험을 무릅쓰고 몰래 빠져나온 친구들이었다. 그 애들은 내게 손을 들어 인사하거나 자기들끼리 눈을 마주치고 키득거렸다. 모두 성인식을 치르지 않은 오메가였다.

"너희는 알파 구역에 오면 안 돼. 정말 규정을 뭐라고 생각하는 거야?"

화가 머리끝까지 난 상태에서도 나도 모르게 목소리를 낮췄다. 아래층에 있는 할머니는 이미 잠자리에 들었을 시간이었다. 내 위협에도 오메가의 친구들은 편히 널브러진 채 시시덕거렸다. "들키지 않으면 되지." "같이 놀러 가자, 알파 친구." 그 애들의 입에서 옅은 맥주 냄새가 났다. 나는 내 방에 이렇게 많은 사람이 들어와 있는 광경을 처음 보았다. 특히 내 책상에 엉덩이를 대고 앉아 다리를 흔들며 서랍을 차는 사람은 상상도 해본 적 없었다. 나는 결국 참지 못하고 다가가 손가락으로 가슴을 찌를 듯이 가리키며 경고했다.

"내려와. 너, 내려오라고."

"아, 그래. 미안."

머리를 회색으로 물들인 남자애는 이를 가는 내게 항복한다는 듯이 두 손을 들어 보이며 순순히 바닥으로 내려왔다. 그리고 곧 오메가와 눈을 마주치며 여유롭게 웃었다. '아주 말랑말랑하면서도 딱딱할까.' 그 둘이 같은 생각을 떠올리고 있다고 상상하니 얼굴이 뜨겁게 달아올랐다. 이 애들은 오늘 밤이 잊지 못할 재미있는 추억이 될 거라고 기대하고 있는 듯했다. 나는 태평하게 팔짱을 끼고 구경 중인 오메가를 돌아보며 분명하게 선언했다.

"여긴 내 집이고, 내 방이야."

"맞아. 하지만 언젠가 내가 가지게 될 것들이기도 하지. 네가 원하는 대로 우리가 성인식을 치른다면 말이야."

나는 가빠진 호흡을 들키지 않으려 애쓰며 말했다.

"아니, 너랑 내가 섞인 우리의 것이 되는 거지. 내가 포함된 정신이라면 절대로 이런 말도 안 되는 짓을 벌이게 두지 않을 거야. 너라는 존재가 내게 포함된다 해도 어림없을 거라고."

오메가의 친구들이 소리 없는 손뼉을 치며 내게 환호를 보냈다. 하지만 내가 느끼기엔 조롱이나 다름없었다.

"그러니까 모두 내보내."

"그럴 순 없지. 세 시간이나 운전해서 온 애들이야."

오메가도 물러서지 않고 나를 노려봤다. 하지만 잠시 후 그 애는 이 모든 게 장난이었다는 듯이 불쑥 웃음을 터뜨렸다.

"하지만 나갈게. 어차피 우린 나갈 생각이었어."

"넌 아무 데도 못 가."

나는 그 애의 앞을 가로막았다.

"아니, 난 갈 수 있어."

오메가는 내 한쪽 어깨 위에 아무런 힘도 주지 않은 손을 얹고 말했다.

"넌 아직 내가 아니니까 내가 하는 생각도, 내 마음도 움직일 수 없어."

오메가가 눈짓하자 그 애의 친구들이 하나둘 창문턱을 밟고 밖으로 나가기 시작했다. 이 방에 들어올 때도 창문을 통한 게 분명했다. 그 애들은 무서워하지도 않으며 발코니의 녹슨 난간을 잡고 아래로 내려가 잠시 그대로 매달렸다가 흙이 깔린 마당으로 훌쩍 뛰어내렸다.

모두가 방에서 나가자, 오메가는 청바지 주머니에서 내 알파 구역 통행증을 꺼내 가볍게 흔들었다.

"그리고 이것 좀 빌릴게."

"내 방을 뒤졌어? 내 통행증을 도용하려고?"

나는 몸을 떨고 있었다. 하지만 머리는 차갑게 식었다. 이제 모든 것이 명확해졌다. 저 애는 절대로 내 편이 아니었다. 저 애는 나와 내 미래를 망치러 온 나의 적이었다.

"내가 지정 구역을 벗어난 혐의로 두 번이나 수갑을 차고 이 집에 들어와야겠어? 정말 우리 인생에 그런 과거 기록과 기억을 남기고 싶은 거야?"

이번에 오메가는 별다른 악의 없이 사실을 말하며 나를 설득하려 하고 있었다. 하지만 그것이 도리어 내가 가장 두려워하는 협박이 되어 가슴을 찔렀다.

"넌 정말 구제불능이야. 너 같은 애는 이미 모두가 포기했겠지."

나는 더 이상 나에게 인내심이 남아 있지 않다는 것을 깨달았다. 친구들을 만나 기분이 들떠 있던 오메가가 웃고 있던 입을 천천히 다물었다. 나는 계속했다.

"사랑을 주려고 다가온 사람들한테 상처만 줬을 거야. 단지 네가 그러고 싶어서. 하고 싶은 대로 하고 싶어서 말이야. 너라는 애는 마음이 끌리는데 그럼 어떡하느냐고 핑계를 대겠지. 그렇지? 지금껏 그래왔겠지? 하지만 똑똑히 알아둬.

때로는 자기 안의 욕망과 충동을 뒤로하고 고심 끝에 최선의 선택을 하는 사람들이 있어. 모두가 너처럼 마구 살진 않는단 말이야."

오메가는 내가 말을 마치고도 한동안 조용히 있었다. 내 거친 숨소리가 방 안을 가득 채우는 와중에도 오메가는 마치 호흡을 멈춘 사람처럼 소리 없이 나를 바라봤다. 잠시 후 그 애는 나를 외면한 채 창문 쪽으로 터벅터벅 걸어갔다.

"네가 대체 나에 대해 뭘 안다고 그렇게 떠드는지 모르겠지만 나도 한 가지는 알겠다."

금방이라도 어둠 속으로 뛰어들듯 창문턱에 한쪽 발을 올려둔 오메가가 마침내 나를 돌아봤다.

"나를 비난하고 나에게 상처 주면 그건 곧 너에게 돌아가는 거야. 어차피 네가 영원히 간직하고 살아가야 하는 고통이 될 거라고. 이걸 아직도 이해 못 하다니……"

오메가는 또다시 내가 한심하다는 듯 고개를 흔들다가 별안간 책상에 딸린 서랍에 힐끗 시선을 주었다. 아까 그 애의 친구가 발뒤꿈치로 아무 생각 없이 툭툭 걷어차던 맨 끝 서랍이었다. 나는 순간 심장이 철렁 내려앉는 것 같았다. 그럴 리 없다고 생각하면서도 벌써 불안한 예감에 휩싸였다. 오메가가 환한 얼굴로 고개를 들고 나를 보았을 때, 이번에야말로 할머니를 닮은 그 애의 예쁜 갈색 눈동자에 악의가 비치고 있었다.

"네가 쓴 소설 읽어봤어. 저기 깊숙한 곳에 숨겨둔 거 맞지? 그게 너의 비밀인 거지?"

창백하게 질려버린 내 얼굴을 확인하고 오메가는 웃음을 터뜨렸다.

"그러니까 나 같은 사람한테는 영원히 보여주고 싶지 않은 너의 중요한 부분인 거잖아. 어차피 우리가 하나가 되면 내가 보지 않아도, 네가 털어놓지 않아도 낱낱이 알게 될 아무 의미 없는 비밀 말이야."

모두가 떠나고 혼자 남겨진 후에 불을 끄고 침대에 누웠지만 곧 다시 일어났다. 그리고 따뜻한 물에 세제를 풀어 수세미를 적시고 하얀 창틀 곳곳에 겹쳐 찍힌 여러 사람의 발자국을 싹싹 문질러 지우기 시작했다. 그 애들은 단지 저곳에서 이곳으로, 또 이곳에서 저곳으로 가기 위해 이 창틀을 밟았을 뿐이지만 결국 이렇게 분명한 자국을 남겼다. 즉시 세심한 신경을 기울이지 않으면 이리저리 번져 지저분해지고, 완전히 깨끗하게 지우기도 까다로운 검은 자국을.

그것이 오래전에 내 마음을 아프게 했던 상처들을 떠오르게 해서 그대로 둘 수 없었다. 내게 상처를 준 이들은 지금도 상처의 존재를 까맣게 모를 테고, 바로 그 무심함 때문에 스스로가 저 짓밟힌 창틀처럼 느껴졌던 비참한 기억이었다. 나에게는 그런 상처가 있고 그것이 언젠가 나와 하나가 될 오메가의 마음도 할퀴리라는 생각에 이르자 기분이 조금 나아졌다.

맨 끝 서랍을 열어보니 내가 익히 아는 낡은 초콜릿 상자가 보였고 뚜껑을 열자 헝클어진 무선 노트 몇 권이 들어 있었다. 내가 노트의 순서를 뒤죽박죽 넣어둔 적은 단 한 번도 없으니 나 이외에는 누구도 모르는 이 노트들을 정말 오메가 본 것이었다. 정작 나는 거의 지난 반년간 이 상자를 열어보지 않고 있었다. 이유가 뭐였더라? 소설의 진행이 지지부진하게 막히기도 했고, 더 이상 내가 읽는 재미도 쓰는 재미도 느끼지 못한다는 사실을 깨닫기도 했지만, 사실 진짜 이유는 이 글들이 전혀 진실하지 않다고 여겼기 때문이었다. 애초에 진실한 이야기를 소설로 쓰고자 했던 적은 추호도 없었지만, 이 모든 게 진실과는 다르다고 생각하니 손을 놓아버리게 되었다.

아마도 그때 내 마음속에 어떤 일이 일어난 것 같은데 고요한 첫 파문을 일으킨 작은 조약돌이 대체 무엇이었는지 여전히 알지 못했다. 감정은 시시각각 변했고 그 춤추는 오색 너울이 순간적인 균형을 이룰 때 기분은 잠시 나타났다가 사라질 뿐이었다. 그러므로 우연한 기분들이 만들어낸 그때의 마음을 파악하려는 시도란 언제나 불확실한 일이었다. 내가 나의 오메가를 잘 모르는 것만큼이나 나 자신에 대해서도 무지하다는 사실을 깨닫고 나는 깜짝 놀랐다.

오메가는 해가 뜨기 시작한 새벽에 돌아와 나를 흔들어 깨웠다. 오메가는 내게 끊임없이 무언가를 묻고 있었다. 나는 잠이 덜 깬 상태여서 그 애와 얼굴을 가까이 마주 대고 있는데도 말을 알아듣기 위해 입술을 주의 깊게 보아야 했다.

"늪지대 말이야. 거기서 정말 악어한테 손을 잡아먹힌 친구가 있어?"

오메가가 숨을 내뱉을 때마다 뜨겁고 어지러운 술냄새가 진동했다. 나는 고개를 반대쪽으로 돌리며 짜증 어린 목소리로 물었다.

"지금 소설 애기하는 거야?"

"네가 정말 그 애 시계를 늪으로 던졌어? 그래서 그 애가 속이 보이지 않는 탁한 물속에 팔을 집어넣고 오래도록, 오래도록 휘저은 거야? 악어가 나타날 때까지?"

가만 들어보니 오메가의 혀는 살짝 꼬여 있었다. 나는 자꾸 졸음이 쏟아지는 눈꺼풀을 아예 감아버리며 손바닥으로 이마를 감쌌다.

"그건 소설이잖아. 당연히 진짜 얘기가 아니지."

"진짜가 아니야?"

"그럼 진짜겠어?"

오메가가 아무 말도 하지 않아서 나는 슬쩍 눈을 떴다. 어둠 속에서 흐릿하게 보이는 오메가의 얼굴에는 도통 이해할 수 없다는 의구심이 떠올라 있었다. 오메가가 다시 물었다.

"그럼 세상 어딘가에 자신으로부터 분리된 손이 있다고 믿고, 잃어버린 손의 움직임을 상상하며, 결국 손이 암시하는 대로 조종당하는 사람은 뭘 빗댄 이야기야?"

"아무것도 빗대지 않았어."

"아무것도?"

"그래, 그건 그냥 이야기일 뿐이야."

그렇게 말하며 나는 그 말이 정말 있는 그대로의 사실이라는 것을 깨달았다. 나는 그 소설을 쓰며 내 경험이나 특정 사건을 떠올리지 않았다. 그저 소설을 쓸 때의 기분과 마음이 아직도 내 안에 어렴풋이 남아 있을 뿐이었다.

나는 평소보다 조금 빠르게 뛰고 있는 맥박을 발견했다. 어느 정도 긴장감을 느끼고 있었고 어쩌면 기대감일지도 몰랐다. 나 이외에 그 이야기를 알고 있는 사람이 또 있다는 사실만으로도 마음이 미지근하고 부드러운 물살 속의 이끼처럼 흔들렸다. 그때의 마음을 정확히 공유하지 않고도, 불충분한 잔해들로 암시된 수수께끼를 함께 알고 있는 것만으로도 이런 일이 가능하다는 사실을 처음으로 실감하고 있었다. 그리고 여전히 이것이 비현실적이라고 느꼈다.

"그럼 그 친구를 바라보며 죄책감을 느끼는 것도 네가 아니라는 거네?"

나는 대충 고개를 끄덕이려다가 그대로 멈췄다. 내가 대답하지 않는 동안 오메가는 혼자만의 생각에 잠겼고, 나는 그제야 목과 가슴과 배 위에 소설 노트들이 흩뿌려져 있는 것을 알아챘다. 내가 잠들기 전에 상자에서 꺼내 쓰레기통에 쑤셔 넣은 것들이었고, 그걸 도로 꺼내 내 품에 다시 안겨준 건 나의 오메가가 분명했다. 그 사실을 깨닫자 등과 팔에 오소소 소름이 돋았다. 오메가가 이러는 진짜 목적을 그제야 제대로 간파한 것이다. 내가 저 괴물 같은 오메가의 마음을 짐작할 수 있다는 사실만으로도 나는 충격을 받았다. 짐작이 틀리지 않는다면, 지금 그 애는 나에게 미안해하고 있었다.

그러자 내 안에서 끝없이 자리한 기나긴 돌담 한 구석이 무너졌다. 그것이 살짝 무너지고서야 나는 그 돌담의 존재를 눈치챘다. 무너진 틈으로 미약한 물줄기가 넘어오고 작은 그림 조각 같은 건너편 풍경이 보였다. 확실히 볼 수 없어도 오메가가 있는 곳이라는 것을 알 수 있었다. 내 안의 돌담이 무너진 건 그 애가 내게 미안한 마음을 품고 있기 때문이 아니었다. 그 애가 실수를 저지르고 후회를 하는, 나와 다를 바 없는 사람이기 때문이었다. 그 애가 그동안 얼마나 많은 경솔한 선택들을 했을지, 또 얼마나 후회하고 그러면서도 어리석은 실수를 반복했을지 내가 그것을 상상해버렸기 때문이었다. 순간 그 애를 연민해버렸기 때문이었다.

이제 오메가는 제 이부자리로 파고들어 등을 새우처럼 둥글게 말고 있었다. 나는 어슴푸레 아침 햇살이 스며드는 방 안에서 잔뜩 웅크린 그 애의 등을 바라봤다. 세상에서 곧 사라질 듯 작아지고 있는 그 애를 바라보며, 그 정적이면서도 맹렬한 움직임을 눈에 담으며 어느 순간 잠에 빠져들었다.

나와 오메가의 생일은 여름의 초입이었고, 시간이 흘러 한여름이 된 시점에 나는 그 애와 함께 사는 생활에 일정 부분 적응했다. 일요일 아침이면 우리는 같이 버스를 타고 세 정거장 거리에 있는 빅마트에 장을 보러 갔다. 할머니가 들기 무거운 채소와 과일, 오렌지주스와 두유와 큰 시리얼 한 팩을 샀고, 일을 다 끝내면 빅마트 지하에 있는 푸드 코너에서 젤라또를 사 먹었다. 나는 헤이즐넛초코를 먹었고 오메가는 민트초코를 먹었다. 우리는 이제 서로의 입맛에 대해 완전히 신경을 껐다. 성인식을 치르기 전까진 누구의 취향이 살아남을지 하느님도 모를 일이었다.

마트를 오가며 내가 다니는 학교 애들을 많이 마주쳤다. 썩 친한 사이는 없었기 때문에 카트를 멈추지 않고 계속 반대 방향으로 멀어지며 손을 흔드는 정도가 대부분이었다. 가끔 어떤 애들은 내 곁에 선 오메가를 알아보며 "소문 들었어! 너 괜찮니?" 하고 소란을 떨며 물어왔다. "그럼, 물론 다 괜찮지." 나는 즉시 대답하면서도 무엇이 괜찮고 또 무엇이 괜찮지 않은지 명확히 떠올릴 수 없었다. 만약에 여름방학이 끝나고 가을이 올 때까지 성인식을 치르지 못한다면, 그래서 오메가와 내가 함께 등교를 해야 하는 사태가 벌어진다면 어떤 일이 생길지 가늠도 되지 않았다.

오메가에 대해 새롭게 알게 된 사실들이 있었다. 그 애는 내 생각보다 똑똑하고 아는 것도 많았다. 공부를 썩 잘하는 건 아니었지만 세상이 돌아가는 모양새와 이치에 관심이 있었다. 또 자기가 만물박사처럼 꿰고 있는 개념과 문제 들을 아주 간단하게 설명하는 재주가 있었다.

어느 날 우리가 장을 본 음식들을 품에 안고 버스에 앉았을 때, 오메가는 단일 작물 재배의 기괴함에 대해 들려주었다. 한 가지 식물 종을 밀집된 땅에서 기르는 것은 가축 농장처럼 인류가 만들어낸 인위적인 상태이며, 이 과정에서 잡초와 해충으로 간주되는 수많은 동식물이 마땅한 이유도 없이 살처분당한다고 성토했다.

"하지만 해충이 식량을 훼손하니까 어쩔 수 없는 일이잖아."

내가 말하자 오메가는 단호히 고개를 저었다.

"원시 농업시대에 곤충은 농부들에게 별로 고민거리가 아니었어. 곤충으로 인한 문제가 심각해진 건 종의 분포를 단순화하는 대규모 농업 때부터지. 이때 특정 곤충의 개체 수가 폭발적으로 증가할 수 있는 환경이 조성된 거야. 우리가 그 종을 문젯거리로 만들어놓고 또 죽이려고 애쓰고 있는 거지."

또한 오메가는 이처럼 한 가지 작물이 오랜 기간 머문 땅은 황폐해지기 마련이고 결국 휴경을 해야 하거나 영영 씨앗을 싹 틔울 수 없는 모래밭이 되어버린다고 지적했다. 또한 큰 태풍이 덮치면 여러 종의 나무와 잡초와 뿌리식물이 골고루 얽혀 있는 자연 생태계의 땅과 다르게 단일 작물 경작지는 힘없이 쓸려 나가버린다고도 말했다.

"주변과 스스로를 모두 지킬 수 없는 상태가 되는 거야. 그러니까, 언제나 단순화가 문제인 거지."

나는 나의 오메가가 세상의 총체적인 인과와 순환에 골몰하고 건강한 미래를 염원하는 진지한 표정을 묘한 기분으로 바라봤다. 그 애가 이따금 보여주는 공격성과 이기심을 생각하면 이런 모습은 어울리지 않았다. 그 애는 스스로의 모순을 눈치채지 못했을까? 게다가 그 애의 알파인 나는 그런 멀고 아득한 일들에 신경을 써본 적이 없었다. 나에게 의미 있었던 것은 언제나 과연 나는 누구인지 그리고 나는 어떤 존재가 되어가고 있는지 아는 일이었다. 하지만 오메가를 만난 뒤 세계와 나는 따로 떼어 생각할 수 없는 불가분의 관계가 되었다.

다른 변화도 있었다. 사실 이것은 여전히 어떻게 된 조화인지 알 수 없는 일이었다. 나는 아직 성인식을 치르지 않은 오메가의 친구들, 매주 주말이면 어른들 차를 끌고 알파 구역으로 넘어오는 그 겁 없는 오메가들과 어울리기 시작했다. 처음에는 언젠가 나의 일부가 될 오메가를 보호할 요량으로 눈을 딱 감고 따라나섰지만 이내 자연스럽게 그 애들이 주는 술과 크래커를 받아먹었다. 그 애들은 얼핏 보기에 반항적이고 행실이 불량해 보였고 실제로도 약간 그런 면이 있었지만, 스스로 자신들을 혁명가라고 여겼다.

"우리는 선택을 하려는 거야. 주어진 사태를 그대로 받아들이는 무지성을 타파하고 일이 어떻게 돌아가는지 분명하게 인지하는 주체가 되는 거지."

나는 그 애들의 포부를 반은 존중하며, 반은 한심하게 여겼다. 내 눈에 비친 오메가와 그의 친구들은 허울 좋은 핑계를 내세워 어른이 되는 것을 회피하고 있는 철없는 애들이었다.

그럼에도 내가 매주 인적 없는 테니스 코트 주차장에서 그 무리 속에 끼어 있는 까닭은 수호 때문이었다. 수호는 그 애들이 처음 내 방에 들이닥친 날 내 책상 위에 떡하니 앉아 있던 회색 머리 남자애였다. 오메가는 나보다 먼저 내 시선을 알아챘다.

"정말 쟤가 마음에 들어?"

우리가 함께 방으로 돌아왔을 때 오메가가 내게 물었고, 나는 즉시 아니라고 대답했다. 하지만 오메가의 말은 그날 밤부터 다음 날 아침, 심지어 다시 주말이 돌아오기까지 한 주 내내 귓가에 맴돌았고 나는 결국 수호를 좋아하는 것 같다고 털어놓았다.

"그럼 이번 주에 만나기 전에 전화를 걸어. 그리고 아무 말이나 해."

나는 오메가의 제안을 생각해볼 것도 없다는 듯 단칼에 거절해놓고, 그날 밤 몰래 수호에게 전화를 걸었다. 나중에 우리가 하나가 되어 오메가가 이날의 진실을 알게 된다면 나를 얼마나 비웃을지 궁금해하면서.

"오, 안녕."

내가 이름을 밝히자 수호는 놀라며 내 이름을 한 번 불렀다. 나와 오메가는 같은 이름을 가졌기 때문에 그 애가 오메가가 아닌 나를 이름으로 부른 것은 그때가 처음이었다. 나는 누군가에게 호감을 표하는 것이 처음이어서 잔뜩 긴장했다. 다행히 내 의도를 읽은 그 애가 분위기를 자연스럽게 만들어주었다.

어김없이 주말에 그 애들이 왔고 수호는 나를 보자 내 오른편으로 다가와 앉았다. 뒤로 뻗어 땅을 짚은 왼팔이 내 등 뒤로 가까이 붙었다.

그날 혁명단은 사랑과 혐오 때문에 성인식을 거부한 트윈들 이야기를 했다.

"절절하게 사랑했던 어느 알파 구역의 연인은 서로에 대한 마음이 변할까 봐 성인식을 피해 도망쳤어. 결국 한 명이 치안대에게 붙잡혀 오메가와 하나가 되고 말았지만 말이야. 아직 그대로 트윈으로 남은 한쪽이 사람들의 눈을 피해 성인이 된 그를 찾아갔을 때, 그는 정말 다른 사람이 되어버린 것 같왔대. 아무런 사랑도 남아 있지 않았대."

"그래서 어떻게 됐는데?"

"뭐 이제 남은 건 구질구질하고 잔인한 이야기지. 옛 연인이 끈질기게 자꾸 찾아와 매달리니까 어느 날은 그 사람이 한숨을 내쉬며 이제 정신 좀 차리라고 충고했대."

"소름 끼친다."

"유명한 두 오메가 친구 이야기도 있어. 둘은 우리처럼 자기 구역을 벗어나 자신들의 알파를 보러 갔어. 어떤 인간이 내 반쪽인지 궁금했던 거지. 그런데 한 친구는 자기 알파와 만나자마자 서로 첫눈에 반해버렸고, 다른 한 친구는 자기 알파와 서로를 혐오하게 된 거야. 둘 다, 아니 네 명 다 절대로 성인식을 치를 수 없는 이유가 생긴 거지."

"서로를 사랑하게 된 트윈은 왜?"

"서로에게 하나뿐인 특별한 존재가 성인식을 하면 사라져버릴 테니까. 서로의 안으로 섞여 들어 하나가 된다면 이제 결코 그 사람은 자신이 사랑할 수 있는 타인이 아니게 되니까 말이야."

그때 수호가 내게만 들리도록 속삭였다.

"조금 이따 차로 가자."

나는 고개를 끄덕였다.

"그래서 그 오메가 친구들은 어떻게 됐는데?"

"별수 있나, 모두 붙잡혀 성인식을 치렀지. 막상 하나가 되니 아무 문제도 없었대. 이상한 일은 절친했던 두 친구가 갈라서버린 거야. 서로를 보면 사랑 때문에, 또 혐오 때문에 괴로워했던 기억이 떠올랐던 거지."

수호가 내 손을 잡고 일어났다.

"물을 더 가져올게."

"다녀와."

오메가가 잽싸게 머리 위로 손을 흔들어 우리를 보내주었다. 나는 주변이 어두워서 다행이라고 생각했다. 빛이 있는 곳으로 나가면 내 얼굴은 온통 빨갛게 익어 아주 볼만할 게 분명했다.

그날 밤 오메가는 내 침대 위까지 올라와 닦달을 해댔다.

"그래서, 네가 그 자식을 어떻게 했다고?"

"난 아무것도 하지 않았어."

내가 항변했지만 소용없었다. 오메가는 어느 때보다 신이 나 있었다.

"웃기지 마. 아무것도 안 했는데 어떻게 키스를 해?"

"어쩌다 보니 그렇게 된 거야."

"어서 하나도 빼놓지 말고 나한테 말해. 어차피 다 알게 될 일, 빠뜨리지 말고 말하란 말이야."

나는 이전에 어떤 친구와도 이런 대화를 나눠본 적이 없었다. 실은 누구와도 이토록 친밀한 관계를 이루지 못했다. 그것이 내가 가진 심각한 문제라는 생각 때문에 때때로 괴로웠다.

"이런 말을 내가 아니면 어느 누구한테 털어놓겠어?"

오메가의 말이 맞았다. 나는 동의의 의미로 고개를 한 번 끄덕였고, 수호가 내 팔을 잡아끌던 손길과 한 손으로 얼굴을 잡았을 때 손목에서 나던 의외로 깨끗한 비누 냄새, 머리카락을 정돈해주던 조심스러운 태도, 그리고 조금 메말라 있어 정말 그 일이 일어난 건지 헷갈렸던 입가의 감촉을 이야기했다. 오메가에게 말하며 수호와 그런 시간을 나눌 때보다 스스로가 더 용감하다고 느꼈다. 내 이야기를 웃고 또 웃으며 듣던 오메가는 한술 더 떠 이렇게 말했다.

"너 말이야, 오늘 진짜 예쁜 거 알아?"

나는 그런 칭찬을 처음 들었다. 내게 그 말을 처음 해준 사람이 나의 오메가라는 사실을 나는 조금 놀라며 기억해두었다.

그 끔찍한 전화가 왔을 때, 나는 욕실의 타일과 타일 사이를 다 닳아빠진 칫솔로 문지르고 있었다. 오메가는 강을 가로지르는 다리 위로 조깅을 나가고 없었다. 여전히 치약과 샴푸 거품을 욕실 곳곳에 흘려두고 신경 쓰지 않는 오메가에게 진절머리를 내면서도, 자포자기의 심정이 된 나는 이제 제법 익숙하게 그 흔적들을 닦아냈다. 청소를 마치고 방으로 돌아왔을 땐 무릎까지 걷어 올린 바지 끝이 검게 젖어 있었고, 이마와 목에서는 땀이 줄줄 흘러내렸다. 여름은 곧 한풀 꺾일 것이다. 매년 이맘때가 지나면 마법처럼 가을 하늘이 온 세상에 드리우고 사방에서 시원하고 청량한 바람이 불었다.

"안녕."

나는 수호의 전화를 놓치지 않고 받은 것이 기뻐 목소리를 한껏 높였다. 조깅을 마치고 계단을 올라오던 오메가에게도 충분히 들릴 만큼 컸던 목소리 때문에 그 애는 통화 내용을 짐작할 수 있었다.

"저기……"

이미 끊어버린 전화를 들고 있던 내가 돌아서자, 오메가와 나는 땀범벅이 된 서로를 마주 보게 되었다. 처음 이 집에 수갑을 찬 오메가가 들어오던 순간처럼 우리는 낯선 눈으로 서로를 바라봤다.

오메가가 이 상황이 마음에 들지 않는다는 듯이 인상을 찌푸리고 먼저 내 쪽으로 한 걸음 다가왔다.

"걔가 다 말한 거야?"

"넌 이게 재밌어?"

오메가가 제자리에 멈춰 서자 나는 계속 말했다.

"아주 우스워서 죽을 지경이었겠네?"

"오해하지 마. 나는 걔한테 아무 마음 없어."

"걔가 널 좋아하잖아. 너도 그걸 알고 있었고. 그러면서 나를 부추기고 내가 좋아서 어쩔 줄 모르는 멍청한 모습을 깔깔거리면서 구경했어."

"작년 일이야. 아직도 걔가 그런 마음일 줄 몰랐다고."

오메가는 자신도 분하다는 듯이 발을 굴렀다.

"너랑 사귀면 우리가 성인식을 했을 때 반쪽이기도 한 내 마음을 얻을 수 있을지도 몰라서 그랬다니, 진짜 미친놈이 따로 없어."

수호는 나한테 그렇게까지 자세히 말해주지 않았다. 그저 미안하다고 말하며, 생각해보니 너에게 못할 짓이라는 것을 뒤늦게 깨달았다고 괜찮다면 자신을 용서해줬으면 좋겠다고 말했다. 나는 대답하지 않고 전화를 끊었다.

"겨우 이런 일로 기분 상하지 말고 잊어."

오메가는 거의 나를 위로하는 투로 말하고 있었다.

"겨우 이런 일?"

"그래, 예민하게 굴지 말자고."

"내가 지금 예민하게 굴고 있다는 거야?"

그건 나를 가장 빠르게 무너뜨리는 말이었다. 나는 늘 예민하지 않은 사람이 되기 위해 노력하고 있었다.

"잘 생각해보면 솔직히 이렇게 길길이 날뛸 일도 아니잖아."

오메가는 짜증 어린 표정으로 땀에 젖은 머리카락을 쓸어 올렸다.

"우리가 하나가 되면 그 애의 호감도 네 것이 되는 건데."

"내가 그걸 바랄 거 같아?"

"아니야?"

이제 오메가는 예의 공격 모드가 되어 입가에 비웃음을 머금고 있었다.

"네가 내 친구들을 부러워하는 걸 모를 줄 알아?"

"내가? 너희 같은 애들을?"

"그래. 결벽증에 편견 덩어리인 너는 스스로 혐오라고 믿고 있지만 뻔뻔하게도 우리한테서 눈을 떼지 못하잖아."

잠시 후 나는 목에 걸치고 있던 마른 수건을 만지작거리다가 그것을 티셔츠 속으로 집어넣어 가슴과 등허리의 땀을 닦아냈다. 그리고 허리를 숙여 바닥에 흘린 땀도 꼼꼼하게 훔쳤다.

"아 진짜…… 미안해, 미안하다고."

그제야 오메가는 내가 울고 있는 것을 알았다. 그 애는 당황하며 내게 사과했다. 진심으로 낭패감과 미안함을 느끼고 있었지만 지금 나에게로 밀려드는 슬픔을 정말로 이해한 것은 아니었다. 저 애는 평생 모를 거야. 자기가 생각 없이 하는 말의 의미도, 남의 마음을 함부로 헤집고 쉽게 상처 주는 일의 대가도. 그러면서 늘 용서받기를 바라는 우스운 모순도. 그 사실 때문에 너무 마음이 아팠다.

그때 재밌는 생각이 떠올랐다. 그 생각이 떠오른 것은 정말 의외의 일이었다. 나는 여전히 슬픔을 느끼며 입술을 떨고 눈물을 흘리고 있었지만 속으로는 이런 계획을 세웠다. 바로 오메가를 당장 용서하는 것이었다. 그 애에게 실수를 충분히 뉘우치고 있으니 이제 되었다고 말하며 이런 일을 다시는 반복하지 않겠다는 마음이 중요하다고 말해주는 것이었다. 그리고 그 애가 고개를 끄덕이고, 다시 한번 사과의 말을 건네고, 편안하고 충만해진 마음으로 오늘을 기억하도록 하는 것이었다. 그러고는 오메가를 영원히 미워하는 것이었다. 이 미움을 마음 깊숙한 곳에 숨긴 채 그 애를 다정한 눈으로 바라보고 애틋하게 손을 쓰다듬으며, 그 애와 하나가 되는 계획이었다. 나는 내가 오메가에게 느끼는 거대한 미움에 전율했다. 나는 결국 자기 자신을 증오하는 망가진 어른이 되는 걸까?

나는 공포에 질려 당장이라도 방을 뛰쳐나가고 싶었다. 하지만 그때 오메가가 내 손을 붙들었다.

"난 나를, 그니까 내 말은…… 가끔은 내가 도대체 무슨 말을 하고 있는 건지 잘 모르겠어."

그 애가 평소의 자신감 넘치는 말투가 아니라 더듬더듬 말하고 있어서 나는 귀를 기울였다.

"나도 원해서 이러는 게, 이렇게 살고 싶은 게 아닌데…… 어려워. 내 안에 자꾸 어둡고 날카로운 것들이……"

오히려 혼란에 빠진 건 자신이라는 듯 흔들리는 눈으로 나에게 물었다.

"하지만 넌 아니야. 넌 다 괜찮아. 네가 정말, 이런 나랑 하나가 되어도 되는 걸까?"

아아, 불쌍한 오메가. 나는 속으로 생각했다. 너를 어쩌면 좋니. 어쩌면 좋니. 어쩌면 좋니.

그날 밤 오메가와 나는 어둠 속에서 오래도록 이야기를 나눴다. 오메가는 필요한 것은 다 챙겨주지만 끝내 무심했던 고모와의 사이에 대해 들려주었다. 고모는 오메가의 가방이 소파 위에 놓여 있으면 얼마나 밖을 돌아다니다 오든 눈치채지 못했다고 했다. 또 무신경할 정도로 솔직해서 오메가가 아직 어린아이일 때 부모님의 사연을 들려줘버렸다고 말했다.

"무슨 이야긴데?"

나는 아직까지도 할머니에게 듣지 못한 이야기였다. 이어서 오메가가 들려준 출생의 비밀은 조금 충격적이었다.

"우리를 출산한 건 엄마의 오메가인데, 오메가보다 먼저 아빠의 연인이었던 건 엄마의 알파래."

"뺏은 거야?"

"그렇게 된 거지."

오메가는 한숨을 내쉬었다.

"그리고 서로를 용서하지 못한 세 남녀의 무책임한 도주."

"진짜 거짓말 같다."

"그치?"

오메가는 자신이 고모를 닮아 솔직한 편이라고 말하며 한 가지 비밀을 알려줬다.

"혁명단 안에서 내가 좋아하는 사람은 따로 있어. 이미 차였지만."

나는 침대에서 벌떡 일어나 앉았다.

"지훈?"

"진주."

"와……"

내가 다시 뒤로 벌러덩 누우며 웃자 오메가도 나를 따라
웃었다.

나는 고민하다가 초등학교에 다닐 때 미술 선생님의 팔레
트나이프를 훔친 이야기를 들려주었다. 미술 선생님은 백발
이 성성한 숱 많은 머리를 뒤로 질끈 묶고 다니는 중년의 남
자였고 늘 물감이나 회갈색 찰흙이 묻은 생활한복을 입었는
데 가까이 다가가면 구린 냄새가 나서 애들은 그 선생님을
별로 좋아하지 않았다.

"나는 이전까지 그 선생님에 대한 아무런 생각도 없었어."

"그런데 어쩌다가?"

"어느 날 내가 당번이라 수업 시간보다 먼저 가서 테이블
마다 물통에 물을 채워 넣는데 미술실에는 나랑 그 선생님밖
에 없었어. 인사를 하고 물통을 나르고 수선을 떠는데도 선
생님은 나를 신경도 쓰지 않았어. 그냥 무시하는 것이 아니
라, 마치 내가 전혀 보이지 않고 들리지 않는다는 듯이 행동
해서 정말 이상한 기분이었어. 그래서 나도 선생님을 빤히
관찰하기 시작했어. 역시나 선생님은 내가 그러는 걸 전혀
모르는 것처럼 하던 일을 계속하는 거야. 선생님은 붉은색

헝겊으로 팔레트나이프를 꼼꼼하게 닦고 있었어. 나무 손잡이에 번개처럼 꺾인 납작한 날이 달려 있는, 하나도 날카롭지 않은 칼 말이야. 수업 시간에 물감을 덜고 누르고 펼치는 용도로 선생님이 그 칼을 사용하는 모습을 본 적이 있었어. 하지만 그걸 닦는 모습은 처음 봤지. 어쩐지 달의 뒷면을 본 것 같은, 보지 말아야 할 장면을 본 것 같은 기분이 들었어. 내가 그러거나 말거나 선생님은 무섭도록 집중했어. 날의 결을 따라 힘주어 헝겊을 문질렀고 헝겊이 지나간 자리에 깨끗하게 반짝이는 칼날이 드러났어. 선생님은 그 칼을 이리저리 눈앞에서 돌려보다가 남은 물감이 없는 걸 확인하면 고개를 한 번 끄덕이고 옆에다 쌓아두었지. 꼭 고개를 한 번 끄덕였어. 이제 됐다는 듯이 말이야. 그 모습을 보는데, 정말 이상하지만, 선생님이 아주 외로워 보였어. 한순간의 상태가 아니라 그 사람의 삶이 너무나 길고 외롭게 느껴진 거야. 수업이 시작되고 수업이 끝나고 교실로 돌아가서도 나는 온종일 그 외로운 영혼에 대해 생각했어. 그리고 집으로 돌아가기 전에 아무도 없는 미술실로 들어가 팔레트나이프 하나를 훔친 거야. 하나를 집어 치마 주머니에 넣고 미술실을 나왔지. 아주 쉬웠어."

잠시 뒤 오메가가 물었다.

"왜 그런 거야?"

"나도 잘 모르겠어."

오메가는 여러 상념이 교차하는 것 같았다. 내가 기다리고 있자 곧 오메가가 말했다.

"나도 비슷한 일이 있었어. 사실 얼마 되지도 않았어. 지난 겨울이었나. 동네에 있는 작은 식료품 가게였는데 항상 사람이 많이 드나드는 곳이었어. 그래서 주인아주머니가 카운터를 비우는 일도 거의 없었는데 그날은 텅 비어 있었어. 나는 콜라랑 감자칩을 계산하려고 기다렸어. 그런데 한참을 기다려도 아무도 나타나지 않았어. 마치 세상 사람들이 온통 다른 차원으로 사라져버린 것 같았어. 그때 왜 그랬는지 모르겠지만, 나는 통조림이 진열된 코너로 가서 복숭아 통조림을 하나 따서 먹었어. 캔에 고인 노란 과즙은 달고 미지근하고 끈적였어. 그걸 바닥에 아무렇게나 던져두고 다른 통조림도 대담하게 몇 개 더 따서 먹었어. 파인애플, 살구, 체리, 망고, 감귤까지…… 올리브와 생선, 콩과 코코넛 과육과 골뱅이까지…… 맛을 보고 내던지고, 맛을 보고 내던지고. 아주 단순했어. 바닥과 진열장을 엉망으로 더럽히는데도 아무도 나를 보지 못했어. 아주 오래도록 말이야. 속으로 나를 좀 봐요! 이제 정말 지겨워요! 하고 외쳤는데 결국 나타난 사람은 없었어. 나는 지쳐버렸어. 내가 저지른 짓을 바라보는 일밖에 할 수 없을 만큼 지쳐버렸지. 나는 그대로 거길 빠져나왔고 다시는 그 가게에 가지 않았어."

나는 우리가 정말 이상한 이야기를 나누고 있다고 생각했다. 이상해서 어떻게 말해야 할지 모르는 이야기를 더듬더듬 늘어놓고 있다고. 설사 우리가 하나가 된다 해도 진짜 우리에게 일어난 일들을 모두 다 이해할 수는 없을 거라고.

"그 기억을 떠올리면 어때?"

내가 물었다.

"너무 괴로워. 나 자신을 견딜 수 없어."

나는 오메가가 보지 못할 것을 알면서도 고개를 한 번 끄덕였다.

"있지…… 나는 며칠 후에 그 팔레트나이프를 다시 제자리에 돌려놓았어."

"정말?"

"실은 선생님이 그날 미술실을 빠져나오는 나를 봤나 봐. 어느 날 나를 따로 불렀지."

"뭐라고 했는데?"

"별다른 말을 하진 않았어. 그냥 나한테 이걸 주고 싶다고 말하면서 팔레트나이프 하나를 선물했어."

"선물했다고?"

"응. 리본이나 포장은 따로 없었고 새것이었어."

오메가는 그 일에 대해 잠시 생각해보는 것 같았다. 나는 조금 기다린 후에 계속 말했다.

"다음 날 비어 있는 미술실로 들어가 팔레트나이프를 두고 나왔어. 모든 것이 감쪽같이 제자리로 돌아갔지. 집으로 돌아왔을 때 선생님이 선물한 새 팔레트나이프가 저 책상 위에 놓여 있었어. 내가 훔친 것과 크기도 모양도 똑같은 것이었지. 그 칼을 가만히 보고 있는데 순간 소름이 끼쳤어. 나한테 일어난 일을 그제야 이해한 거야. 나는 어쩌면 평생 훔친 칼을 품고 살아가야 할지도 몰랐던 거야. 그런데 이제 내 앞에는 선물받은 칼만이 남아 있었지. 나는 선생님이 나를 용서하는 동시에 구해주었다는 걸 알았어."

"그거 정말 놀라운 이야기다."

"그 기억을 떠올리면 마음이 활짝 열리는 기분이야. 나를 따라오는 한 줄기 빛이 있는 느낌."

"정말 그래."

"그러니까……"

나는 진짜 하고 싶었던 이야기를 꺼냈다.

"너도 그 가게에 돌아가서 사과해보자. 그 기억이 너를 힘들게 한다면 말이야. 내가 같이 가줄게."

오메가는 조금 망설였지만 결국 그러자고 대답했다.

다음 날 나는 수호에게 전화를 걸어 너를 용서했으니 이제 우리를 태우러 오라고 말했다. 수호는 금세 나타났다. 차를 타고 오메가 구역으로 가는 내내 오메가는 긴장했다. 나역시 처음으로 알파 구역을 벗어나는 것이 두려웠다. 하지만 우리 모두에게 필요한 일이라고 생각하며 마음을 다잡았다. 오메가가 늪처럼 깊은 절망에 빠질 때, 어두운 물살에 이리저리 흔들릴 때 그 애를 붙들어줄 한 줄기 빛이 필요했다. 누구에게나 그런 빛이 필요했다.

하지만 그건 단지 운이 좋았던 나의 섣부른 오만이었다.

우리가 처음 그 식료품 가게에 들어갔을 때, 카운터를 지키고 있던 주인아주머니는 조금 마르고 창백한 인상이었지만 따뜻한 눈길로 우리를 바라봤다. 오메가의 얼굴을 기억하고 있다며 종종 가게에 오다가 영 보이지 않아 성인식을 치르고 떠난 것인가 보다 생각했다고 다정하게 말해주었다. 오메가가 앞으로 가까이 다가가 지난겨울의 일을 이야기하기 시작할 때 아주머니의 얼굴에는 별다른 표정의 변화가 없었다. 그저 이따금 고개를 끄덕이며 집중해서 듣는 것처럼 보였다. 하지만 오메가가 모든 이야기를 마치고 사과를 하고 싶다고 말했을 때 천천히 고개를 내저었다.

"아니지. 그게 아니란다, 애야."

"네?"

"나는 그 난장을 벌인 게 우리 아들인 줄만 알았어. 너희가 저 문을 열고 들어와 진실을 이야기해주기 전까지 그렇게 믿고 있었지. 하지만 아니었구나. 그 애는 거짓말을 하지 않았고 내가 오해한 거였어."

"죄송해요. 그런 오해가 있었을 줄은……"

"내가 그날 아들한테 얼마나 끔찍한 말들을 했는 줄 아니? 그동안 마음에 쌓아둔 모든 미움까지 다 쏟아냈어. 나는 내가 그 애를 그렇게 미워하는 줄 몰랐지. 정말 몰랐어. 그날 엉망이 된 가게를 보기 전까지는 말이야."

나는 한 발 뒤에서 오메가의 등을 보고 있었다. 일이 잘못 흘러가고 있다고 느꼈지만 내가 할 수 있는 건 아무것도 없었다. 오메가는 어깨를 떨며 고개를 아래로 떨구고 아주머니의 조용한 말들을 모두 듣고 있었다. 나는 꼼짝도 할 수 없었다. 언젠가 어두운 방 안에서 세상에서 사라질 듯 몸을 작게 더 작게 웅크리던 그 애의 모습을 떠올릴 뿐이었다.

"아들은 나를 견디지 못하고 밖으로 뛰쳐나갔고 사고를 당했어. 다시는 정신을 차리지 못했는데 마지막으로 나한테 들은 말들이 너무나 끔찍했단다. 한 번만 눈을 떠주면 좋았으련만. 그럼 내가 또 다른 마음을 들려줄 수도 있었을 텐데. 아들은 지난달까지 가까스로 버티다가 완전히 떠났단다. 그 애가 극복할 수 없는 일이었던 거야."

"죄송합니다. 죄송합니다."

두려움에 몸을 떠는 오메가를 바라보며 아주머니는 다시 천천히 고개를 내저었다.

"아니지, 아니란다."

오오, 안 돼. 안 돼. 안 돼.

돌아오는 차 안에서 나는 오메가에게 사과하고 싶었다.

"내가 괜한 일을 벌인 것 같아. 일이 이렇게 될 줄은……"

"아니야. 네 잘못이 아니야."

오메가가 그 아주머니처럼 고개를 내저어서 나는 끔찍한 기분이 되었다.

"죄를 지은 사람이 있다면 그건 나뿐이잖아."

이제 오메가는 스스로를 용서할 수 없을 것이다. 속이 보이지 않는 깊은 물속으로 자기 자신을 가라앉힐 것이다. 하지만 나는 그 애를 용서하고 싶었다. 나는 그 애를 용서할 수 있었다. 오직 나만이 그 일을 할 수 있었다.

그날 밤 오메가는 내 침대 위로 올라왔다. 매트를 움푹하게 누르는 그 애의 무게와 미지근한 체온을 느낄 수 있었다. 아무런 말 없이 내 눈을 들여다보았지만 나는 그 애가 무얼 하려는 건지 바로 알았다. 나는 오메가가 내민 왼손을 천천히 마주 잡으며 그 애의 희고 건조한 살결과 목과 뺨에 있는 기묘한 구도의 작은 점들을 아득한 기분으로 눈에 담았다. 이토록 낯설고 친숙한 얼굴을 또 만날 수 있을까. 오메가 역시 빨려들듯 나를 바라보고 있었다. 성인식이 두 인격의 말살일지, 아니면 하나 너머로의 확장일지 아무것도 확신할 수 없었다. 분명한 사실은 이것뿐이었다. 우리가 더없이 불완전하고 불확실한 존재라는 것.

그러나 동시에 우리는 우리를 벗어나는 방식으로 매 순간 완전해지고 있었다.

"어릴 때 기억나는 거 있어? 우리가 아직 하나였을 때 말이야."

오메가가 물었다.

"트윈으로 분리된 게 세 살쯤이었지."

"맞아."

"하나 있어."

"뭔데?"

"굵은소금에 파스텔 가루를 섞으며 놀았어. 예쁜 색깔로 물든 소금을 유리병 속에 한 층 한 층 쌓았지. 오색구름 같았어."

순간 오메가의 표정이 부드럽게 풀어졌다.

"나도 곧 기억하게 되겠네."

"그럴 거야."

"네 소설 말이야. 결말을 생각해봤어. 네가 마음에 들어 하면 좋겠다."

나는 고개를 끄덕였다. 오메가는 이제 눈을 감았다. 그 애가 아무런 인사도 남기지 않아서 나는 마음이 아팠다. 하지만 우리가 하나가 되었을 때 이런 아픔을 그 애가 알게 되길 바라진 않았다.

"잘 자. 내일 봐."

내가 속삭였고, 이제 눈을 감았다.

한낮이 다 되어서야 나는 잠에서 깨어났다. 조금 멍하고 긴 꿈에서 깬 느낌이었지만 곧 아주 개운한 상태가 되었다. 이토록 정신이 맑았을 때가 또 있었던가 싶을 만큼 좋았다. 모든 것이 정돈되고 제자리를 찾은 느낌.

"이런."

내가 너무 오래도록 일어나지 않자 방으로 올라온 할머니는 문가에서 놀란 얼굴을 하고 멈춰 섰다. 그것도 잠시, 곧 얼굴 가득 기쁨과 애정이 솟아났다.

"잘 잤니?"

"네, 할머니도 잘 주무셨어요?"

할머니는 다가와 침대 끝에 앉았다.

"기분이 어떠니?"

"좋아요. 정말로요. 생각보다 자연스러운데요?"

순간 할머니의 표정에 어떤 감정이 스쳐 지나갔다. 그게 무엇인지 알 수 없어 나는 의아함을 느꼈다.

할머니가 물었다.

"어른이 된 기념으로 차를 한잔할래?"

"좋아요."

할머니는 향이 좋은 콩차를 미지근하게 식혀 건네주었다. 우리는 부엌의 작은 원형 식탁에 앉아서 그 차를 마셨다. 할머니는 나와 할머니 사이에 놓인 빈 의자를 잠시 바라보다가, 자신이 아직 알파와 오메가일 때 이야기를 들려주었다. 할머니는 나의 알파와 살면서 한 번도 그런 이야기를 한 적이 없었다.

"사실 내 알파는 사랑하는 사람이 있어서 성인식을 하지 않으려고 버텼어. 성인식을 피해 도망가자고 내 오메가를 설득했지. 다행히 내 오메가도 사랑하는 사람이 따로 있었어. 결국 이루어지진 않았지만 여전히 그 사람을 사랑하고 있고 그런 자신의 마음을 온전하게 간직하고 싶어 했지. 그래서 오메가도 이 도망에 동의한 거야."

"그런 모험을 하셨다고 한 번도 말씀해주지 않으셨잖아요."

"다 옛날 일이잖니."

"그래서요? 그래서 어떻게 된 거예요?"

"아주 슬픈 일이 일어났지. 슬픈 일들은 언제나 삶 곳곳에서 기다리고 있다가 예상치 못한 순간 나를 덮쳐 왔어."

"무슨 일이었는데요?"

"알파의 연인이 물에 빠졌단다. 처음엔 우리가 그를 구할 수 있을 거라고 생각했는데 결국 구하지 못했어. 이미 죽어버린 그를 건져 올리는 수밖에 없었지."

"너무 슬프네요. 알파와 오메가가 모두 연인을 잃은 거예요?"

"그래, 그렇게 된 거야."

할머니는 콩차를 한 모금 입에 머금었다가 천천히 삼켰다.

"나는 아직도 성인식 날의 공포를 잊지 못한단다."

"공포요?"

"그래. 정확히는 내 오메가가 느꼈던 공포야. 내 오메가가 사랑한 건 사실 내 알파였단다. 우리가 하나가 되면 알파도 그 사실을 알게 될 거였어. 하지만 그때면 알파도 오메가도 이 세상에 남아 있지 않을 걸 알았지. 아주 혼란스럽고 두려운 밤이었단다."

나는 할머니가 들려준 이야기에 충격을 받았다. 하지만 알파와 오메가가 하나가 되었을 때 어떤 기분이었는지, 할머니의 마음 안에서 어떤 일들이 일어났는지 묻지 않았다. 누구도 그것을 말할 수 없다는 것을 이제 알고 있었다.

"그나저나 애야."

할머니가 말했다.

"너 정말 예쁘구나."

"그래요?"

나는 아직 하나가 된 내 얼굴을 보지 못했다. 그 순간 나는 나에게 그 말을 처음으로 해주었던 사람을 떠올렸다. 그 말을 들었을 때 느꼈던 순수한 기쁨도. 그런 마음을 주고받았던 두 사람이 더 이상 이 세상에 존재하지 않는다는 사실도 깨달았다. 그러자 고통이 가슴을 할퀴고 지나갔다.

"할머니."

"그래."

"이런 그리움을 안고 남아 있는 시간을 살아가야 하는 건가요?"

할머니는 그 친숙한 갈색 눈을 크게 뜨고 잠시 나를 바라보다가 미소 지었다. 그러면서 손을 뻗어 내 뺨을 엄지로 가볍게 문질렀다. 거칠고 부드러운 이상한 감촉. 그건 할머니가 어린 시절 나의 알파를 칭찬할 때 하던 행동이었다. 나는 내가 이미 알고 있는 사랑에 놀라움을 느꼈다.

* 작품 제목은 호르헤 루이스 보르헤스의 묘비명에서 따왔다.

태초의 선함에 따르면

그 풀은 아홉 개의 아름다운 섬으로 이루어진 남태평양의 사모아제도에서 사모아 부족의 언어와 공동체 문화를 연구하던 한 스웨덴 인류학자에 의해 처음 발견되었다. 그 풀은 사모아의 그림 같은 자연 속에서 이따금 파인애플나무와 바나나나무 밑동을 이끼처럼 덮으며 자라는, 짧게 꼬인 줄기와 작은 타원형의 잎사귀를 가진 평범한 식물이었고 그 인류학자가 처음 차로 음용했다. 그는 중국과 인도 문화에도 조예가 있었고 하루 두 번 차를 마시던 즐거운 습관을 떠올리며 사모아에서 찻잎으로 쓸 만한 식용식물을 조사하다가 그 풀을 재배하기 시작했다. 말린 찻잎은 검고 우려낸 찻물은 금빛이었다. 시트러스 계열의 과일처럼 싱싱하고 달콤한 향이

낮지만 약간 떫으며 짭짤하기까지 한, 그러나 싱거운 맛이었다. 그는 작은 텃밭에서 그 풀을 몇 세대에 걸쳐 기르다가 실수로 밭을 불태우고 만다. 몇 년 뒤 그는 신기하게도 사모아와 전혀 다른 기후의 스웨덴 숲에서 똑같은 풀을 발견하는데 반갑고 그리운 마음으로 그것을 음용한 뒤 아흐레 동안 깨어나지 못했다. 그를 진단한 의사는 특정 위기 상황에서 식물이 만들어내는 강력한 독에 그가 중독되었다고 생각했다. 하지만 이상하게도 다른 사람들이 그와 같은 방법으로 풀을 수확하고 말리고 차로 우리는 어떤 과정에서도 독성이 나타나지 않았다. 코마에서 깨어난 인류학자는 자신이 식물로부터 보복당한 것이라고 주장해서 많은 연구자를 웃게 했다. 그러나 곧 고요한 열기에 휩싸인 식물학자와 삼림학자 들이 스웨덴으로 몰려들었다. 식물의 보복, 식물의 집단 지성, 식물의 영혼이라는 주제가 그들을 은밀한 공모자로 만들었다. 결과는 눈부셨다. 놀랍게도 그 풀은 아무런 유전적 전승이나 호르몬 교류 없이도 같은 종과 정보를 공유했다. 지구 반대편에서 그들을 무참히 학살한 인간을 정확하게 기억했다. 그 풀을 처음 발견한 스웨덴 인류학자가 '아즈깔'이라는 이름을 붙였다. 힌디어로 아즈는 오늘, 깔은 어제와 내일을 뜻했다. 그는 윤회를 믿는 사람처럼 이렇게 말했다고 전해진다. 인도 사람들에게 어제와 내일은 다르지 않아요. 과거도 미래도 모두 지금이 아닌 나머지 시간일 뿐이죠. 아즈깔은 모든 시간 속에 존재하는 영혼입니다. 인간이 첫번째로 발견한 진정한 의미의 영혼이죠. 그의 말은 어느 정도 사실이 되었는데, 아즈깔에 대한 연구가 진행되고 얼마 지나지 않아 영혼을 각성한 사람들이 나타났기 때문이다.

식물의 독에 의한 감염과 전염으로 '각성자'들이 발생했다는 의혹에 대한 기사를 나는 원호와 함께 침대에서 읽었다. 아직 이른 아침이었고 나는 반쯤 잠이 덜 깬 상태로 안경도 끼지 않은 채 원호가 소리 내어 읽어주는 흐릿한 활자를 눈으로 따라갔다. 원호의 다음 문장이 들리기도 전에, 근시안으로 희미한 다음 활자들을 해독해내기도 전에 나는 나머지 이야기를 떠올릴 수 있었다. 그것은 내가 오래도록 상상하고 조각을 맞추려 애썼던 실마리가 분명했다.

"도움이 될 것 같아?"

원호가 물었다.

"굉장히. 연구실로 가봐야겠어."

"아침 차렸는데."

"싸 줄래? 언니랑 먹을게."

"그래."

나는 원호가 실망한 것을 알면서도 모르는 척했다. 원호는 일부러 쾌활한 동작으로 일어나 커다란 창 앞으로 걸어갔다. 검녹색 암막 커튼에 달린 금색 줄을 잡아당겨 우리가 있는 곳 깊숙이까지 아침이 들어오도록, 오늘의 세상이 눈앞에 펼쳐지도록 했다.

"설명할 수 있나요? 그러니까 무엇이든…… 이전 생들에 대해서요."

11세 여성 각성자는 아마도 그 애의 엄마가 골라주었을 하얀 면 타이츠와 짧은 체크무늬 치마를 입고 발이 바닥에 닿지 않는 의자에 꼿꼿하게 앉아 있었다. 그 애는 프랑스인으로 영어를 배운 적이 없지만 지금은 나와 영어로 대화하고 있었다.

"정말 많은 생이 있었는데 나는 그때마다 전혀 다른 사람이에요. 근본적으로 비슷한 본질을 가진 인간이라고 느껴지는 생들도 있었지만 그것이 내 영혼이 가진 특별히 고유한 성질이라는 생각은 들지 않아요."

"당신은 어떤 사람들이었죠?"

"직업이라면 간호사, 군인, 목수, 노예, 영매, 신부, 화가, 시인, 배우, 수학자…… 뭐 안 해본 것이 없지만 직업이랄 게 없는 삶이 더 많았어요. 한평생 유모 일을 했던 삶도 있었는데 그 생의 나는 천성적으로 아이들을 좋아했어요. 좋아하는 일을 하며 살았으니 꽤 괜찮은 삶이었죠. 원시의 지구처럼 엄청난 일들이 일어나고 있는 아이들의 말랑한 머리와 신비로운 욕구로 끊임없이 오물거리는 작은 입에서는 항상 따뜻하고 부드러운 분유 냄새가 났어요. 아이들이 자랄 때만 나는 냄새죠. 그 아이들은 모두 내 아이가 아니었지만 나는 그 아이들이 건강하고 똑똑하게 자라는 걸 기쁘게 지켜봤어요. 내 삶의 의미는 바로 그 아이들에게 있다고 생각했는데 나이가 들어 폐렴으로 죽는 순간에는 이상하게도 잘 생각하지 않던 다른 아이들이 떠올랐어요. 역병이 돌 때 까만 얼굴이 되어 죽은 세 살짜리 아이, 이혼 후 부모의 집으로 돌아가 자기가 어릴 때 쓰던 작은 방에서 목을 맨 수수께끼 같은 존재를 기억하는 것이 그 생의 마지막 순간이었어요. 그런 생의 나를 어떤 사람이라고 정의해야 할지 모르겠네요. 그런 무수한 생의 무수한 나들을 어느 날 갑자기 알게 된 거예요."

"전생들의 기억은 선명한가요?"

"그런 편이에요. 비각성자의 기억력과는 전혀 다른 차원의 개념이에요."

"그렇다면 방대한 전생의 기억들은 머릿속에서 어떤 형태로 존재하고 또 어떤 방식으로 소환되나요?"

"머릿속에 있다는 표현은 부정확한데…… 육체의 감각을 자각하는 뇌는 단지 기억들을 영사하는 스크린 같은 거예요. 주어진 기능을 수행하는 생체 기계죠. 스크린에는 기억의 방들이 동시에 보여요. 한 방마다 하나의 생이 있어요. 그 방들은 순리에 따라 아름답게 움직이고 서로를 훼손하지도 않죠. 방들은 원래 내 안에 존재하고 있었지만 내가 몰랐던 부분이에요. 각성하지 않은 모든 사람은 그중 한 방에 평생 갇혀 있는 거죠."

"전생의 기술이나 능력을 지금도 사용할 수 있나요?"

"네."

"전생에 살인을 한 적이 있나요?"

"네."

"살해당한 적은요?"

"무수히."

"그 생들에 대한 당신의 감정은 어떤가요?"

"구체적으로 어떤 감정을 말씀하시는지……"

"이를테면 분노요. 살해당하거나 원한을 가졌던 기억을 떠올리면 그 생을 살던 당사자로서의 감정을 여전히 느끼나요? 기술이나 능력이 영혼에 담겨 전승되듯이요."

"아."

각성자는 잠시 무구한 어린아이처럼 웃었다.

"감정은 느껴요. 느끼지만, 대체로 난처한 입장이 되었다는 걸 받아들이죠."

"난처한 입장이라니요?"

"한 생에서라면 지당하고 명백했을 인과들이 고차원의 형태로 겹쳐지며 공중분해되거든요. 복잡해지고, 복잡해지고, 복잡해지다가, 결국 사라져요."

"아무 관련도 없게 되는 건가요?"

"아뇨. 그런 건 아닌데……"

"적절한 비유가 있는지 천천히 생각해봐요."

"그래요. 그러니까, 가까운 생에 나는 일본에서 태어난 시인이었고 한동안 괴로운 시기를 겪었어요. 4년 동안 컴퓨디 앞에 앉아 시를 쓰고 지우고 쓰고 지우다가 결국 한 줄도 남기지 못했죠. 그렇지만 내가 아무것도 쓰지 않은 건 아니에요."

나는 잠시 그 애를 바라보다가 차트에 메모했다. 각성자들에게서 공통적으로 나타나는 무감정하고 비인간적인 태도에 단서가 될 만한 내용이었다. 각성자들의 영혼과 전생에 대한 생각은 일관성을 띄었지만 각성자가 가진 언어 능력과 사고 해석 능력에 따라 이해도가 달랐다. 이전 생에 작가나 학자였던 적 있는 각성자군이 좀더 의미 있는 결과들을 내고 있는 것은 우연한 일이 아니었다.

"그렇다면 이생의 사람들에게는 어떤 감정을 느끼죠? 가족이나 가까운 사람들에게 여전히 각성 이전과 동일한 유대감을 갖고 있나요?"

각성자는 처음으로 조금 망설이는 태도를 보였다. 나는 그 반응도 메모했다.

"그들은 전생에 여러 관계로 나랑 엮여 있어요."

인연은 다음 생으로 연결된다. 많은 각성자가 공통적으로 주장하는 바였다.

"가령 지금 내 엄마는 내 아들이었던 적도 있고 내 아내였던 적도 있는 영혼이에요. 나는 각성하는 순간 그 영혼을 알아봤어요. 아주 끔찍한 관계였던 생도 몇 번 있었죠. 하지만 지금은 그저 나의 엄마고, 가끔 히스테릭하긴 하지만 아직 별다른 악연은 없어요. 나는 엄마의 영혼을 알지만 엄마가 앞으로 나에게 어떤 사람이 될지 기다리는 수밖에 없어요. 이생의 인과는 아직 진행되고 있으니까요."

"전생보다 이생의 입장이 더 중요해진 건가요?"

"아뇨. 나에게 모든 생은 공평하게 펼쳐진 개별의 삶으로 존재하고, 그러므로 특정 영혼에 대한 내 감정은 아주 다양하게 중첩되어 있어요. 하지만 그들을 생각하면 무엇보다 좀 안타까운 마음이 들어요."

"어떤 점이요?"

"이렇게 생이 반복된다는 것이요. 우리가 삶을 계속 살아가야 한다는 것이요."

내가 쉽게 이해하지 못하고 생각에 잠기자 어린 각성자, 그러나 104세까지 장수한 생의 기억을 생생히 가지고 있는 파란 눈의 각성자가 선생님, 하고 불렀다.

"만약 선생님이 어느 날 각성한다면, 그러니까 영혼에 새겨진 모든 기억이 떠오르고 모르던 것들과 알 수 없던 것들을 모두 알게 된다면 지금의 삶과 다르게 살게 될 것 같으세요?"

"무언가는 달라지겠죠. 다른 사람이 되었으니까요."

"선생님은 각성자들이 각성 이전과 다른 사람이라고 생각하시는군요."

나는 차트를 소리 나게 덮었다.

"저에 대한 질문은 인터뷰 결과를 오염시킬 수 있으니 대답하지 않겠습니다. 괜찮다면 제가 계속 질문할게요. 이게 오늘의 마지막 질문이고요."

각성자는 이미 그 질문을 알고 있다는 듯이 의자 깊숙이 몸을 묻었다.

"당신의 기억과 능력을 인류를 위해 사용할 용의가 있나요?"

"전혀요."

그 애는 아직 아기 같아 보이는 동그랗고 순한 얼굴을 가로저으며 다른 각성자들처럼 대답했다.

"그건 옳지 않으니까요."

언니와 식은 토스트로 늦은 점심을 먹으며 각자 오전 인터뷰에서 새롭게 얻은 자료를 공유했다. 우리는 지난 4개월간 마흔여섯 명의 각성자를 인터뷰했다. 그전에는, 그러니까 각성자들이 세상에 생겨나기 전에는 같은 기관에서 각각 수석 연구원과 선임 연구원으로 정신분석과 영혼 분석을 연구했다. 사람을 작동시키는 메커니즘에 육체와 뇌에서 일어나는 물리적이고 화학적인 작용 이외에 다른 무언가가 더 기능하는지, 사람을 그 사람으로 만드는 요소에 유전적 요인과 후천적 인과를 제외한 영적인 힘이 과연 존재하는지가 우리의 주된 관심사였다. 영혼의 일부로 짐작되는 무의식을 발견하고 양자 컴퓨터로 프로그래밍 작업을 시도하는 중에 여러 생에 걸친 온전한 영혼을 가진 각성자들이 나타났다.

나는 언제나 영혼의 본질을 정보라고 보았다. 그 사람이 인지하고 기억하는 정보가 곧 그 사람을 이루는 모든 것이며 죽은 뒤에도 사라지지 않고 남아 재생될 수 있는 가장 원초적인 정보의 형태가 영혼이라고 생각했다.

언니는 영혼을 명제 혹은 일종의 법칙이라고 해석했다. 사람을 그 사람으로 만드는 단순하고 우아한 공식이 분명히 존재하며 그 공식으로 우주 어디에서나 영혼을 재생할 수 있다고 믿었다.

우리는 서로의 가설을 맹렬히 공격하면서도 한 가지 결론에 이르면 극적으로 통했다. 영혼을 분석할 수 있다는 것. 영혼을 따뜻한 육체처럼 해부하고 하나하나에 이름을 붙이고 그것들의 관계와 움직임을 이해하며 결국엔 영혼을 재구성할 수 있다는 것.

"우리가 주목해야 할 부분은 각성자들의 감정이야."

언니가 말했다.

"그들은 감정을 잃은 게 아니라 오히려 고도로 발달한 감정의 평형상태를 유지하고 있는 것으로 보여."

"동의해. 대상을 순식간에 판단하는 과정에서 이미 이해된 감정들이 소거되었을 뿐 그들은 분명히 분노와 연민을 느끼고 있어."

각성자들의 패턴은 의외로 단순했다. 우선 여러 생의 정보가 축적된 영혼이 개방되면서 방대한 지식과 한계 없는 기억력, 뛰어난 언어 능력, 사고력, 판단력, 통찰력, 창의력을 획득한 고지능의 인간이 된다. 그들은 거의 모든 것을 알고 이해하는 지능으로 자신의 감정을 결정하고 스트레스를 컨트롤하며 각성 전에 앓고 있던 면역 질환과 정신 질환을 비롯한 지병까지 자가 치유하는 현상을 보였다. 그러면서도 자신이 가진 다양한 능력을 이생에서 사용하고 싶어 하지 않았다. 역사에 묻힌 비밀이나 세계의 미스터리를 풀 단서를 알면서도 수수께끼를 내는 사람들처럼 입을 꾹 다물었다. 정확히는 '옳지 않다'라는 표현을 사용했다. 각성자들은 마치 약속이나 한 듯 모두 뒷짐을 지고 이번 생을 조용히 산책하다가 자연사하려는 사람들처럼 굴었다. 더할 나위 없이 침착하고 현명해진 그들은 기존에 가지고 있던 단점이나 특이점이 모두 사라진, 전혀 다른 얼굴의 복제 인간들처럼 보였다.

"그 정도가 아니야."

언니가 입안 가득 달콤한 토스트를 우물거리며 냉철하게 말했다.

"그들은 너무 많은 기억을 품고 있고 자신 이외의 영혼에 대한 다양하고 방대한 입장을 가지고 있어. 거의 모든 인간에게 원한과 애정을 동시에 품고 있는 상태지. 좋든 싫든 인간의 다면을 한꺼번에 그리고 공평하게 바라봐야 하는 처지가 된 거야. 마치 번잡하고 편중된 사념으로부터 해탈한 수도승처럼. 그런 마음으로 수많은 영혼을 기억하고 있고 결국 그것이 인류를 대하는 태도가 된 거야."

"각성자들이 인류에게 전혀 위협이 되지 않을 거라는 말이야?"

내가 회의적으로 물었다. 각국 정부와 주요 기관 들이 우리 연구에서 알고 싶어 하는 점이 바로 이것이었다. 언니는 작게 고개를 저었다.

"각성자들이 전생의 인과를 현생에 연결 지어 복수하려 한 경우는 아직까지 보고된 바가 없어. 단 한 건도. 이건 정말 놀라운 수치야. 전 세계적으로 만 명에 육박하는 각성자들이 쏟아져 나오고 있는데 그들이 아무리 고지능의 합리적인 판단을 내릴 수 있는 인간이 되었더라도 모두가 옳은 이치를 철저히 실천한다고? 인간은 한 번도 이토록 윤리적인 집단이었던 적이 없어. 나는 오히려 그들의 이런 윤리적인 성질이 가장 위험해질 수 있는 부분이라고 생각해. 우리가 경계해야 하는 각성자들의 마음은 사람에 대한 보복의 마음이 아니라 사람을 도우려는 마음이야."

"계속해봐."

"내가 인터뷰했던 중국인 각성자 기억해? 62세 남성. 건설업계의 부호."

"응. 재산이 어마어마했지."

"그는 전생의 인과에 가장 적극적인 피드백을 보인 각성자야. 그는 생전 한 번도 가본 적 없는 브라질의 대통령 선거에 관여하고 있어. 그가 후원하는 후보는 전생에 수도 없이 그의 어머니였던 영혼이고 그때마다 비참하게 생을 마감했기 때문에 이번 생만큼은 그가 돕고 싶다는 거야. 그런데 오늘 내가 인터뷰한 57세 영국인 여성이 어떤 이야기를 들려줬는지 알아? 그녀는 중국인 각성자가 후원하는 첫번째 후보와 그의 정적인 두번째 후보의 영혼이 악연으로 엮인 수많은 생을 함께 반복했어. 그리고 그녀는 두번째 후보가 영광과 행복을 빼앗기는 것을 더 이상 좌시해서는 안 된다고, 그를 도와야 한다고 판단하고 있어. 즉, 그녀는 반대편 정치인에게 감정을 이입하고 있고 그게 옳으므로 돕지 않을 수 없다고 생각해. 실제로 그녀는 내게 털어놓지는 않았지만 무언가 전생의 능력을 사용해 반대편 후보를 효과적으로 돕고 있어. 중국인 각성자와 영국인 각성자가 서로 다른 판단을 했고 서로 다른 사람을 돕고 있는 거야. 이런 모습 어디서 본 것 같지 않아?"

"이게 단순히 한 나라의 선거가 아니라 국가 간의 전쟁이라면, 각국의 각성자들이 그들이 엮인 이해관계에 따라 한쪽의 편을 들기 시작한다면 그야말로 세계대전이 되겠지."

"맞아. 고지능 고능력의 무시무시한 전력들이 그들이 믿는 신념에 따라 격돌할 거야."

우리는 잠시 말을 멈추고 허황된 이야기를 떠든 사람들처럼 허탈하게 웃었다. 가설의 가능성을 가볍게 생각하는 것이 아니라 사실 그런 일에 별 관심이 없기 때문이었다. 이번에는 진짜 과학자다운 호기심을 담아 대화를 이어갔다.

"확실히 그들의 고감도 감정이입 능력은 이상한 구석이 있어."

내가 말했다.

"그들은 타인에 대한 정보를 너무 많이 알게 된 나머지 상대의 생각과 감정을 정확하고 정밀하게 인식하게 되었어. 다른 사람의 마음을 상상하고 그것을 자신 안에 똑같이 복제할 수 있게 된 거야. 아주 먼 곳에서 단 한 명의 인간이 위기에 처하더라도 그것을 그냥 두고 볼 수 없는 처지가 된 거지."

"더 이상 남의 일일 수 없게 된 거네."

"맞아. 나-너의 경계가 사실상 무너진 거야. 수많은 생의 수많은 인과 속에서."

갑자기 언니가 미소 지었다.

"사실 오늘 그 영국인 각성자가 엄청난 이야기를 했어. 네가 들으면 까무러칠 거야."

"왜 전생에 언니랑 결혼한 적이라도 있대?"

"아니 나를 죽인 적이 있대."

"진짜?"

"농담이야. 하지만 그랬을지도 모르지. 아주 많은 생이 있었으니까."

그게 대체 무슨 말이야, 하며 내가 인상을 찌푸리자 언니는 손을 뻗어 구겨진 내 이마를 장난스럽게 문질렀다.

"잘 들어. 그 여자는 자기가 66억 번의 생을 살았다고 주장했어."

"말도 안 돼. 지구가 46억 년 전에 생성됐고, 영장류와 원시인류가 천만 년 전에 분리됐어. 각성자들이 기억하는 현생인류의 역사를 최대 4만 년이라고 가정해도 생이 천 번을 넘을 순 없어."

"그렇지. 나도 너처럼 말했어. 그랬더니 그 각성자가 뭐라고 대답했는 줄 알아?"

언니의 눈이 순수한 지적 희열로 반짝였다. 어린 시절 나를 위해 유리병 속에 떠 있는 젖지 않는 돛단배나 고무줄 동력을 이용해 앞으로 튕기는 장난감 자동차를 만들고는, 그것을 내게 주기 전에 기대에 차 빛나던 눈빛과 똑같았다. 잔뜩 뜸을 들인 언니는 마치 영국인 각성자가 된 것처럼 푹 한숨을 내쉬며 말했다.

"나의 생들은 그런 식으로 존재하지 않아요."

그러고는 계속 말했다.

"영혼은 단순히 그런 생들의 축적이 아니에요."

나는 그 말이 내포한 의미를 알아내기 위해 심각해졌다. 여기에는 우리가 놓쳐온 중요한 문제의 힌트가 있을 것이다. 언니는 내가 무언가를 충분히 알아내도록 시간을 주었다.

"영혼은 정보의 축적이야."

한참 후에 내가 말했다.

"너는 항상 그렇게 생각했지."

언니가 퍽 다정한 투로 턱을 괴며 나를 바라봤다.

"반대로 생각하면, 안다는 것은 곧 영혼이야. 하나의 삶을 살았던 기억이 정보가 된다면, 정보가 다시 기억을 만들고 하나의 삶을 만들 수도 있어."

나는 차분하게 가설을 전개했다.

"영국인 각성자의 영혼에 한 사람이 인류의 역사 동안 다

살 수 없는 수많은 생이 존재한다면, 그건 그 영혼이 살지 않은 생을 만들어냈다는 뜻일 거야."

"흥미롭다. 그래서?"

"문제는 어떻게 생을 만들어내느냐인데, 나는 왠지 이 식물에 해답이 있을 것 같아."

나는 그렇게 말하며 아침에 읽었던 아즈깔에 대한 기사를 태블릿으로 열었다. 같은 종끼리 같은 정보를 동시에 공유하는 식물.

"이 기사가 사실이라면 아즈깔은 인간의 집단 무의식이 가진 원형이나 상징 따위와는 비교도 할 수 없을 만큼 정확하고 구체적인 정보를 공유하고 있어. 인간의 무의식 수준을 가볍게 뛰어넘어 서로가 긴밀하게 연결돼 있지. 나는 그 식물이 인간보다 많은 세대를 거듭한 역사를 가지고 있고, 그래서 더 많은 정보를 획득했기 때문에 직감에서 한발 더 진화한 결론에 도달할 수 있었다는 가설을 세워봤어. 그러니까 여기서의 핵심도 역시 정보야. 귀납적 정보의 축적은 패턴을 만들어. 당연하게도 더 많은 정보가 더 구체적인 패턴을 만들고. 다수의 반복이 다각형을 거의 원으로 만드는 것처럼. 과거의 생을 모두 기억한다면, 그리고 그 정보들을 충분히 패턴화할 수 있는 수준에 이른다면, 우리는 과거의 패턴뿐 아니라 미래의 패턴도 알 수 있어. 물론 직감보다 훌륭한 수준으로. 마치 기억과 같은 형태로 말이야. 기억한다는 것과 알게 된다는 것은 사실 다르지 않으니까. 그건 곧 영혼의 일부가 된다는 거야. 안다는 건 기억이고 기억이 우리를 구성하니까."

언니는 즐거움을 숨기지 못하며 두 손바닥을 마주쳤다.

"신기하다. 나는 연역적인 방식으로 가설에 진입했어. 미래가 진짜 존재한다면 그 존재가 반드시 과거에 영향을 끼칠 거라고. 미래의 잔상이 대칭된 과거에 비칠 거라고. 이를테면 미래의 누군가가 어떤 생각을 완성하면 과거의 누군가가 그에 대한 직관적인 통찰에 도달하는 방식으로 말이야. 하지만 결론은 너와 같아. 각성자들은 과거의 생뿐 아니라 미래의 생도 알고 있어."

내가 빠르게 말을 받았다.

"그리고 같은 방식으로 그들은 평행한 다른 우주의 가능성도 알 수 있어."

"패턴화된 가능성들의 분포를 아는 방식으로."

"아직 일어나지 않은 미래도, 영원히 일어나지 않을 가능성도 영혼의 기억 속에 실존하는 생이 될 수 있어."

"그리고 각성자들은 그들이 알게 된 이 모든 비밀에 관여하는 것이 '옳지 않다'라고 판단하지."

우리는 가벼운 흥분 상태가 되어 서로를 마주 봤다.

"역시 아즈깔의 연구 진행 상황을 전달받을 필요가 있겠어."

"내가 아는 삼림학자가 그 프로젝트에 들어가 있어. 협조 공문을 보내볼게."

언니가 남은 토스트를 마저 먹으며 말했다.

"맛있다. 원호가 만든 거야?"

"응."

"결혼하지 그래?"

"사랑하지 않아."

"원호는 널 사랑하잖아."

"룸메이트일 뿐이야."

"진짜 못됐어."

언니가 묶었던 머리를 풀고 가운을 벗으며 말했다.

"이혼한 언니 앞에서 배부른 소리라니."

언니의 전남편과 재혼한 여자는 곧 산달을 앞두고 있었다.

"설마 지금 퇴근하려는 거야?"

"따로 연구해볼 만한 가설이 있어. 어느 정도 확실해지면 공유할게."

언니는 돌아서며 기분 좋게 머리 위로 손을 흔들었다.

"내일 봐."

다음 날 오전에는 각성자의 주변인들과 인터뷰가 있었다. 미국에서 홈리스로 거리를 전전하던 26세 남성 각성자는 가까운 생에 거대 투자회사의 창립자였다. 그가 초대 회장이라는 사실이 밝혀지자 그를 기억하는 나이 든 임원들이 현재 회사의 위기에 대한 노련하고 현명한 조언을 구하기 위해 매일 아침 그를 찾아 거리로 나왔다. 그러나 각성자는 이번 생의 자신이 살아가던 대로 홈리스 생활을 지속하며 아무런 도움도 줄 수 없다는 입장을 고수하고 있었다. 그 생에 딸이었던 여자가 인터뷰에 응했는데 그녀는 각성자의 여러 기억으로 짐작할 때 그가 전생에 자신의 아버지였던 것이 분명하지만 불과 수십 년 전에 그토록 사랑했던 회사와 가족들을 그저 해변에서 만난 하나의 모래알처럼 대하는 모습이 낯설고 끔찍하다고 말했다.

또 다른 각성자의 연인도 인터뷰에 응해주었다. 그는 자신이 과거에 연인에게 지울 수 없는 상처를 주었다고 먼저 고백했다. 그 앙금이 남아 연인은 그를 괴롭히며 갈망하기를 반복하는 양가적인 태도를 가지고 있었으며 그 폭력성이 둘

사이의 깊은 고민이었다고 털어놓았다. 그러나 그의 연인이 각성한 뒤 모든 것이 달라졌다. 그는 연인이 더 이상 자신을 증오하지도 사랑하지도 않는다고 절망적으로 말했다. 그 사람은 전혀 다른 사람이에요. 내가 알던 사람은 이제 세상에서 영영 사라져버렸어요.

나는 각성자들이 주변인들과 맺는 새로운 관계에 초점을 맞춰 차트를 적어 내려갔다. 각성자들이 이생에 관여하지 않겠다는 태도를 깨고 구태여 누군가를 돕는 것, 그리고 때로는 명백히 도울 만한 관계의 사람을 돕지 않는 것의 모순을 어떻게 설명해야 할까. 그들에게 중요한 요소는 우리가 파악할 수 있는 인과의 가까움이 아니라 영혼끼리의 긴밀함일지도 모른다. 나는 여러 생에 걸쳐 인연이 자주 반복되는 특정한 영혼들의 관계에 대해 체크해봐야겠다고 생각하며 기록을 마쳤다.

내가 상담실에서 오전 업무를 마치고 나와서야 언니는 자신의 각성 사실을 밝혔다. 점심을 먹으며 오늘 수석 연구원을 그만두었고 내가 인터뷰를 진행하는 동안 사표가 수리되었다는 사실도 담담하게 전해주었다.

"정말이야?"

"그래."

언니는 벌써 모든 상황을 이해하고 받아들인 차분한 눈으로 나를 바라봤다.

"바로 어제 점심까지 나랑 각성자들에 대해 이야기했어. 논리를 전개했고. 그 대화들을 떠올리면 기분이 어때?"

언니는 느리게 눈을 감았다 떴다. 내 눈에는 언니가 이 대화를 피로해하고 있는 것처럼 보였다.

"다 사소하게 느껴져?"

"어느 정도는 그래."

"전혀 중요하지 않은 문제에 우리가 심각해졌던 것 같아?"

"그게 우리한테 중요한 문제였다는 것을 기억하고 있고 여전히 이해하고 있어. 그런데 솔직히 지금 나에게 그건 더 이상 중요한 문제가 아니야."

나는 화를 참으며 웃었다.

"이제 언니가 인터뷰에 응해주면 되겠네. 설마 언니도 정말 알고 싶은 이야기 차례가 되면 입을 꾹 다물 거야? 그건 옳지 않다고 내뺄 거야?"

언니는 대답하지 않았다. 나는 팔짱을 풀고 날을 세워 말했다.

"진짜 각성자 같네."

"맞아. 나는 우리가 연구하던 진짜 각성자가 되었어. 그래서 지금 네 마음이 얼마나 슬픈지도 잘 알아. 너에게 공감하고 있어."

나는 탁자 아래에서 주먹이 하얘질 때까지 꽉 쥐었다. 언니는 높낮이 없이 건조한 목소리로 말했다.

"미안해. 너를 슬프게 해서."

내가 각성한 언니를 다시 만난 건 거의 한 달이 지난 후였다. 언니는 각성자로서 각성자를 연구할 수 없다는 입장을 밝히고 퇴사한 뒤 집에서 책을 읽고 장을 보고 강아지와 산책을 하며 조용한 일상을 보냈다. 그런 소식을 원호가 가끔 전해주었다. 파인다이닝의 요리사인 원호는 오래 두고 먹을 수 있는 밑반찬 몇 가지를 언니에게 보냈고 나는 그것을 모르는 척했다. 원호는 내가 좀더 식사량을 늘리길 바라며 반찬을 많이 만들었는데 그럼에도 나는 그사이 6킬로그램이나 빠졌다. 나는 언니를 찾지 않으며 언니에 대해 생각하지 않으려고 애썼다. 어째서 언니의 각성에 이토록 큰 분노와 배신감을 느끼는지, 왜 철저히 버려진 기분이 드는 건지 나로서도 이해할 수 없었다.

어느 날 언니는 구치소로 와달라고 전화해서 나를 놀라게 했다. 미심쩍은 함정에 빠진 것 같은 의심을 떨쳐버리지 못한 채 언니를 만나러 갔다. 다행히 그곳에서 구금된 모습의 언니를 마주하지는 않았다. 구치소에 수용된 사람은 언니의 전남편의 아내였다. 나는 언니가 사진으로 보여주었던 그 여자를 실제로 처음 봤다. 생각했던 것보다 작고 부드러운 얼굴이었다. 그녀는 어젯밤 남편을 살해하고 스스로 신고 전화를 걸어 시신 수습을 부탁했다. 처음 면회실에 들어섰을 때, 투명한 유리를 사이에 두고 마주 앉은 언니와 여자는 똑같이 표정 없는 얼굴 때문에 거울에 비친 한 사람처럼 보였다. 나는 여자를 보자마자 알 수 있었다.

"맞아. 각성자야."

언니가 내 마음을 읽은 것처럼 확인해주었다.

"네 연구에 도움이 될 것 같아서 불렀어."

나는 언니가 '네' 연구라고 말한 것에 상처받은 채로 물었다.

"이게 어떻게 된 일이야?"

"이 여자의 남편은 전생에 서른여섯 번이나 반복해서 이 여자를 강간하고 죽였어. 가까운 이웃, 친절한 아저씨, 믿고 따르는 선생님, 좋아하는 연인, 때론 전혀 모르는 사람일 때도 있었지만 매번 똑같은 결말로 끝났어. 그 남자가 이 여자를 강간했어. 그리고 죽였어."

언니는 죽은 남자가 자신의 전남편이라는 사실을 완전히

망각한 것처럼 말했다. 나는 여러 의미로 경악하면서도 머릿속으로 서른여섯 번이나 똑같은 패턴을 반복한 영혼들의 케이스가 있는지 생각하고 있었다.

"각성자가 전생의 인과를 보복한 경우는 처음이지 않아?"

자괴감을 느끼며 내가 가까스로 물었다.

"단지 전생의 기억 때문에 그를 죽인 건 아니에요."

유리 너머의 여자가 입을 열었다.

"나는 각성한 뒤 바로 그를 알아봤지만 이생의 내가 진짜 그를 사랑하고 있다는 것도 분명하게 알았어요. 그도 이번 생에서만큼은 나를 진실하게 사랑한다는 사실도요. 조금 놀랍고 의아했지만 그거면 됐다고 생각했어요. 이렇게 미묘한 차이로 우리가 사랑하는 사이가 될 수도 있구나. 단지 그 사실이 제게 충격으로 남았고, 그 많은 끔찍한 생의 우리를 떠올리면 서글프고 안타깝게 느껴졌어요. 그뿐이었어요."

여자는 시선을 떨구고 커다랗게 부푼 자신의 둥근 배 위에 두 손을 얹었다. 그리고 사랑의 증거를 위로하듯 가볍게 쓰다듬었다.

"제가 남편을 죽인 건, 그가 각성했기 때문이에요."

"그도 각성했나요?"

"네, 지난밤에요. 그가 나를 강간하고 죽인 모든 생을 기억해냈어요. 그래서 그를 죽였어요."

나는 답답함을 느끼며 힘겹게 숨을 들이쉬었다.

"어쩌면 이번 생이, 집요하고 잔인하게 되풀이되는 생들 속에서 그와 내가 처음으로 다른 차이로 나아간 유일한 경우의 수였을지도 몰라요. 하지만 그가 깨어났고, 그는 사랑하는 나를 강간한 자신을 용서하지 못했고, 나도 그 모든 생을 기억하는 그를 용서할 수 없었어요."

여자가 말을 마치자 언니가 즉시 말했다.

"그 아이는 내가 키울게요."

"그래요. 당신에게 보낼게요."

나는 각성자들의 이 황당한 대화를 이해해보려고 노력했다. 이번에도 내 생각을 읽은 것처럼 언니가 나를 돌아봤다.

"아이의 아빠는 죽었고, 엄마는 구속될 거야. 나는 이 애 아빠의 전 부인이고."

그것으로 충분한 설명이 되었다는 듯이 언니는 의자에서 일어났다. 나는 면회실을 나오기 전에 여자에게 물었다.

"그가 당신을 강간하고 죽인 것이 과거에 지나간 생뿐인가요? 앞으로 일어날 무수한 미래의 일은 아니었나요?"

여자는 입을 다물고 얼룩 하나 없이 깨끗하고 매끄러운 유리 너머에서 나를 바라봤다.

"그런데도 이번 생에서 그를 사랑하려고 했어요?"

예상대로 여자는 대답하지 않았다. 언니는 내가 면회실 밖으로 나올 때까지 문고리를 잡고 가만히 나를 기다려주었다.

각성자들의 그룹 인터뷰를 진행한 것은 탁월한 선택이었다. 불과 3주 만에 지난 5개월의 작업보다 구체적인 영혼의 지도가 그려졌다. 한 영혼이 다음 생에 어떤 조건과 형질을 지닌 사람으로 태어날지는 알 수 없고 거의 인과에서 벗어난 것처럼 보이지만, 인연이 닿아 있는 특정 그룹의 영혼들과 반복해서 관계를 맺게 된다는 것은 이제 명백해졌다. 무수한 생 속에서 그들이 어떤 관계로든 계속 만나는 것은 우연이라기엔 말도 안 되는 확률이고, 그러므로 패턴이었다.

"처음부터 완전히 잘못 짚은 거야."

나는 원호와 길 위에 따뜻하게 드리운 여름 햇살 속으로 걸어가며 말했다.

"하나의 생을 과연 한 사람만으로 설명하는 게 가능할까? 당연히 그 생에서 맺고 있던 관계들을 말해야 그 삶을 설명할 수 있는 건데. 영혼이 육체를 떠나면 정보와 인과와 관계만이 남을 텐데."

"정말 반복해서 인연을 맺는 영혼들이 있어?"

원호가 궁금해하며 물었다.

"인연을 맺는 정도가 아니야. 나는 그들의 생이 그렇게 겹쳐 있는 게 마치……"

나는 단어를 잠시 골랐다.

"인연을 반복하기 위해 생이 존재하는 것 같아."

나는 말하는 동시에 깨달았다. 그리고 당장 책상에 앉아 자료들을 뒤적이며 이 가설을 전개하고 싶었다.

"원호야."

"연구실로 가고 싶구나."

원호가 웃었다. 원호는 자신들의 삶을 살기 위해 떠난 내 부모가 나와 언니를 맡긴 친구 부부의 아들이었다. 학교에 들어가기도 전에 서로를 알았고 남매처럼 함께 자랐다. 대학에 들어가면서 언니와 셋이 룸메이트로 지내다가 언니가 결혼한 후에는, 그리고 이혼한 후에도 둘이서 살았으니 나는 거의 평생을 원호와 같은 집에서 살았다. 아마도 그래서, 원호는 가끔 나보다 조금 더 빨리 나에 대해 알아냈다. 내 습관이나 표정, 기분과 마음 같은 것들. 그래서 나는 원호에게 고맙다는 말도 화가 났다는 말도 그리고 거절의 말도 할 필요가 없었다. 원호는 늘 그것을 이미 알고 있었다.

"가자. 데려다줄게."

원호가 부드럽게 내 팔을 잡아당겨 방향을 틀었다. 우리는 언니의 아기에게 줄 선물을 사러 가는 중이었다. 나는 사실 내키지 않는 일이었으니 잘되었다고 생각했다. 언니가 결국 입양한 그 아이의 이름은 하나였다. 언니는 하나를 이생에 남은 단 하나의 숙명처럼 여겼다. 하나를 위해 작은 방을 꾸미고 엄선한 초유와 분유를 준비하고 기저귀, 젖병, 살균기, 체온계, 맑은 소리가 나는 딸랑이와 나비가 달린 털실 모빌까지 마련했다. 나는 화가 머리끝까지 나서 언니는 각성한 뒤 나를 거들떠보지도 않으면서 피 한 방울 안 섞인 그 애를 살뜰히 돌보고 있다고, 나는 하나뿐인 가족을 잃었다고 소리쳤다. 그걸 곁에서 원호가 들었는데 원호는 내가 그를 가족에 포함하지 않은 것에 화가 났다. 내게 화를 내진 않았지만 나는 원호가 화났다는 것을 알 수 있었다.

"여러 관계로 변주되며 만나는 영혼도 있지만 대개 한 인연에는 특정한 패턴과 규칙이 있어."

나는 최근 그룹 인터뷰에 응한 각성자들이 가지고 있는 패턴을 원호에게 들려주었다. 어떤 두 영혼은 매번 부모와 자식으로 번갈아 태어난다. 그들은 서로에게 좋은 부모와 자식이 되지 못한다. 다른 두 영혼은 서로의 죽음에 인과를 제공한다. 둘 중 하나가 죽을 때까지 두 영혼의 삶은 위태롭다. 또 다른 두 영혼은 한 영혼이 언제나 다른 영혼의 삶을 망가뜨린다. 원하는 바를 이루기 위해 비정하게 상대를 공격하기도 하고 때로는 상대의 존재도 모르는 채 아무런 의미도 없이 그 삶을 짓밟는다. 가위바위보의 관계처럼 세 영혼이 균형을 이루기도 한다. A와 B와 C가 공존하면 서로의 삶을 윤택하게 하는 친우가 되지만, A가 없을 때 B와 C는 적이 되고, B가 없으면 A와 C는 불행한 삶을 산다. C가 없다면 A와 B는 서로를 알지 못하는 남으로 살아간다.

"왜 이런 반복이 일어날까? 아무 의미도 없어 보이는 이런 반복이……"

나는 문득 쓸쓸해져서 말했다.

"어떤 의미가 있는지는 알 수 없지만 그것이 계속 반복된다면 바로 그 반복이 중요한 게 아닐까?"

"왜 그렇게 생각해?"

"확실하게 알 수 있는 건 오직 그게 계속 반복된다는 사실이잖아. 반복되는 것의 의미가 아니라 반복하는 것 자체에 의미가 있을 수도 있지. 물론 나는 과학자가 아니고 요리사니까 반복해서 요리를 할 뿐이야. 너에게 오늘 아침은 김치볶음밥을 해주고 저녁은 된장찌개를 해주는 거지. 다른 날 이런저런 다른 음식들도 먹겠지만 어느 날엔 또다시 김치볶음밥과 된장찌개를 먹을 거야. 그땐 김치볶음밥에 네가 좋아하는 달걀프라이나 신선한 잎채소를 가니시로 올릴 수도 있고. 된장찌개가 조금 짤 수도 있지만 그래도 맛있게 먹을 거고 이런 날들이 반복되겠지."

원호가 그런 이야기를 진지하게 해서 나는 웃음이 터졌다. 원호와 내가 웃으며 연구실에 도착했을 때 언니가 협조 공문을 보냈던 삼림학자가 나를 기다리고 있었다.

"선물입니다."

그는 이름을 말하기도 전에 허브 화분을 먼저 내밀었다. 작고 향긋한 화분은 얼떨결에 원호의 어색한 두 손에 아주 돌연한 물건처럼 들려 있었다.

그의 이름은 곤이었다. 곤은 식물학자가 아니고 삼림학자입니다, 라고 자기를 소개하길 좋아했다. 식물을 단일하게 존재하는 생명체로 인식하는 것은 씨앗만 보고 그 나무를 안다고 믿는 것처럼 어리석은 일이며 그들을 유기적인 공동체로, 거대한 하나의 숲으로 보아야 한다고 곤은 주장했다. 또 그는 나와 연구원들에게 숲의 나무들이 어떻게 하나로 연결되어 있는지 몹시 설명하고 싶어 했다. 전나무와 자작나무가 땅속 뿌리 균근으로 탄소를 교환하는 일, 햇빛을 많이 받지 못하는 조건에 놓이거나 잎이 다 떨어진 시기의 위태로운 나무에게 생존에 필요한 영양소를 나눠 주는 일, 물을 양보하는 일, 그리고 정보를 교환하는 일을 이야기하며 정말 신비롭지 않으냐고, 마치 서로를 돕는 영혼들 같지 않으냐고 물었다.

"정말 식물의 영혼이 존재한다고 믿어요? 아즈깔 말이에요."

내가 곤에게 물었다.

"물론이죠."

곤은 황당한 소리를 들었다는 듯이 대답했다.

"식물은 사람보다 더 고도로 발달한 영혼이에요. 우리가 우리를 아는 것보다, 식물이 우리에 대해 더 많은 것을 알고 있을 겁니다."

나는 어깨를 으쓱이고 말았지만 속으로 그와는 도저히 친해질 수 없을 거라고 생각했다. 곤은 괴짜처럼 보였고 항상 무언가에 약간 정신이 팔려 있었으며 그 무언가는 높은 확률로 묘목이나 땅속 균사체 따위였다. 곤은 아즈깔 연구를 원격으로 참여할 수 있는 조건으로 2년간 우리 연구소와 협동 연구 계약을 맺었다.

하지만 의외로 곤과 나는 꽤 잘 맞았다. 그는 때로 놀랍도록 내가 하는 말의 의미를 정확히 파악했고 그 순간 내게 가장 필요한 아이디어와 신선한 관점의 질문을 제공했다. 연구에 대한 이해도 빨랐는데 실제로 식물과 영혼에 대한 탐구는 여러 가지로 맥이 닿아 있었다. 곤은 식물이 왜 선량해지는가에 의문을 품었고 그것이 자신과 타자의 경계가 허물어졌기 때문이라고 생각했다. 즉 식물은 자신과 다른 개체, 나아가 자신과 전부를 하나로 생각하기 때문에 양분과 물을 양보하고 위험을 알리는 것이라고, 이것은 마치 이타적인 마음과 같지 않으냐고 내게 물었다. 나는 곤의 관점 덕분에 각성자들이 가진 공감 능력에 대해 좀더 상상할 수 있게 되었다. 생과 인연이 반복된 영혼들은 상대를 사랑하고 증오하며 서로에 대해 수없이 생각한다. 서로를 알게 된다. 서로의 기억과 마음이 뒤섞인다. 때로는 가해자가 되고 때로는 피해자가 되며 인과 역시 뒤섞인다. 이것은 나와 너가 겹쳐진다는 의미이다. 감정이 출발하고 도착하는 나와 너의 거리가 사라지기 때문에 사랑과 증오는 희미해진다. 그리하여 마침내 고도의 이타적인 마음이 된다.

"식물은 이미 거의 단일한 영혼을 완성했어."

곤이 말했다.

"숲은 나무 일부를 잃는 것에서 죽음을 느끼지 않아. 숲과 종 전체의 생명력에 집중하지. 어떤 나무가 베일지, 어떤 나무가 불탈지는 인과와 무관한 불운의 문제가 되는 거야. 숲은 불운을 인정하고 나무들은 비참한 삶과 허무한 죽음을 인정해."

"각성자들이 생을 바라보는 태도도 비슷해. 그들에게 적과 동지, 좋은 일과 나쁜 일은 정말 구분하기 난처한 문제가 되었어. 언젠가 우리가 마침내 하나가 되어버리면 무슨 일이 일어날까?"

"그렇게 된다면 아무 일도 안 일어나지 않을까? 사랑도 증오도 없고 차이도 선택도 없는 상태에서 모든 것이 멈추는 거야."

"그건 너무 끔찍한데."

나는 얼굴을 찌푸리면서도 영혼의 끝이 정말 그러하리라고 생각했다. 나와 너를 구분할 수 없게 된 영혼은 아무런 관계도 맺지 못하고 생에는 아무런 인과도 생기지 않는다. 영혼의 기억으로 만들어진 세상이 멈추고 모든 것이 고요 속으로 사라진다.

"마치 별이 붕괴할 때처럼. 별의 무수한 잔해가 엄청난 밀도의 블랙홀이 되어 줄어들고 줄어들다가 마침내 시공간이 사라진 한 점으로 소멸해버리는 것처럼 말이야. 우리가 가진 기억과 특별함과 아름다움이 다 사라지고 아무것도 남지 않은 텅 빈 우주가 되는 거야. 어쩌면 우리는 그 사라짐의 순간에 다가가기 위해 살고 있는지도 몰라. 사람들과 관계를 맺을수록, 사람들과 사랑을 할수록, 우리는 더 빨리 정지하겠지."

곤이 냉정하게 말했다. 그때 나는 굉장한 서운함을 느꼈는데 스스로도 깨닫지 못했지만 곤을 사랑하게 됐기 때문이었다.

"그 전에 숲이 되겠지. 서로를 미워하지 않고 그저 같은 방향으로 부는 바람에 흔들리며 선량한 꿈을 꾸는 나무들이 될 거야."

내가 말하자 곤이 잠시 멍하니 나를 바라봤다.

"저기, 보여줄 게 있어."

곤은 자기 연구실로 나를 데려갔다. 방 안에는 처음 맡아보는 진하고 매운 향이 감돌았다. 이건 마치 비에 젖은 불탄 숲, 고요하고 광막한 기억…… 나는 책상 위에 놓인 화분의 풀을 단번에 알아봤다.

"아즈깔!"

"맞아. 허가를 받고 조금 가져왔어. 곧 돌려보내야 하지만."

곤이 은밀히 말했다. 아즈깔은 철저하게 관련 연구 기관에 의해 통제되고 있었고 외부 반출이 거의 불가능했다.

"이런 향이 난다는 보고는 듣지 못했는데."

나는 신나서 말하고 있었다.

"이건 우리가 아즈깔에게 가르친 거야. 특정 상황에서 특정 향기를 내뿜는 게 유리하다는 심상을 심어주고 다른 공간의 아즈깔들도 그 향기를 사용하는지, 그것이 동시에 이루어지는지 실험했어."

"결과는?"

곤은 향기로 가득 찬 허공으로 자랑스럽게 양팔을 펼쳤다. 그리고 내게 말했다.

"만져봐. 만져봐도 돼."

나는 손을 뻗어 작은 잎사귀와 나선으로 말린 가느다란 줄기를 조심스럽게 쓰다듬었다. 눈에 보이지 않는 고운 솜털이 덮여 있었다.

"무엇이든 할 수 있고 무엇이든 될 수 있는 풀이야. 우리 영혼처럼."

곤이 내 뒤에서 속삭였다. 나는 그 순간 곤과 내가 서로 무언가를 조심하고 있었다는 것을 깨달았다. 그리고 그 무언가가 이제 깨져버렸다는 것도 알게 되었다. 곤과는 1년을 만나다가 그가 원래 있던 연구 팀으로 돌아가며 헤어졌다. 나는 그에게 매달렸는데 그는 나와 생각이 달랐다. 곤의 마음속에서 나는 이미 한때 생명력 넘치는 숲이었다가, 한 점으로 쪼그라들어 사라진 별이었다.

어느 날 발코니 한쪽에서 그가 처음 만났을 때 준 허브가 거대하고 무성하게 자라 있는 것을 발견했다. 원호가 물을 주고 분갈이를 한 화분들이었다. 내가 부르자 원호가 왔다. 나는 원호에게 저 풀을 당장 내다 버리라고, 너도 꺼져버리라고 소리쳤다.

"몇 번의 살인을 하셨다고요?"

85세 남성 각성자는 코끝에 걸친 얇은 안경알 너머로 나를 보며 대답했다.

"거의 대부분의 생에 살인을 했지. 시도하다가 실패했거나."

"대부분이라고요?"

"그래요. 거의 모든 생에 나는 살인자였어."

"특별한 이유가 있었나요?"

"아니. 실수나 충동적인 폭력성일 때도 있었지만 원한이나 가벼운 장난, 재미, 욕망, 습관일 때도 있었어요."

나는 말없이 차트에 천천히 메모했다.

"아마도 내가 이번 생에도 살인을 했는지 묻고 싶을 거야.

그렇지 않습니까?"

잠시 고민했지만 고개를 끄덕였다.

"맞아요. 영혼이 일정한 패턴을 보인다면 그 패턴은 반복되니까요. 이번에도 사람을 죽였나요?"

"아니요."

노인은 나무처럼 메마른 얼굴을 단호하게 가로저었다.

"하지만 내 영혼이 각성하지 않았다면 이번 생이 끝나기 전에 또 사람을 죽였을지도 모른다는 생각은 들더군요. 나는 80여 년의 세월을 사는 동안 한 번도 진지하게 누군가를 죽이고 싶었던 적이 없고, 내가 누군가를 죽일 수 있으리라고도 생각해본 적 없지만, 그럼에도 그런 생각이 듭니다. 많은 생을 기억하고 나니 더 사람의 마음을 모르겠거든. 내 마음조차 말입니다."

"이전 생에 죽인 사람들에게 죄책감을 느끼나요?"

내가 조심스럽게 물었다.

"이상하게 들리겠지만 전생의 기억은 그렇게 사건으로만 떼내어 객관적으로 떠올릴 수 없어요. 나는 그때 사람을 죽이던 내 기분과 생각을 모두 기억해요. 지금의 내가 가진 이성으로 그건 정말 끔찍하고 말도 안 되는 논리지만, 그 생들의 나는 오직 그들을 죽이고 죽이고 죽이려는 마음뿐이었어.

나는 그때의 내 마음을 다 기억하는데도 내가 왜 그런 존재
가 돼야 했는지 이해하지 못합니다."

"한평생을 가문의 땅을 되찾는 데 쏟았던 생이 있어요. 아
버지의 형제들이 노름으로 잃은 땅이었죠. 마침내 노란 밀밭
과 풍차가 있는 평화로운 풍경을 되찾았을 때만큼 그 생에서
기쁘고 중요한 순간은 없었어요. 한편 이전 생에서 나는 그
땅을 노름에서 딴 운 좋은 노름꾼이기도 했어요. 나는 땅을
판 돈으로 또 노름을 하다가 1년도 안 돼 모두 탕진하고 노름
판에서 만난 취객에게 칼을 맞아 죽어요. 그리고 나는 다시
그 땅을 물려받은 나의 후손으로 태어나요. 그 생에서 내가
아주 어릴 때 나는 동생들을 데리고 헛간에서 카스텔라를 굽
다가 헛간과 밀밭을 태워버려요. 그날 두 동생이 죽고 나는
살아남죠."

"여러 생이 당신이 만든 인과로 엮여 있네요. 어떤 생이 가
장 후회되나요?"

"글쎄요. 이 모든 걸 도무지 어떻게 기억해야 할지 모르겠
어요. 우리는 뱉어낸 숨을 다시 들이마시듯 우리가 만든 인
과 속을 살아가야 하는 걸까요?"

"현재 내전과 테러를 주도한 테러리스트로 수감 중이시죠?"

"그렇습니다."

"최근 광장에서 일으킨 대규모 폭탄 테러를 지시했을 때 당신은 각성 상태였나요?"

"맞습니다."

"이번 테러로 2백 명 이상이 죽거나 다쳤고, 수많은 이가 사랑하는 사람을 잃었어요. 죽은 사람 중에는 전쟁과 무관한 어린아이들도 있었고요. 당신은 여러 생에서 꽤 온화한 사람이었고 평생 아이들을 위해 희생한 성직자였던 적도 있죠. 어째서 각성 후에도 이런 끔찍한 짓을 멈추지 않았죠?"

"옳지 않기 때문입니다."

"무고한 아이들이 죽는 것은 옳은가요?"

"나는 그런 판단을 할 수 없습니다."

"그렇다면 당신들이 말하는 '옳지 않다'는 판단에 대해 좀 더 자세히 설명해주세요."

"가령 나는 제2차세계대전 때 전자기파 레이더를 만든 과학자였습니다. 내 연구로 인해 수많은 전투기와 잠수함이 침몰하죠. 이 레이더의 원리로 전자레인지가 발명됩니다. 전쟁이 끝난 후에 남겨진 가난한 가족들, 굶어 죽을 상황에 놓인 어린아이들이 전자레인지로 인해 저렴해진 음식을 먹습니다. 흔한 일이지만 전쟁으로 무너진 사람들을 전쟁의 잔해가 구해요. 나는 이제 나로 인해 침몰하는 잠수함에 탄 사람들과 나로 인해 삶을 연명하는 사람들을 동시에 알게 되었습니다. 어떤 생에서 나의 선택은 단순히 눈앞의 사람들을 구하는 일이 아니라, 눈앞에 있는 사람들을 구하기 위해 내가 분명하게 알고 있는 다른 사람들을 죽이는 일입니다. 반대로 눈앞의 사람들을 죽이는 일은 어떤 사람들을 구하는 일이 되기도 합니다."

"필요악이라는 말을 하고 싶은 건가요? 혁명의 불을 지핀 상징적인 악인이나, 인류 발전의 계기가 되는 참혹한 재난들을 세계가 굴러가기 위해 필요한 하나의 단계라고 생각하나요?"

"내가 하고 싶은 말은 단지 지금 당신들이 해야 할 일을 하라는 겁니다. 하루빨리 세상에 존재하는 수많은 나를 잡고, 처벌하고, 더 경계하고, 더 많은 아이들을 구하고, 더 이상 아이들이 죽지 않는 세상을 끊임없이 상상하며, 마침내 그 세상을 여기에 만들어야 한다는 겁니다."

"나는 여러 생에 거쳐 다양한 이념에 집중했어요. 신실한 신학자일 때에는 나치에 가담해 유대인을 혐오했고, 미국 남부 농장에서 태어난 흑인일 땐 인종차별에 반대하는 목소리를 내며 아내와 딸을 때렸고, 동물애호가일 땐 장애를 가진 오빠를 유기했으며, 환경과 생태계를 위해 여생을 바친 이번 생에서 나는 레즈비언인 어머니를 평생 용서하지 못했어요. 어머니는 내가 각성하기 1년 전에 돌아가셨습니다. 이런 삶들이 반복되는 세계는 대체 어떤 모양일까요? 왜 우리는 무언가를 애호하고 무언가를 혐오할까요?"

"추락한 비행기 안에서 죽은 생이 있어요. 한쪽 날개에 이상이 생긴 비행기가 중심을 잃고 성층권의 흐린 구름 속에서 이리저리 흔들릴 때 비행기 안의 모두가 이제 곧 죽으리라는 것을 알고 있었어요. 나는 정신을 차리지 못하고 울기만 했죠. 그러다 어느 순간 옆자리에 앉은 남자가 내 귀에 무언가를 말하고 있다는 것을 알았어요. 나와 그는 전혀 모르는 사이였지만 그는 내게 따뜻한 말을 해줬어요. 짧은 순간 동안 그의 삶을 들려주고 외로움을 고백해주었죠. 그게 두려움을 이기는 데 도움이 됐어요. 그는 이번 생에서 나랑 마주칠 일이 없는 먼 나라의 아름다운 배우로 태어났더라고요."

"혹시 당신의 이전 생에 제가 있나요?"

"물론이죠. 이 방에서 만난 대부분의 각성자가 선생님을 기억하고 있을 거예요."

"여러 생에서 나를 살해한 살인자들이 내 아이들로 태어났어요."

"아이들이 두려운가요?"

"나는 이 아이들을 사랑해요. 하지만 아이들은 늘 두렵죠."

시간은 끊임없이 흘렀다. 전 세계의 각성자 수는 백만 명에 육박했다. 이제 인류 만 명 중의 한 명은 영혼의 기억을 각성한 상태였다. 각성은 일종의 사회현상으로 자리 잡았는데 갈등과 폭력을 일으키는 쪽은 언제나 비각성자들이었다. 그들은 각성이 두려워서, 각성을 원해서, 각성자가 두려워서, 각성자를 원해서 끊임없이 다퉜다. 사소한 지역 분쟁에 그칠 때도 있었고 전쟁과 테러로 이어지는 경우도 있었다. 나는 어느덧 8백여 명의 각성자를 인터뷰했고 그들의 무수한 생이 만들어낸 얇고 반짝이는 거미줄을 내 전생처럼 떠올릴 수 있게 되었다. 인터뷰에서 새롭게 알아내는 것은 더 이상 아무것도 없었다. 나는 그저 오래전에 폭발해 사라진 별의 허밍을 듣는 사람이었다. 이제 그들의 이야기는 평범한 사람들의 비슷비슷한 이야기로 들린다. 그들은 나와 세상을 한결같이 아득하고 무심한 눈동자로 바라보지만 무수히 겹친 그들의 생을 펼쳐 천천히 들려준다. 그들의 이야기는 기괴하고 불가해하고 슬프고 끔찍하지만 나는 각성자들과 이야기를 나누는 내내 오직 외로움을 느낀다. 수많은 생의 수많은 관계들에 대해 이야기하면서도. 우리는 우리가 모두 외롭다는 것을 확인하며 안도한다. 수많은 생의 수많은 순간 중에 하나의 장면을 깊은 의식 속에서 길어 올려 들려주는 오래된 영혼의 마음을 나는 가끔 상상해본다. 찰나의 표정과 평범한 하루와 작은 약속을 기억하는 마음이란. 어떻게 이토록 사소한 기억이, 먼지 같은 이야기가 흩어지지 않고 마음에 남았을까?

일곱 살이 된 하나가 말했다.
"이모도 우리랑 같이 게임해야 해."
"내가 왜 그래야 하지?"
하나는 두 손을 쥐고 소리쳤다.
"내가 같이 하고 싶으니까!"
나는 하는 수 없이 손에 든 연구 자료를 내려놓고 우스꽝스러운 자세로 뻣뻣하게 굳어 있는 언니에게 다가갔다.

"지금 대체 뭘 하는 거야?"

내가 한심해하며 물었다.

"눈을 감고 손으로 만져서 술래가 어떤 포즈인지 맞추는 거야."

그 순간 언니가 외발로 잡고 있던 몸의 중심이 무너졌다.

"이번엔 내가 술래 할래. 다 눈 꼭 감아."

하나가 재촉했다. 나는 한숨을 내쉬며 눈을 감고 하나의 가늘고 따뜻한 몸을 조심스럽게 더듬기 시작했다. 작고 겁 많은 동물처럼 심장이 빠르게 뛰고 있었다. 언니도 손을 뻗어 하나의 몸을 더듬더듬 만졌다. 갈 길을 잃은 우리 손은 이리저리 헤매며 서로의 손을 스치고 쳐내고 때로는 포개졌다.

"대체 무슨 포즈지? 언니 정말 몰라?"

"양발을 바닥에 붙이고 다리에 단단하게 힘을 주고 있네."

나는 교차된 하나의 두 팔을 따라 손을 움직였다. 한쪽 팔은 앞으로 쭉 뻗어 있고 다른 팔은 안으로 굽어 있었다.

"그리고 등을 둥글게 말고 고개는 위로 쳐들고 있어."

언니가 말했다.

"알았다."

나는 한 손으로 하나의 코를 장난스럽게 틀어쥐었다. 하나는 긴장으로 몸을 굳히며 흐응 하는 콧소리를 냈다.

"코끼리 자세."

"맞아!"

하나가 까르르 웃음을 터뜨리며 내 품으로 달려들었다.

일요일이면 원호는 빵을 구웠다. 온 집 안에서 달고 고소한 빵냄새가 났다. 원호는 크림치즈나 무화과가 든 파운드케이크를 만들기도 하고 옥수수를 넣은 담백한 스콘을 만들기도 했지만 특히 맛있는 것은 코코넛잼을 바른 따뜻한 버터롤 빵이었다.

나는 롤빵을 한 입 베어 물며 말했다.

"어째서 이렇게 맛있을까?"

원호는 조리대에 밀가루를 펼치고 찬물을 섞어 맨손으로 빵 반죽을 만들고 있었다. 원호가 반죽을 치댈 때마다 아직 뭉쳐지지 않은 고운 가루가 뿌연 연기를 피우며 가볍게 떠올랐다.

"이렇게 밀을 가루로 만들어서 다시 뭉칠 뿐인데."

"그건 아니야."

원호가 웃음을 터뜨렸다.

"네가 안 볼 때 몰래 넣은 것들이 있어."

"그래도 똑같은 밀가루잖아. 같은 것을 나누고 다시 섞을 생각을 누가 처음 했을까?"

나는 턱을 손에 괴고 원호가 반복해서 반죽을 치대는 모습, 집중하는 표정, 숙련되게 동작하는 손과 어깨 근육의 움직임, 그로 인해 몸 전체가 단조로운 리듬으로 흔들리는 과정을 가만히 지켜봤다. 원호는 언제부터 이렇게 내 곁에서 요리를 하고 있었지?

"어제 세미나에서 이런 이야기를 했어."

나는 롤빵을 맛있게 먹으며 떠들었다.

"옛날 과학자들은 영혼이 당연히 사람 몸 안에 있을 거라고 생각했어. 영혼이 뇌세포 속 뉴런 다발이나 DNA 사슬 속에 비밀스럽고 작은 입자의 형태로 저장되어 있을 거라고 생각한 거야. 그건 영혼이 공간 안에 존재하리라는 생각이었지. 하지만 영혼을 기억하는 각성자들이 나타나면서 많은 과학자가 영혼을 시간에 속한 개념이라고 생각하기 시작했어. 그것도 고정된 시점에 존재하는 것이 아니라 주체가 흐르고 움직일 때만 나타나는 순간적인 에너지라고."

원호는 귀를 기울이고 있다는 표시로 크게 고개를 끄덕이며 물었다.

"너도 그렇게 생각해?"

"그랬는데 생각이 바뀌었어. 영혼은 어디에 속해 있는 것이 아닌 것 같아."

"그럼?"

"시공간이 바로 영혼에 속해 있는 거야. 시간과 공간은 반드시 영혼 속에 존재하니까. 우리는 늘 우리가 이 세상을 미로처럼 헤매는 줄 알았지만, 실은 영혼이 세계를 담은 미로인 거지."

원호는 그럴 수 있겠다, 하며 고개를 끄덕였다. 지금 원호에게는 우리의 영혼과 세계보다 저 둥글고 말랑말랑하며 가만히 두면 자꾸 아래로 흘러내려서 무방비한 포즈가 되는 반죽이 더 중요했다.

"어쩐지 하나가 된 영혼의 끝에 시간도 공간도 사라지고 우리 모두가 다 사라진대도 괜찮을 것 같아. 무섭지 않을 것 같아."

"왜?"

"누군가를 만나고 싶어서 첫번째 영혼이 분리될 테니까. 아주 작은 차이로 틀어진 나와 너가 생기면 다시 세상이 시작될 테니까. 다시 시간이 흐르고 세계가 존재하고 나는 너를 궁금해하고. 그렇게 아무런 의미 없이 반복하기 위한 반복을 시작할 테니까. 아마도 태초에 영혼이 그랬던 것처럼 말이야."

각성의 순간은 어느 날 아침 눈을 떴을 때 찾아왔다.

나는 익숙한 천장과 전등과 방 안 가구들의 단순한 배치를 바라보며 하나의 생이 아름답게 축적된 놀라운 방들을, 그것의 끝없는 펼쳐짐을 떠올렸다. 오랜 세월 각성자들을 연구하고 각성에 대해 상상했지만 의외로 영혼을 기억해내는 과정은 뇌와 육체에 조금도 무리를 주지 않으며 빠르고 부드럽게 이루어졌다. 나는 내가 늘 깨어나던 침대에 누운 채로 몇 번 깊게 숨을 들이쉬고 내쉬는 동안 수십억 개의 생을 모두 인지했다. 그로 인해 내가 그 생들에 대해 몰랐던 부분과 잘못 알고 있던 부분 또한 순식간에 알게 되었다. 한꺼번에 너무 많은 것을 알고 바로잡았기 때문에 오히려 내 마음과 감정은 잔잔하게 가라앉았다.

나는 내가 지난 10년 가까이 영혼에 대해 연구한 것보다 정확하고 구체적인 결과를 도출했다. 이번 생의 내가 바로 턱밑에 두고 발견하지 못한 비밀들을 안타깝게 여기면서도 한정적으로 주어진 생에서 많은 것을 해냈다는 뿌듯함을 동시에 느꼈다. 나는 나를 나로 보며 타자로도 보고 있었는데 그것은 마치 여러 대의 카메라를 이용해 나를 입체로 만들고, 움직이는 시뮬레이션으로 만들며, 세상 속에 반짝 일렁이는 파노라마로 만드는 엄청난 시선이었다. 나는 나를 들여다보는 것만으로도 거의 세상의 모든 것, 모든 생의 모든 시공간을 볼 수 있었다.

나는 이제 나와 인연으로 묶인 영혼들과의 많은 생을 분류해서 생각해볼 수 있다. 이것은 내가 각성자들을 만나며 무수히 꿈꿨던 순간이라 나는 즐거움을 느낀다.

우선 곤의 영혼에 대한 기억이 떠오르자 먼저 드는 감정은 안도이다. 곤과 나의 영혼 패턴은 '곤이 나를 좋아하면 곤은 불행해진다'였기 때문이다. 한편으로는 곤이 지금 어떤 마음일까 포기하지 못하고 되뇌던 이생의 나로서 복합적인 감정을 느낀다. 그러나 동시에 내가 각성자의 감정을 직접 느낀다는 사실에 문득 희열이 찾아온다. 여러 생을 동시에 펼칠 수 있는 것처럼 나는 내가 가진 여러 입장의 감정들을 동시에 취할 수 있다. 이것은 과학자로서 혁명처럼 느껴지는데, 대체 언니는 어떻게 이런 감정을 억누르고 모든 연구에서 손을 뗀 채 하나의 엄마로만 살아가는지 나는 문득 궁금해진다.

궁금함과 동시에 해답을 얻는다. 언니와 나의 영혼은 '언니가 나를 돌본다'는 패턴으로 이어져 있다. 언니는 무수한 생에서 부모나 조부모로, 친척이나 지인으로, 형제와 친구, 은사와 은인으로 나타나 내 삶을 돌본다. 언니의 영혼이 존재하는 생에서 나는 대개 평안한 삶을 누리며 사랑과 유대의 존재를 아는 사람으로 성장한다.

나는 하나의 영혼으로 언니를 다시 기억한다. 불행한 가족사로 고아나 마찬가지인 처지가 된 나를 아무 조건 없이 가족으로 받아주고 스스로가 소중한 존재라고 믿으며 자라게 해준 은인이 되어 언니는 다시 나를 돌본다. 나는 나와 같은 시공간에 동시에 존재하며 아직 오지 않은 미래까지 이어지는 하나의 생을 알고 있다. 그날들이 찬란하며 고통스럽다는 것을 알고 있다. 그러므로 나는 하나가 살게 될 삶을 산 적이 있다. 이러한 영혼의 겹침이 가능하리라는 가설을 각성 전의 나도 떠올린 적이 있다.

그리고 나와 원호의 영혼을 떠올리면, 나는 잠시 아득해진다. 우리 사이에는 규칙에 가까운 엄격한 패턴으로 '둘은 서로를 사랑하지 않는다'가 존재한다. 원호는 나의 무수한 생 안에서 가장 자주 존재하는 인연이지만 언제나 사랑이 되지 못한다. 친구나 서로를 잘 모르는 지인으로 남는다. 한 사람이 다른 사람을 좋아하면 상대는 마음이 없다. 때로는 사랑이 이루어지기 전에 누군가가 죽거나 누군가의 삶이 무너진다. 우리의 사랑은 실패한다. 실패가 전제되어 있는 사랑을 반복하는 삶들을 나는 기묘한 기분으로 떠올린다.

그런데 딱 한 번, 원호와 내가 서로를 사랑한 적이 있다. 나는 그 생에서 그 사랑이 어떤 기적인지 알지 못했다. 우리는 열일곱 살에 학교에서 만났고 처음 보는 순간부터 서로에게 끌렸지만 누구도 먼저 내색하지 않았다. 어느 6월 밤, 우리는 긴 수로에서 우연히 만났다. 나는 용기 내어 수영을 가르쳐주겠다고 했고 원호는 좋다고 했다. 우리는 서로의 치마와 속옷을 포개 그늘 속에 감췄다. 달이 비추는 검은 물속을 신중한 악어처럼 가로질렀다. 수면은 가볍게 찰랑이고 물소리도 나지 않았다. 우리는 깊지 않은 물속에 앉았다. 물 밖으로 눈과 귀만 내놓고 숨을 참았다. 젖은 두 머리가 동그랗게 물 위에 떠 있었다. 그때 그 애가 나타났다. 고요한 정적을 깨고 우리를 향해 고함치고 사람들에게 모든 걸 말하겠다며 달리다가 수로에 빠졌다. 완만한 경사조차 없는 깊은 물속으로 점점 더 가라앉았다. 세상은 다시 고요해지고 있었고 우리는 잠시 생각했다. 생각하다가 동시에 그 애를 구하기로 마음먹었다. 그 애를 구했다. 그 애를 뭍에 올리고 숨을 쉬도록 만들고 서로의 젖은 얼굴과 파랗게 질린 입술을 보며 사랑을 느꼈다. 무엇에도 가라앉지 않을 마음을 확인했다. 나는 이번 생에 그 애가, 우리를 혐오하면서도 단 한 번 우리를 사랑으로 이어준 그 애가 우리의 아이로 태어날 것을 알고 있다.

나는 침대에서 일어나 아직 원호가 깨지 않은 집 안을 천천히 돌아다닌다. 찬장에 넣어둔 익숙한 그릇과 식기가 놓인 모양을 본다. 먼지 없이 닦인 바닥과 선반에서 원호의 손길을 본다. 냉장고 문을 열어 우리가 당분간 먹을 식재료들을 본다. 비스듬히 쌓인 달걀과 반쯤 남은 우유, 달콤한 간장에 재워둔 고기와 몸에 좋은 감식초, 딸기잼 병에 담긴 까맣고 찐득한 매실액, 직접 건조하고 볶아서 만든 새우가루와 버섯가루, 미리 손질해둔 파와 양파, 당근이 든 밀폐 용기, 깨끗하게 씻어둔 과일들, 그리고 내가 특히 좋아하는 셀러리가 든 피클을 찬찬히 눈으로 들여다본다. 나는 다시 집 안을 거닐며 2인용 소파에 덮인 부드러운 촉감의 패브릭과 진한 장미목 책장을 손끝으로 쓸어본다. 어젯밤 읽다가 러그 위에 아무렇게나 뒤집어놓은 소설책과 나중에 읽으려고 탁자 위에 올려둔 편지들을 모아 한쪽으로 가지런히 정리한다. 그리고 발코니에 놓인 작은 티 테이블을 본다. 표면이 하얗고 몸통과 다리 전체가 철재로 만들어진 그 티 테이블은 누군가 떠나며 깨끗하게 사용한 것을 남겨준 것이다. 원호는 티 테이블에 앉아 집으로 돌아오는 나를 기다리며 밖을 내다보곤 한다. 원호와 나는 가끔 거기에 마주 앉아 아무 말 없이 따뜻한 커피를 마신다.

그때 원호가 방에서 나온다. 이제 막 꿈에서 깨어난 몽롱한 눈으로 나를 발견하고 가만히 보다가 무언가 달라진 분위기를 느낀다. 잠시 그 자리에 멈춰 서서 눈을 깜빡이고 이내 고개를 갸웃거리지만, 어째서인지 알 수 없는 불안과 강렬한 예감에 휩싸이지만, 그래도 나를 보며 웃는다. 나도 원호를 보며 원호와 닮은 표정으로 웃는다. 천천히 창가로 다가가 드리워진 커튼을 열고 오늘의 세상을 원호에게 보여준다.

긴 예지

1

효주는 지난해 오랫동안 일하던 회사를 그만두고 살던 집을 처분했다. 직원이 스무 명 남짓인 작은 코인 거래소에서 실적이 썩 좋지 않았는데도 평소 가까운 사이라고 느끼지 못했던 팀장이 떠나는 그녀를 붙잡으며 힘든 일이 생긴 것은 아닌지 걱정해주었다. 효주는 조금 놀라며 별다른 이유는 없다고, 그냥 잠시 쉴 때가 된 것 같다고, 친절하게 대해주어 감사하다고 대답했다. 그렇게 말하던 순간에는 스스로도 정말 잠시 지친 것뿐이라고 생각했다. 급하게 내놓아 믿기지 않을 만큼 헐값으로 매겨진 낡은 주택은 일찍이 폐렴을 앓다 돌아가신 아버지가 어머니에게 남긴 유일한 재산이었고, 4년 전 어머니마저 돌아가신 후에 효주가 물려받은 집이었다. 효주는 태어나 쭉 그 집에 살았다. 매년 여름이면 마당의 단단한 소나무를 타고 올라와 피어나는, 크리스마스트리의 전구 장식 같은 보라색 나팔꽃을 기다리곤 했다. 그러나 마지막으로 마당을 지나 녹슨 철문을 나설 때 아무런 비감이나 미련도 느껴지지 않았다. 효주는 자신이 갑작스럽게 주변 신상을 정리하기로 다짐한 것이 혹시 어머니의 사고 때문이 아닐까 생각해본 적이 있었다. 하지만 이내 고개를 내저었다. 인생을 되돌아보며 충격이나 상처를 받았던 다른 사건들도 차례로 떠올려보았다. 그러나 그 일들은 이미 오래전에 멀어져 지금의 효주를 슬픔과 의문으로 뒤흔들 힘이 없었다. 기껏해야 어느 날 부드러운 리본처럼 나타나 이마나 가슴을 쓸어내릴 뿐이었다.

아는 사람 하나 없는 도시에서 오래된 아파트를 구하는 순간까지도 효주는 자신이 무엇을 원하는지 알지 못했다. 물론 자신이 어떤 상태인지도 알지 못했다. 대부분의 짐을 버리고 떠나왔기 때문에 텅 빈 아파트는 해식동굴의 내부처럼 푸르고 어두컴컴했다. 그곳에서 효주는 혼자 지내며 아무도 만나지 않고 아무런 일도 하지 않았다. 음식을 주문해서 이틀

간 조금씩 나눠 먹고 일주일에 한 번 쓰레기를 버리러 밖에 나가는 것이 생활의 유일한 루틴이었다. 그때 단지를 한 바퀴 돌며 짧게 산책을 했는데 가끔 반려견이 방향을 꺾어 효주에게 다가오면 가볍게 말을 건네는 주민도 있었다. 그러면 효주는 잠시 멈춰 서서 대화를 나눴다. 하지만 다 효주가 모르고 효주를 모르는 이들이었다. 대부분의 시간은 집 안에서 보냈다. 현대시와 고전소설을 오랫동안 천천히 읽었는데 사실 좀처럼 집중할 수 없었다. 여러 편의 드라마나 영화를 연달아 볼 때도 그저 장소와 시간이 바뀌며 끊임없이 영사되는 화면을 멍하니 바라볼 뿐이었다. 한동안은 효주의 행보를 의아하게 여기는 친구들의 연락이 많았다. 그중 한 친구는 근래 자신이 겪은 불합리한 일을 전하며 격렬한 분노를 쏟아냈는데 효주는 그 입장을 깊이 이해하면서도 마음을 잘 쓰지 못했다. 효주의 반응이 계속 건조하자 친구는 돌연 말이 없다가 "나를 친구라고 여기지 않는구나"라고 차갑게 쏘아붙인 뒤 더 이상 전화하지 않았다. 또 다른 친구는 효주에게 자신을 잘 돌봐야 한다고 충고했다. "너는 지금 스스로를 내던지고 있어. 마치 네 것이 아닌 것처럼." 효주는 순순히 그 말이 맞는 것 같다고 인정했지만 앞으로 어떻게 해야 할지 감을 잡지 못했다.

그나마 효주가 집중할 수 있는 것은 지금 이곳에서 한발
벗어난 뉴스뿐이었다. 어떤 시기에는 며칠 밤낮을 꼼짝하지
않고 뉴스와 그 관련 영상을 찾아봤다. 놀랍게도 세계의 모
든 대륙에서 전쟁과 폭동과 테러가 일어나고 있었고, 재해와
질병으로 사람들이 죽어가고 있었다. 효주가 보기에 지구는
곳곳이 곪은 한 알의 사과였고 이 일련의 사건들로 인해 무
섭게 치닫는 결과는 단지 국지적인 위태로움에 한정되지 않
았다. 이것은 명백히 사과 전체의 부패를 암시했다. 효주는
탱크와 다연장 로켓포와 지뢰가 작동하는 전쟁터에서 가족
과 터전을 지키기 위해 소총을 든 투지 넘치는 사람들의 영
상을 보았다. 그리고 영상 아래 달린, 그들이 모두 며칠 전 폭
격을 당한 방송국 지하에서 이미 사망한 이들이라는 글을 읽
은 뒤 가슴이 내려앉았다. 몇 년 전 다른 여행지에서 그 나라
사람을 만난 적이 있었다. 짧은 대화에서 그가 의대에 진학
하기 전 세계 여행을 하는 중이며 어릴 적 네 번의 심장 수술
을 받고 기적적으로 살아났다는 이야기를 들었다. 마지막 수
술을 받기 전 그를 심폐 소생술로 살린 의사가 당시 얼마나
희박한 확률에도 자신을 포기하지 않았는지 이야기하며 공
포와 경이로 물들던 얼굴, 미래의 전쟁이나 피난 같은 건 조
금도 떠올리지 못하던 어리고 무구한 얼굴을 기억했다. 효

주는 자신이 세상 곳곳에 눈길을 떼지 못하며 기웃거리지만, 결국 어디에도 머물지 않고 이내 다시 자신의 차가운 아파트로 되돌아온다는 사실에 충격을 받았다. 그곳에서 효주는 늘 혼자였다.

효주가 사회적인 의미로 다시 밖으로 나온 것은 반년 만의 일이었다. 쓰레기봉투를 들고 엘리베이터에 탔을 때 거울 옆 공고란에 붙은 구인 광고가 눈에 들어왔다. 다른 전단지 사이에서 유일하게 자필로 쓴 글씨라 무심히 따라 읽기 시작했는데 주중 하루 두 시간씩 여섯 살 쌍둥이 자매를 돌봐줄 단지 내 베이비시터를 구한다는 내용이었다. 거기까지 훑었을 때 곁에 있는 줄도 몰랐던 여자가 불쑥 자기가 쌍둥이 엄마라고 말을 걸었다. 붙임성 있게 웃으며 아이들이 순하고 겁이 많아 장난도 심하지 않다고, 유치원 하원 차가 단지 안까지 들어와 내려주는데 아이들을 데리고 올라와 함께 간식을 먹으며 놀아주는 쉬운 일이라고 말했다. 그 순간 이상하게도 효주는 여자가 곧 사라질 것 같다고 생각했고, 이어 정말 무서운 생각을 했다는 죄책감을 느꼈다. 여자는 귀여운 아이들이니 일단 한번 만나보라고, 그러지 말고 지금 올라가서 차나 한잔하자고, 나 좀 살려달라고 농담처럼 말했다. 효주는 여자가 물에 빠진 사람처럼 느껴져 그 말을 무시할 수 없었다.

여자는 효주에게 차를 내주기 전에 쌍둥이를 식탁 앞 높은 의자에 나란히 앉히고 스마트폰을 하나씩 손에 쥐여줬다. 서로를 잡고 당기며 집 안을 뱅뱅 뛰어다니던 아이들은 금세 조용해졌고 그러자 데칼코마니처럼 닮은 표정이 되었다. 어린 쌍둥이는 짐짓 심각한 표정을 지으며 두 손으로 쥐기에도 조금 큰 스마트폰을 거실 창을 향해 최대한 쭉 뻗고 작은 턱을 치켜들었다. 잠시 뒤 화면 속 하늘에서 수십 개의 검은 구체가 쏟아졌다. 아이들은 화면에서 눈을 떼지 못했다. 효주는 그것이 요새 인기를 끌고 있는 모바일 게임 〈볼볼볼〉이라는 것을 바로 알아봤다. 뉴스 영상에서 그 게임에 빠진 사람들을 본 적이 있었다. 그들은 '볼'을 보는 중이었다. 삼삼오오 몰려다니며 화면 속의 하늘을 보는 학생들, 출퇴근길 대중교통에서 창가에 붙어 앉은 직장인들은 대개 〈볼볼볼〉의 플레이어였다. 효주의 기억 속에 깊이 각인된 광경은 얼굴이 보이지 않는 사람들의 무수한 팔이 버스 차창이나 강을 가로지르는 다리난간 밖으로 경례하듯 비스듬히 뻗어 나온 모습이었다. 그 풍경에 어떤 의도나 의미가 내포되어 있는 것 같다고 느꼈다.

〈볼볼볼〉은 단순한 게임이었다. 스마트폰 카메라로 하늘을 비추면 즉시 시작되고, 화면에 증강 현실로 구현된 볼들이 나타난다. 이 특색 없는 검은 공들은 처음엔 하늘 꼭대기에 있는 작은 점처럼 보이지만 천천히 떨어져 눈앞까지 다가오고, 이때 플레이어가 터치하지 않으면 화면 프레임 밖으로 빠져나간다. 볼은 고무처럼 광택과 탄력이 있고, 어림잡아 한 손에 겨우 꽉 쥘 수 있는 크기로 보였다. 이 게임의 포인트는 하늘에서 떨어지는 볼이 종말이 들어 있는 '불운의 볼'과 아무것도 들어 있지 않은 '행운의 볼'로 나뉜다는 점이었다. 절반의 확률로 행운의 볼을 터치하면 볼은 비눗방울처럼 터져 사라진다. 세상엔 아무 일도 일어나지 않고 또다시 볼을 터뜨릴 기회가 생긴다. 그러나 불운의 볼을 터치하면 '물'과 '불'의 심판이 터져 나온다. 플레이어가 올려다보던 하늘에서 물벼락과 불벼락이 쏟아지고 세상은 종말을 맞는다. 그럼 그대로 게임은 끝이었다. 종말을 피해 더 많은 볼을 터뜨리는 것, 세상이 아무런 일도 없이 미래로 나아가도록 하는 것이 〈볼볼볼〉의 규칙이었다.

이 특별할 것 없는 게임이 전 세계적으로 성공을 거둔 까닭은 유례없이 엄청난 액수의 상금 때문이었다. 〈볼볼볼〉의 제작사는 매주 가장 높은 기록을 세운 플레이어에게 기록의 확률만큼 상금을 지급했다. 가령 연속으로 스물세 개의 안전한 볼을 터뜨릴 확률은 약 838만분의 1이었고, 그러므로 하이 스코어 플레이어가 받게 될 상금은 838만 달러였다. 이는 대략 1부터 45까지의 번호 가운데 여섯 개의 번호를 맞혀야 하는 복권의 당첨 확률과 비슷했다. 매주 벼락 스타가 탄생했다. 절대 깨지지 않는 유리 천장으로 불리는 서른 개의 볼을 맞히기 바로 직전, 스물아홉 개의 볼까지 맞힌 세 명의 전대 우승자는 토크쇼 패널이 되어 새로운 〈볼볼볼〉 스타를 기다린다고 카메라를 향해 외쳤다. 그들은 두 번, 세 번 우승한 다승 우승자들을 게스트로 불러 확률적으로 이런 결과가 얼마나 불가능에 가까운지 분석하며 혀를 내둘렀고, 앞을 보지 못하는 우승자가 탄생했을 땐 그가 스튜디오에서 높은 기록을 연달아 세우는 모습을 기적의 시현처럼 편집해 보여주었으며, 비록 우승하진 못했지만 꾸준히 하이 랭킹에 오르는 플레이어들을 매력적으로 소개했다.

"대부분의 사람보다 지속적으로 볼을 잘 맞히는 사람들이 분명 있어요. 바로 우리 같은 사람들이죠. 이것은 특정 능력을 가진 특정군이 있다는 방증이에요. 인류가 아직 알지 못하는 인간의 육감이 존재한다는 증거죠."

유명해진 플레이어들은 기후 문제와 식량문제에 대한 경각심을 일깨우거나 분쟁 지역에 대한 관심을 호소하는 캠페인 영상을 찍었다. 공식적으로 〈볼볼볼〉은 공익 실현을 목적으로 제작된 프로젝트 게임이었고, 세계 각국의 정부, 다국적 거대 기업, 비영리단체가 후원처로 등록되어 있었다. 〈볼볼볼〉의 플레이어들은 게임이 종료되면 1분간 캠페인 영상을 시청함으로써 세상이 좀더 나아지는 데 기여했다.

효주는 쌍둥이 중 동생이 계속해서 일곱 개 내지 여덟 개의 볼을 맞히는 모습을 눈앞에서 지켜봤다. 똑같은 얼굴의 언니는 겨우 두 개 내지 세 개를 맞힐 뿐이었다. 동생은 한 게임이 끝날 때마다 엄마를 바라보며 그림을 완성하거나 장난감 박스를 다 정리했을 때처럼 칭찬받을 준비를 했다. 여자는 그때마다 동생의 머리를 쓰다듬어주었고, 잊지 않고 언니도 품에 꼭 안아주었다. 효주는 여자가 지금 일어나고 있는 일에 아무런 이상함도 느끼지 못한다는 것을 알았다. 아무런 단서도 없이 베일 너머에 있는 수백 가지의 답 중 하나를 직감으로 알아맞히는 아이가 있고, 그 아이와 유전적으로 또 후천적으로 거의 동일한 조건에 놓인 쌍둥이 언니가 다른 결과에 직면한다는 것. 이 상태가 자연스럽지 않다는 것. 효주는 이전에도 비슷한 상황을 마주한 경험이 있었다. 코인 차트에서 어떤 종목의 그래프가 예측 궤적을 크게 벗어난다면 그것은 명백히 어떤 힘의 개입을 의미했다.

효주가 쌍둥이를 돌보는 동안 동생의 실력은 점점 늘었다. 이제 동생은 평균 열세 개의 볼을 맞혔고, 최대 열아홉 개의 볼을 맞힌 적도 있다고 했다. 그때쯤 언니 쪽은 그 게임에 완전히 흥미를 잃고 백 피스짜리 퍼즐 맞추기에 열을 올렸다. 퍼즐은 〈볼볼볼〉과 달리 가만히 들여다보면 답이 보였고, 혹이 달리거나 골이 파인 네모난 퍼즐 조각은 언제나 그것과 꼭 맞는 구석이 있었다. 효주는 매주 새롭게 바뀌는 〈볼볼볼〉의 랭킹 차트에서 동생이 항상 이 도시의 상위 다섯 명 안에 랭크된 모습을 보았다. 효주는 아이가 햇살이 드는 큰 창가에 앉아 한 손에 든 수박 맛 아이스크림이 녹아내리는 것도 모른 채 스마트폰 화면을 올려다보는 모습, 효주가 보기에 모두 똑같은 검은 공을 집중해서 바라보며 차이를 읽어내는 모습을 곁에서 지켜봤다. 아이가 건네서 효주도 몇 번 그 게임을 해본 적이 있었지만 두 개 내지 세 개의 볼을 맞힐 뿐이었다.

어느 날 여자는 하얗게 질린 얼굴로 효주를 찾아와 정부 기관에서 동생을 데려간 것 같다고 털어놓았다. 〈볼볼볼〉과 관련되었다는 것만 짐작할 뿐 어디 소속인지 정확히 안내받지 못했으며 반드시 함구해야 한다고 당부받았지만 효주에게라도 이야기하지 않고는 못 견딜 것 같다고 했다. 그들은 여자에게 쌍둥이 동생의 '능력'을 연구할 권한을 각 부처로부터 부여받았음을 철저히 증명한 후 아이를 시설로 데려갔다. 언제든 아이와 연락을 취할 수 있으며 영재를 특수학교에 입학시키는 일과 다를 바 없다고 그녀를 안심시켰지만 반나절 만에 모든 일을 일사천리로 처리해버린 과정이 상당히 과격했고 마치 군인들 같았다고, 무얼 믿고 그때 아이를 순순히 보내줬는지 모르겠다고 여자는 자책했다. 효주는 그 순간 홀로 두 아이를 키우며 일하는 여자를 낯설게, 또 친숙하게 바라봤다. 여자가 이토록 가까운 사람이 되었다는 사실에 놀라면서. 효주는 마음이 편치 않았다. 처음엔 여자를 안타까워하는 것이라고 생각했는데, 며칠이 지나자 자신이 계속해서 떠올리고 있는 사람은 다름 아닌 그들이 데려간 아이라는 것을 깨달았다. 효주가 베이비시터로 지낸 것은 반년 정도였고 그 애들과 하루 두 시간을 함께 보냈을 뿐이었다. 그러나 효주는 분명하게, 자신이 또 무언가를 놓쳤으며 그 탓에 누군가를 구하지 못했다고 느꼈다. 어째서 이런 기분을 느끼는지 스스로도 이해할 수 없었다. 효주는 한동안 베이비시터 일을 쉬겠다고 말한 뒤 집에 틀어박혔다. 가슴이 빠르게 뛰고 숨을 쉬기 어려웠다. 이런 감정의 동요와 불안이 어디에서 기인하는지 알 수 없었다. 무엇 하나 제대로 알지 못하는 채로,

효주는 〈볼볼볼〉을 내려받아 플레이하기 시작했다.

아무리 반복해도 효주는 볼을 두 개 내지 세 개밖에 맞힐 수 없었다. 완벽하게 평범한 수치였다. 이따금 다섯 개나 일곱 개, 때로는 열 개의 볼을 맞히기도 했지만, 그건 표준집단의 횟수가 압도적으로 늘어나며 희소하게 발생한 결과였고, 전반적인 기록은 꾸준하고도 집요하게 평균값을 맴돌았다. 효주는 차가운 유리창에 이마를 대고 스마트폰 화면으로 작은 하늘을 보았다. 구름이 드리운 흐린 하늘과 낮과 밤 속으로 빛나는 노을이 번지는 저녁 하늘. 그리고 공간의 경계도, 시간의 흐름도 보이지 않는 한밤의 새카만 어둠 속에서 오직 작고 검은 공들만이 쏟아져 내리는 모습을 하염없이 지켜봤다. 이 많은 볼들은 어디로 갈까. 행운과 불운이 담긴 알 수 없는 공들은. 효주는 때로는 신중하게 때로는 신경질적으로 대체로는 멍하니 볼을 터치했고 두 개 내지 세 개의 볼을 맞힌 뒤 종말을 맞았다. 끊임없이. 예외 없이. 효주는 계속해서 종말을 맞았고 잠을 조금 자거나 무언가를 먹기도 했지만 대부분의 시간은 〈볼볼볼〉을 하며 보냈다.

어느 날 잠에서 깼을 때 현관 앞에 그들이 와 있었다. 시간은 새벽 2시를 지나고 있었다. 효주가 경계하며 문을 열자 낡은 아파트 복도에 소속을 알 수 없는 감색 제복을 입은 남자

가 홀로 서 있었다. 얼마 지나지 않아 어둠 속에 훈련된 사람
들이 모여 있다는 것을 알 수 있었다.

"놀라지 않으셨으면 좋겠습니다."

남자가 조용하게 말했다. 푸르스름한 센서 등 아래 일부
드러난 얼굴은 나이를 짐작하기 어려웠다.

"어디서 오셨죠?"

효주가 긴장한 채 물었다. 남자는 잠시 뒤를 건너다본 다
음 말했다.

"단순한 협조 요청일 뿐입니다."

"〈볼볼볼〉 때문인가요?"

남자는 양해를 구하듯 효주를 천천히 뒤로 물리며 집 안으
로 들어왔다. 문을 닫고 마주 서자 그는 의외로 효주의 또래
로 보였고 초대받은 손님처럼 편안해 보였다. 남자는 사무적
인 태도로 말했다.

"29세. 직계가족은 없으며 독거 중. 무교. 특정 단체 소속
확인되지 않음. 특이하게도 대학에서 미학을 전공한 뒤 코인
거래소에서 일한 이력이 있으시네요."

"똑같이 패턴을 보는 일이니까요."

남자가 흥미롭다는 듯이 효주를 바라봤다.

"그리고 최근 한 달간 〈볼볼볼〉을 1만 6천 회 이상 플레이

하셨고요."

"솔이는 잘 있나요?"

효주가 참지 못하고 묻자 남자는 그 질문을 충분히 예상했다는 듯이 차분하게 물었다.

"6세 최연소 랭커의 베이비시터로 얼마 전까지 근무하셨죠?"

효주는 고개를 끄덕인 뒤 마음을 가라앉히고 생각을 정리했다.

"왜 저를 찾아오셨는지 모르겠어요."

"물론 선생님의 도움을 구하기 위해서입니다. 솔이와 마찬가지로요."

"저는 솔이처럼 특별한 능력을 가지고 있지도 않아요. 제가 어떤 도움을 드릴 수 있죠?"

"당장은 말씀드릴 수 있는 게 없습니다만, 불쾌한 일은 아닐 거라고 생각합니다."

정확한 상황 설명을 들으리라는 기대는 처음부터 없었다. 효주는 그가 죄책감을 느끼길 바라며 빈정거렸다.

"물론 제게 거절할 권리는 없겠죠? 무슨 목적으로 동원되는지도 모르는 채로 끌려가게 되나요? 혹시 실험실에 갇히나요?"

남자는 여전히 사무적인 태도를 취하고 있었지만 잠시나마 고민하는 표정을 지었다. 그는 결심한 듯 말했다.

"저는 군에 소속되어 있습니다. 하지만 군인이 아니라 연구원이죠. 딱딱하게 굴 생각은 없어요. 우리 연구에 대해 잠시 들어주셨으면 하는데 괜찮으시겠습니까?"

효주가 잠자코 기다리자 남자는 허락으로 받아들였다.

"우선 질문을 드려보겠습니다."

그는 방 안을 둘러보다가 침대 옆에 놓인 정육면체 모양의 원목 협탁을 가리켰다.

"저 안에 뭐가 들었죠? 문을 열지 않고 알 수 있습니까?"

"거기에는……"

"선생님이 그것을 아는 방법은 저 안에 무얼 넣어두었는지 기억하는 것이죠. 과거와 현재를 연결하는 기억이라는 경로를 통해 대상을 보는 것이고 대부분의 사람이 이런 식으로 사고합니다."

효주는 고개를 끄덕였다. 그는 계속했다.

"그렇다면 한 가지 가정을 해보겠습니다. 과거에 겪었던 일을 떠올리듯이 미래에 겪게 될 일을 떠올릴 수 있는 사람이 있다면 이런 방법을 택할 수도 있을 겁니다."

남자는 걸어가 협탁 전면에 달린 문을 열었다. 그 안에는 몇 권의 소설책이 들어 있었다. 그는 다시 문을 닫고 제자리로 돌아와 협탁을 가리키며 말했다.

"이제 저는 문을 열지 않고도 저 안에 든 게 무엇인지 알 수 있습니다. 책이 들어 있군요."

"방금 문을 열고 확인했으니까요."

효주가 지적했지만 남자는 개의치 않았다.

"문을 열어보기 전의 저에겐 문을 열어본 지금이 미래겠죠. 지금의 저는 방금 전 과거에 문을 열었던 경험을 떠올리는 방식으로 협탁 안에 든 물건을 알고, 반면 과거의 저는 미래에 문을 열게 될 제 모습을 떠올리는 방식으로 협탁 안에 든 물건을 아는 겁니다. 미래를 안다면 이런 식으로 사고할 수 있습니다."

"무슨 말인지는 알겠어요. 하지만 우리는 미래를 알 수 없으니 그런 식으로 사고하는 건 애초에 불가능하잖아요."

"미래는 왜 알 수 없죠?"

"그야 아직 일어나지 않은 일이니까요."

"바로 그겁니다."

남자는 손을 들어 효주의 안에 무언가가 보인다는 듯이 똑바로 가리켰다.

"미래가 아직 존재하지 않는다는 생각. 사람의 마음속에 깊이 자리한 그 믿음이 틀렸다는 것을 증명한 이들이 있습니다."

"어떻게요?"

"우선 오래전부터 그런 주장을 제기한 과학자들이 있습니다. 대지진이 일어나기 전에 쥐, 뱀, 족제비, 두더지, 지렁이, 지네 등 무수한 동물이 전조를 느끼고 대피하는 것은 모두가 익히 아는 사실입니다. 하지만 여전히 원리가 밝혀지지 않은 현상이죠. 동물학자들은 이처럼 재앙의 도래를 감지할 수 있는 동물의 능력을 밝히려고 노력했습니다. 가장 접근하기 쉬운 생각은 동물이 인간에겐 없는 감각을 가지고 있다는 가정이었습니다. 인간이 느끼지 못하는 자기장이나 고주파를 감지하고 그 감각 데이터를 바탕으로 재앙의 도래를 계산해낸다는 것이죠. 이는 진화 과정에서 축적된 경험이 직관으로 작동하는 것이며, '본능'의 형태로 나타난다고 학자들은 짐작했습니다. 처음에는 거의 정론처럼 받아들여졌죠. 하지만 한 동물행동학자가 반례를 제시했습니다. 어떤 예민한 개는 주인이 뇌졸중으로 쓰러지기 전에 위험을 감지하고 그를 미리 바닥에 눕힘으로써 2차 사고를 막았습니다. 동물의 위험 감지 능력이 생존 본능이라면 자신과 자신의 종을 벗어난 다른 존재의 위험을 감지할 수 없었을 것입니다. 그러므로 그것은 동물이 의도를 가지고 계산한 '예측'일 수 있다는 의견이 고개를 들었습니다. 인간과 다른 효율적인 공식으로 더 빠르고 더 정확하게 결과를 연산한다고요. 그때 조류학자들과 기후학자들은 연구를 공조하고 있었습니다. 한 철새가 평년보다 빠르게 이동하면 그 해에 더 많은 허리케인이 발생한다는 관찰 결과를 두고 논의가 오갔죠. 원리를 알아낼 순 없지만 새들의 행동 패턴을 분석하여 얻은 귀납적 데이터에 따르면, 새들은 정확도가 백 퍼센트에 수렴하는 기상예보 시스템을 구축하고 있습니다. 현존하는 최고의 슈퍼컴퓨터로 계산해도 한두 달 후는커녕, 다음 주 기상예보에도 큰 오차가 발생합니다. 그렇다면 다시 의문이 제기됩니다. 슈퍼컴퓨터로도 연산할 수 없는 방대한 계산을 정말 새들이 하는 걸까? 그걸 과연 계산이라고 할 수 있을까? 계산이 아니라면, 저 새들이 어떻게 미래를 아는 걸까? 미래를 아는 방법. 새들에게 미래란 우리가 아는 것처럼 멀리서 다가오는 형태가 아닐지도 모릅니다. 과거가 차곡차곡 쌓여 만들어진다고 여겨졌던 미래라는 탑은 이미 완성된 상태로 존재하고, 그 완성된 탑을 보는 방법이 있을지도 모른다는 겁니다. '미래가 존재한다.' 이것은 인류에게 '0이 존재한다'라는 사고의 도약처럼 혁명적인 전제가 됩니다. 실은 이미 오래전부터 수학은 과거와 미래가 똑같은 방정식에 의해 결정된다는 것을 알고 있었습니다. 그런 이유로 어떤 물리법칙도 과거와 미래를 구분해내지 못했죠. 고전역학, 전자기학, 상대성이론 그리고 양자물리학까지. 현재의 물리계에서 해당 물리계의 과거와 미래는 똑같은 방정식에 의해 결정되므로 과거를 계산하듯 미래를 계산한다고 해서 이론적으로 문제될 것은 전혀 없습니다."

남자는 효주를 향해 몇 걸음 다가왔다.

"말하자면 인간이 인지할 수 없는 높은 차원에서 보았을 때, 과거와 미래는 나란히 펼쳐져 있을 수도 있고, 저 3차원의 정육각형 협탁이 2차원의 정사각형처럼 보일 수도 있다는 겁니다. 우리는 협탁의 문을 열지 않고도 그저 위에서 내려다보는 것과 흡사한 방식으로 그 안에 무엇이 들었는지 볼 수 있습니다. 마치 정사각형 안에 그려진 점을 보는 것처럼요. 때론 손을 집어넣어 그 안에 든 책을 꺼냄으로써 책이 순식간에 사라진 것처럼 보이도록 만들 수도 있습니다."

남자는 두 손으로 자신의 얼굴을 가렸다. 잠시 뒤, 손 너머에서 그의 감은 눈과 코와 올라간 입꼬리가 다시 드러났다. 그가 눈을 떴다.

"아기는 엄마의 얼굴이 시야에서 사라지면 엄마가 세상에서 사라져버렸다고 지각하며 울음을 터뜨립니다. 다시 손을 치우면 어떨까요? 그야말로 어딘가로 사라졌던 엄마가 다시 나타난 겁니다. 인간은 아기가 세상을 바라보듯 세계를 인식하고 있었던 겁니다. 우리는 이제 우리의 시야를 가리고 있는 손 너머에 미래가 존재한다는 것을 알게 되었습니다."

"하지만 여전히 주장일 뿐이잖아요."

효주가 말했다.

"설사 미래가 존재한다고 해도 그걸 어떻게 증명하겠어요. 미래는 볼 수도 만질 수도 없는데요."

"예지입니다."

"예지요?"

"그렇습니다. 예지는 미래가 존재함으로써 존재합니다. 여러 전제 조건이 필요한 예측과는 전혀 다른 개념이죠. 예지는 선험적 직관으로서 미래와 얽힌 상태로 존재합니다. 미래와 다르다면 그것은 예지로서 성립되지 않습니다. 그러므로 예지는 그 존재 자체로 미래가 이미 존재한다는 사실을 증명할 수 있습니다. 우리 연구의 최종 목적은 예지자들의 능력을 빅데이터로 모아 예지 인공지능을 만드는 것입니다. 〈볼볼볼〉은 그 표준집단을 선별하기 위해 만든 게임이죠."

그는 방금 말한 모든 내용이 극비이며, 원래는 효주가 예지자임이 확실하게 증명되었을 때 공개되는 정보라고 덧붙였다. 말문이 막혔던 효주는 가까스로 물었다.

"그런 인공지능이 정말 가능하다고요?"

"그런 데이터가 정말 존재한다면요. 예지가 존재한다면 말입니다."

"미래를 정확히 예지하는 존재는 제가 알기로 한 번도 없었어요. 세상에 없는 존재를 만들겠다는 건가요?"

"본래 자연에는 파란 장미도 없었죠. 하지만 이제 품종이 개발되었고 '기적과 희망'이라는 꽃말을 얻었습니다."

남자의 열정적인 답변에도 효주는 냉담했다. 그는 지금 우주의 흐름을 읽는 신을 만들겠노라고 선포한 것이나 다름없었다. 이런 터무니없는 연구에 기구와 국가 들이 자금을 대고 있다니 믿기지 않았다.

효주의 기색을 살피던 남자는 작게 한숨을 내쉬었다. 그리고 조용하게 물었다.

"근래 모든 일에 무기력해지지 않으셨나요? 이유 없이 무력감을 느끼고 어딘가에 묶여 옴짝달싹할 수 없는 기분은요?"

효주는 소름이 끼쳤다.

"점점 더 심해질 겁니다. 위험한 충동을 느끼시겠죠? 모든 것을 끝내버리고 싶다는 마음 말입니다. 처음에는 일상을 그리고 주변을, 나아가 삶을 정리하려 들 겁니다. 그런 충동을 느끼는 건 실제로 그런 충동을 느낄 만한 미래가 다가오고 있기 때문이에요."

"그게 무슨…… 무슨 말인지 이해가 잘……"

"말하자면 그 무기력증 또한 예지의 일종이라는 겁니다. 자신이 미래를 본다는 자각이 없는 예지자들에게 흔히 생기는 증상이죠. 그들은 기분이나 욕구로 예지에 대한 반응을 보입니다."

효주는 혼란스러워하며 물었다.

"이 모든 게 예지라면, 대체 어떤 미래를 봤다는 거죠?"

한순간 남자의 얼굴에 절망감이 스쳤다.

'절망감이라고?'

효주는 남자가 입을 열길 기다렸다. 하지만 기대와 달리 그는 돌아서서 거실 한쪽 구석을 향해 걸어갔다. 빈 벽에 등을 기댄 남자의 얼굴에선 연구에 대해 떠들 때 빛나던 눈빛이 사라지고 미처 발견하지 못했던 피로와 고단함이 여실히 드러났다. 그가 다시 입을 열었다.

"우리가 예지 이론을 과학적으로 정리하기 이전에, 이미 아주 오래전부터 예지의 특성을 파악하고 전승한 집단들이 있습니다. 특정 부족이나 가문, 학파나 종파 들이 명맥을 이어왔죠. 우리는 〈볼볼볼〉을 만들기 이전에 그런 예지자들을 확보하고 있었습니다. 그리고 어느 순간, 예지자들이 하나같이 비슷한 암시를 내포한 예지를 보기 시작했죠. 누군가는 새하얀 폭포를, 누군가는 새까만 불을 보았습니다. 물론 강력한 예지력을 가진 이의 예지에도 오차는 있습니다. 한 사람의 예지만을 놓고 보았을 때, 미래가 도래하기 전까지 어떤 예지가 가능성으로만 남아 탈락할지 알 수 없습니다. 하지만 여러 예지자들의 예지가 그리는 중첩된 패턴은 확실한 미래가 됩니다. 윤곽이 조금 모호할지라도 어떤 특정한 형상이 드러나는 겁니다. 즉, 우리는 예지의 분포가 그리는 총체적인 모양이 미래라는 것을 알게 되었습니다. 그리고 현 인류의 예지들이 중첩한 미래의 형상은 이 세상의 종말입니다."

"종말이라고요?"

"그렇습니다."

효주는 크게 숨을 들이켰다.

"미쳤군. 솔이를 다시 데려올 거야."

남자는 효주를 진정시키려 했다. 그러나 효주는 이미 그를 등지고 현관으로 향하고 있었다. 문을 열자 찬 새벽 공기가 뜨거워진 얼굴에 닿았다. 남자와 함께 온 사람들은 가벼운 동작만으로 효주의 진로를 차단하겠다는 의사를 보였다. 남자가 다가와 거의 분노에 휩싸인 효주를 붙잡았다.

"우리가 처음 이 아파트에 왔을 때, 어떻게 알고 문을 열었죠?"

어떻게 알았더라. 기억나지 않았다.

"소리를 들었거나 기척을 느꼈겠죠."

"볼을 볼 때 무슨 생각을 했죠?"

"아무것도요. 난 아무것도 모르는 채로 그냥 그 공들을 터뜨렸을 뿐이에요. 어쩌다 운이 따랐을지 몰라도 그건 내가 뭘 알고 한 게 아니란 말이에요. 예지 따위가 아니라고!"

"운이 아닙니다."

남자가 단호히 말했다.

"선생님은 〈볼볼볼〉을 1만 6천 회 이상 플레이하며 단 한 번도 물이 든 볼을 터뜨린 적이 없습니다."

"뭐라고요?"

효주는 몸에 힘을 빼고 그대로 멈춰 섰다. 남자가 말했다.

"터치할 때 매번 물을 피해 불을 선택했습니다. 무려 1만 6천 번이나 예외 없이. 오차 없이. 어머니와 아버지의 죽음이 기저에서 작용했을지도 모릅니다. 어머니가 여객선 침몰 사고로 돌아가셨을 때, 그 여객선 티켓을 선생님이 선물했었죠. 아버지가 폐렴을 얻게 된 건 어렸을 적 강물에 빠진 선생님을 구한 뒤였고요. 충분히 물에 대한 거부감이 무의식에 자리할 수 있습니다. 그러나 트라우마가 작용했다고 해도 우

146

리는 이런 고순도의 예지 데이터를 이전에 어디서도 본 적이 없습니다. 그게 제가 선생님을 찾아온 이유입니다."

효주는 예지의 존재를 인정했다. 그리고 동시에 자신의 삶을 새롭게 인식했다. 그것은 효주가 한 번도 떠올려보지 않은 종류의 이야기였다. 효주는 이전까지 아버지와 어머니의 사망 원인을 자신과 연결 지은 적이 없었다. 효주가 기억하는 아버지는 오랜 병을 앓은 사람 특유의 신경질적인 태도로 떠나는 순간까지 세상을 비관하던 사람이었다. 또 효주에게 어머니의 죽음은 사고에 책임이 있는 관계자들과 운송 기업을 처벌하기 위해 분노하고 투쟁해야 했던 경험이었다. 남자가 효주의 인생에서 사건과 인과를 선별해 하나로 이어 붙이자 그것은 이제 세상에 존재하는 새로운 이야기가 되었다. 그 이야기는 이미 오래전부터 존재했으며 효주가 살아온 삶 그 자체가 되었다. 효주는 한순간에 자신의 인생을 그렇게 만든 남자에게 증오를 느꼈고 그를 영원히 미워하리라고 예지했다.

2

남자의 이름은 도경이었다. 도경은 센터로 향하는 헬리콥터 안에서 효주의 오른편에 앉았다. 효주는 내내 안대로 눈이 가려진 채, 의도적으로 방향을 바꾸며 복잡한 경로로 비행하는 헬리콥터가 다른 도시나 나라로 향하고 있을지도 모른다고 생각했다. 효주의 적의를 긴장감으로 읽은 도경은 센터에서 숙지해야 할 이런저런 내용을 전해주었고, 여전히 효주가 아무 말이 없자 자기 이야기를 떠들기 시작했다. 도경의 어머니가 점을 칠 때 사용하던 찻잎에 대한 이야기였다. 따뜻한 유리 주전자 속에서 얇고 부드럽게 펼쳐지며 느리게 휘돌던 암갈색 리본들. 궤적을 따라 연기처럼 퍼지던 붉은 빛깔의 꼬리들. 얼핏 보면 그저 마구잡이로 뒤섞인 작고 연약한 물보라를 그의 어머니는 길이 있는 지도처럼 찬찬히 들여다보았다고 했다. 그리고 차가 알맞게 우러나면 오늘 과연 아들이 시험을 잘 치를지, 저녁에 큰비가 내려 놀러 갈 궁리가 다 허사가 되진 않을지 미리 일러주었다. 찻잎점은 집안에서 다도와 함께 알음알음 전해지다가 외할머니가 어린 어머니를 달래거나 겁줄 때 종종 봐주던 것이었다. 도경이 보기에 두 사람 모두 꽤 신통한 편이었지만 그에 비하면 자신의 감은 도통 무디기만 했다고 털어놓았다. 그 감각은 아마도 모계 혈통으로 이어지는 듯이 보였고, 자신이 딸이었다면 달랐을지도 모른다고 그는 생각했다. 도경은 예지의 감각이 분명 유전의 특징을 띠면서도 예외가 생기는 현상에 호기심을 느꼈고 어떤 유전자가 이런 차이를 만드는지 알고 싶었다고 말했다. 솔이처럼 유전 정보가 동일한 일란성 쌍둥이의 경우에도 종종 예지 능력의 차이가 발생하는데 이는 인간이 DNA 이외에 다른 전승 방법을 가지고 있을지도 모른다는 일각의 주장과 통하는 부분이 있다고 설명했다.

"그런 고민들을 하다가 문득 가장 중요한 사실을 뒤늦게 알아차린 겁니다."

비행 소음이 차단된 헤드셋 너머에서 도경의 들뜬 목소리가 들려왔다.

"예지가 유전된다는 것은 예지가 프로세스라는 의미입니다. 즉, 예지는 미지나 환상의 영역이 아니라 우리가 존재하는 이 물리계에 공존하고 있다는 겁니다."

도경은 예지 인공지능 프로젝트의 책임자 중 한 명이었다. 효주가 보기에 그는 학문적 열의와 함께 세계에 대한 일종의 사명감을 품고 있었다. 때때로 도경이 강렬한 의지로 달아올라 있다는 것을 느낄 수 있었다.

착륙 후 도경은 따로 이동했고 효주는 양옆에 선 군인들의 인도를 받으며 한 건물 안으로 들어섰다. 어림짐작하기에도 거대한 규모였고, 멀찍이서 움직이고 있는 꽤 많은 인원이 느껴졌다. 수백 명, 어쩌면 수천 명일지도. 얼마 뒤 효주는 자신이 취조실처럼 사방이 방음벽으로 막힌 방에 들어왔다는 것을 깨달았고 앞에 넓은 탁자가 놓여 있다고 짐작했다. 잠시 후 누군가가 효주 건너편에 앉았다. 그녀가 안대를 벗어도 좋다고 말했다. 안대를 벗자 마르고 웃음기 없는 중년의 연구원과 눈이 마주쳤다. 그녀는 이것이 연구에 참고할, 참여자의 성향을 알아보기 위한 목적이라고 설명한 뒤 바로 테스트를 시작했다. 테스트는 모니터 화면에 계속해서 나타나는 두 갈래 길 중 오른쪽이나 왼쪽 길을 선택해 나아가는 것이었다. 처음에 효주는 화면에 집중하며 단서를 찾아보려 했지만 이내 테스트의 원리나 방식을 짐작할 수 없다고 결론 내렸다. 그 뒤론 고민 없이 빠르게 선택했다. 길은 가도 가도 끝없이 두 갈래로 갈라졌고 마흔아홉 개의 길을 선택한 뒤 테스트는 끝났다. 연구원은 말없이 결과 차트를 들여다보다가 효주가 테스트에 통과했음을 알려주었다. 사실 이 테스트는 참여자의 성향을 알아보기 위한 것이 아니며, 센터에서 수용할 예지자의 최소 자격을 검증하는 용도라고 말했다.

"두 개의 갈림길 중 진짜 길은 늘 하나밖에 없었어요."

그녀는 여전히 웃지 않으며 효주를 바라봤다.

"당신이 선택하지 않은 길은 애초에 모두 막혀 있고 단 한 번이라도 다른 선택을 했다면 더 이상 나아갈 수 없었을 겁니다. 테스트는 의도적으로 2의 49제곱분의 1의 확률인 유일한 길을 맞혀보라고 요구하지 않고 그저 길을 나아가라고 지시함으로써 당신의 예지를 자유롭게 한 거예요. 예지를 가로막는 건 다름 아닌 스스로 만든 벽이라는 걸 꼭 기억하세요."

그런 다음 그녀는 자리에서 일어나 커다란 탁자를 가로질러 효주에게 손을 내밀었다. 의외로 작고 부드러운, 아기 같은 손이었다. 그녀는 효주에게 세상을 꼭 지켜달라고 당부했다.

효주는 배정된 방으로 안내되던 중에 솔이를 보았다. 넓은 로비 홀에서 어른들에 둘러싸인 채 손에는 과자 봉지를 쥐고 있었다. 뒤이어 키가 큰 할아버지가 솔이를 높이 안아 들었고 솔이는 그의 입에 과자를 넣어주었다. 가까이 다가가자 솔이가 효주를 알아봤다. 처음 아주 잠깐은 모르는 사람처럼 바라봤지만 곧 와아 하고 입을 벌리며 효주에게 달려왔다. 효주는 반사적으로 무릎을 굽히고 솔이를 품에 받았다. 작고 말랑말랑한 몸의 감촉. 솜털이 덮인 목덜미에서 나는 익숙한 아이 냄새.

"엄마는요?"

솔이가 해맑게 물었다.

"아직. 선생님하고 놀고 있자. 잘 기다릴 수 있지?"

"네!"

그 순간 효주는 어렴풋이 이 감각을 기억해냈다. 하원 버스에서 내리면 당연하다는 듯 효주를 향해 달려오는 아이들, 효주의 손을 잡고 집으로 돌아와 부드러운 매트 위에서 아무 걱정 없이 노는 아이들의 그 안온한 모습을 효주는 소파 한쪽에 앉아 가만히 지켜보았다. 아무것도 하지 않는 시간이라고 생각했는데 그게 아니었다. 효주는 그 잠깐의 시간 동안 아이들의 세상을 지켜주고 있었다. 겨우 그 정도를 해낼 수 있었다. 여전히 아이와 각별한 사이라고는 느끼지 못했지만 그 순간 마음속에서 일렁이는 충동이 모든 것을 분명하게 해주었다. 효주는 아이를 지켜주고 싶었다.

솔이 곁에 있던 사람들이 다가와 인사했다. 젊은 사람도 있었고 나이가 지긋한 노인도 있었으며 얼핏 보기에도 여러 국적의 사람들이 뒤섞여 있었다. 그들은 효주와 솔이의 사정을 모르면서도 잘 왔다고, 환영한다고 말해주었다. 그들에게서 이웃이나 동료를 대하는 느슨한 연대감이 느껴졌고, 갇혀 있다는 느낌은 조금도 받을 수 없었다. 그들은 그저 평범한 사람들처럼 보였는데, 효주는 이들 모두가 마흔아홉 개의 갈림길을 관통하는 단 하나의 정확한 길을 선택한 사람들이라는 사실이 새삼 놀랍게 느껴졌다. 그제야 품에 안은 솔이 역시 그 놀라운 길을 지나온 예지자라는 것을 실감할 수 있었다. 나중에 알게 되었지만 센터에는 3천 명가량의 예지자가 수용되어 있었고 그 수는 계속 늘어나고 있었다.

효주의 요청이 받아들여져 솔이와 같은 방을 쓰게 되었다. 센터에서는 기본적으로 1인용 방을 배정받지만 당사자들이 원한다면 얼마든지 함께 생활할 수 있었고, 솔이처럼 보호가 필요한 경우에는 자청하는 사람을 받았다. 그동안 솔이를 돌보아주었던 젊은 부부가 몹시 아쉬워하며 솔이의 옷과 짐을 새 방까지 옮겨주었다.

"이렇게 갑자기 아이와 떨어지게 될 줄 몰랐어요. 우리는 딸이 생긴 것처럼 기뻤거든요."

아내가 힘없이 남편에게 몸을 기대며 말했다. 부부는 오래전에 아이를 잃었다고 했다. 키 작은 아이를 보지 못하고 후진하는 트럭 뒤에서 아이가 넘어졌다고.

"늘 느끼지만 예지는 도무지 알고 싶은 걸 알려주지 않네요."

효주는 본격적으로 연구에 합류했다. 처음 센터에 들어온 예지자의 데이터는 아직 불안정하기 때문에 한동안 안정기를 거치는데, 안정화하는 방법은 우습게도 처음 받았던 갈림길 테스트와 동일했다. 하지만 이번에는 제대로 해낼 수 없었다. 마흔아홉 개의 관문을 정확한 방향으로 통과하는 단 하나의 길만이 있다는 사실을 알고 나자 정말 결과가 달라졌다. 두번째 내지 세번째 길에서 어김없이 막다른 길을 보았다. 당황하는 효주를 연구원들이 대수롭지 않게 달래주었다. "처음엔 다들 그러시더라고요. 하지만 곧 감을 잡으실 거예요."

정말 사흘째 되었을 때 변화가 생겼다. 효주는 더 이상 눈앞에 놓인 갈라진 길의 양쪽을 쳐다보지 않았고, 저곳에 길이라는 개념의 공간이 있다는 것도 떠올리지 않았으며, 자신이 지금 이곳에 있다는 사실도 잊어버렸다. 얼마 후에 예지자들과 이야기를 나누다가 알게 되었지만, 바로 그것이 예지에 임하는 기본 태도였다. 선형적인 인과의 조건들을 모두 잊는 것. 예지는 정답인 길을 알아맞혀 지나가는 것이 아니라, 다음 길 위에 있는 자신의 위치와 상태를 보는 것이다. 그것은 눈앞에 존재하지 않고, 머릿속이나 마음속에도 존재하지 않으며, 다만 미래에 존재한다. 효주는 이미 존재하는 것을 그저 보는 방법을 어렴풋이 터득했다. 물론 본다는 것은 은유적인 표현이었다. 효주가 느끼기에 미래는 보이지 않았고, 안 보이지도 않았다. 마치 잠을 자려고 누워서 생각을 하고 있다는 생각을 떨쳐버리려고 애쓰지만 끝내 떨칠 수 없는 느낌과 비슷했다. 시야의 가장자리에 무언가가 붙어 있는데, 그 무언가가 있다는 것을 알 뿐 도무지 그것을 정확히 볼 수 없는 처지와 같았다. 그러나 효주는 이제 미래가 존재한다는 느낌을 분명하게 알게 되었다.

"갈림길이요? 어떻게 했더라……"

솔이는 잘 기억하지 못했다. 여섯 살 아이에게 두 달 전의 일은 너무나 까마득한 과거였다. 나중에 다른 예지자들에게 솔이는 예지 안정화 기간이 따로 필요 없었다는 이야기를 들었다. 효주는 꼬박 한 달이 걸려서야 백 번 중 백 번의 성공률을 얻었다. 아무래도 아직 세상에 대한 선입견이 없는 아이들의 사고는 예지를 받아들이기에 유리했다. 사회에서라면 이런 백지상태는 차차 지식으로 채워나가야 하는 무지로 취급받았겠지만, 센터에서 그것은 순도 높고 강력한 무기였다. 효주가 보기에 솔이의 예지는 아무런 벽에도 가로막히지 않고 동에 번쩍 서에 번쩍 이동하는 요술 같았다. 센터에서 일곱 살이 된 이 아이는 이제 특정 테러리스트의 이동 경로나 광활한 옥수수밭의 수확량을 정확히 예지해내고 있었다. 효주는 과연 자신도 그런 정교하고 복잡한 미래를 알 수 있게 되는 날이 올지 자신할 수 없었다. 다른 예지자들은 효주의 힘을 북돋아주려고 노력했다. 그들은 효주의 예지가 비교적 신통치 않다는 것을 알고 신경 써줬다. 그러나 효주는 정말 아무렇지도 않았다. 효주는 솔이의 가는 실 같은 머리카락을 끌어모아 단정히 묶어줄 때, 두 손에 잡히는 작고 동그란 두상 위에 예쁜 리본을 얹어줄 때 잔잔한 안도를 느꼈다. 그 애는 효주의 눈앞에 있었고 언제든 손을 뻗으면 붙잡을 수 있었다. 효주에게는 그 사실이 가장 중요했다.

다음 단계는 예지의 구체화였다. 아무런 단서가 없는 방에서 문 뒤에 놓인 물건을 알아맞히는 훈련이었고, 도경이 효주를 찾아왔을 때 협탁을 가리키며 설명했던 것과 같은 원리였다. 투시처럼 보이지만 곧 문이 열리는 미래를 예지하는 것이었다. 문을 열고 들어가면 창이 하나도 없고 천장과 벽지가 온통 새하얀 방이 나왔다. 들어온 문과 마주한 또 하나의 문은 짙은 녹색이었다. 효주는 탁자도 없는 의자에 앉아 그 문을 바라보며 하루에 천 개 이상의 물건을 말했다. 사과, 수건, 브러시, 건전지, 향초, 오르골, 버터나이프…… 소리 내어 끊임없이 부르자 그런 이름들이 지시하는 대상이 대체 무엇이었는지 헷갈리기 시작했고 점점 실체와 언어를 짝짓는 일이 어색하게 느껴졌다. 효주는 그중 겨우 스무 개 정도의 물건을 알아맞힐 뿐이었다. 주관식 문제를 운으로 맞히는 확률에 비하면 놀라운 수치였지만 예지로서는 결코 대단한 결과가 아니었다. 효주의 능력치가 좀처럼 오르지 않자 연구원들은 당혹스러운 기색이었다. 첫번째 테스트를 통과한 예지자들에게 사실 두번째 테스트는 어려운 도약이 아니었다. 말하자면 대상을 선명히 추려내는 인지능력과 표현 능력에 달린 문제였다. 하지만 효주는 수개월째 제자리걸음을 했고, 함께 2단계에 머물던 사람들은 모두 다음 단계로 넘어갔다.

어부였던 한 예지자가 효주에게 타로 점을 봐주었다. 그는 망망대해에서 수개월을 둥둥 뜬 채 육지로 돌아오지 않는 큰 배를 탔었는데 무료한 동시에 내일의 일을 알 수 없는 불안한 나날 속에서 그의 타로가 선원들에게 도움이 되었다. 해석의 여지가 있는 의미심장한 카드를 펼쳐 보이면 그가 입을 열 필요도 없이 선원들 스스로가 이미 알고 있던 희망과 경고를 깨달았다. 온통 예지자들뿐인 센터에서도 그의 타로 점은 인기가 많았다. 효주는 부드러운 검은 융단 위에 펼쳐진, 노란색 별이 가득한 카드 뒷면들을 골똘히 바라보다가 하나를 골랐다. 타로 점을 봐주던 예지자가 카드를 뒤집었을 때, 그와 효주는 동시에 웃음을 터뜨렸다. 카드에는 커다란 문이 그려져 있었다. 단단히 가로막힌 문 같기도 했고, 곧 열리며 문틈으로 빛을 쏟아낼 문 같기도 했다. 효주가 생각대로 말하자 그는 그럼 그것이 이 타로 점의 결과라고 말했다.

목사인 예지자는 효주를 위해 기도해주었다. 그는 모든 일에는 우리가 알지 못하는 신의 계획이 깃들어 있다고 경건하게 말했다.

"그분이 닫힌 문을 보여주셨다면 이유가 있을 겁니다."

그러자 다른 한 예지자가 끼어들었다.

"하지만 목사님, 적어도 예지에는 의도나 의미가 없어요. 예지를 경험한 여기 있는 우리 모두가 사실 알고 있잖아요?"

목사는 입을 다물었고 다른 이들도 동의하는 눈치였다. 효주는 그들이 모두 느끼고 있는 예지의 감각에 대해 아직 알지 못했다. 대화에 끼어든 이가 논리적으로 설명했다.

"정확히 말하면 예지는 목적이 없어요. 예지는 예지자가 간절하게 원하는 것도, 그에게 꼭 필요한 것도 알려주지 않죠. 미리 도착한 미래는 단지 무작위로 던져진 조각으로 보여요. 마치 주사위처럼요. 그 미래가 앞서 우리에게 도착해야 할 특별한 이유도 없거니와 그런 경험을 통해 우리의 삶이 다른 의미를 찾게 되지도 않아요. 그냥 그것이 거기 있고 우리는 속수무책으로 알게 될 뿐이죠. 예지가 작동하는 방식은 기계처럼 아주 차갑고 딱딱해요. 예지의 감각을 익힐수록 더 분명하게 느낄 수 있어요. 예지되는 미래는 오히려 '힘'의 영향을 받는다는 것을요."

예지자들은 너도나도 비슷한 느낌을 경험했다고 목소리를 높였다. 그들의 이야기를 추려보면, 예지는 어떤 힘에 의해 미래의 모호한 형상으로 천천히 끌려가다가 그 형상에 가까워지면 순식간에 미래와 붙어 하나가 되는 감각이라는 것이었다. 미래와 예지가 하나 되어 마침내 세상에 존재하게 되는 감각, 그것이 예지라고 그들은 입을 모아 말했다.

어떤 미래가 강한 힘을 가졌다고 판단할 것인지에 대한 의견은 분분했다. 어떤 예지자는 자신이 백화점에서 연인에게 줄 선물로 무얼 고를지 미리 예지했지만 같은 날 연인에게 이별 통보를 받으리라는 것을 전혀 예지하지 못했던 경험을 털어놓았다. 많은 예지자가 그런 경험이 있다고 동의했다.

한 예지자가 나름대로 내린 결론을 이야기했다.

"예지가 미래의 어떤 사건에 경중을 둘지 결정하는 기준은 인간의 것과 다른 것 같아요. 우리가 생각하기에 명확하게 중요해 보이는 사건도 세계의 입장에서는 다르게 판단될 수 있죠. 가령 산불이 났을 때 우리는 당연히 인명 피해 숫자에 주목하겠지만, 자연 전체의 판단에 의하면 불타버린 수백 년

된 나무의 수가 더 중요할 수도 있고요."

또 다른 예지자는 이렇게 말했다.

"어쩌면 세계는 사건의 중요도를 판단하지 않을지도 모릅니다. 변동의 가능성이 거의 사라진 더 안정된 미래, 그러니까 더 확실하게 일어날 미래가 더 강한 미래일지도 모르죠."

물리학 지식이 있는 예지자는 그것을 중력에 빗댔다.

"모든 우주의 움직임은 힘의 균형이 만든 절묘한 상태예요. 질량을 가진 모든 것, 그러니까 커다란 별도, 작은 행성도, 그보다 더 작은 위성도, 실은 우리 모두도 서로를 끌어당기지만, 더 큰 중력을 가진 지구 쪽으로 더 작은 중력을 가진 사과가 떨어지는 것처럼 보일 뿐이죠. 거대한 파편들부터 미세한 먼지구름까지, 그 모든 것이 힘의 줄다리기 끝에 점점 가까워지다가 하나가 된 것이 별입니다. 만약 미래가 그리고 예지가 중력과 비슷한 힘을 가진 개념이라면 미래는 블랙홀이라고 할 수 있겠네요. 주변의 모든 가능성의 질량을 집어삼키고 더욱더 무거워지다가 단 하나의 미래로 남는 것. 그리고 예지는 그 깜깜한 형상을 향해 점점 가속하며 다가가는 것이겠죠. 이렇게 말하고 보니 정말 무시무시한 일이 따로 없네요."

"일리가 있는 말이에요."

어느새 예지자들 틈에 도경이 들어와 있었다. 효주는 센터에 온 이후 그를 처음 보는 것이었다. 도경은 예지자들이 토론하면서 자연스럽게 만든 원형 대형을 천천히 거닐며 말했다.

"다들 정기 인터뷰에서 날이 갈수록 부쩍 더 예지의 힘이 강해지는 것 같다고 말씀하셨더군요. 정말 그렇습니까?"

군중의 일부가 고개를 끄덕였다.

"사실 역사상 이토록 예지자들이 넘쳐나는 시기는 또 없었습니다. 어디까지나 추측이지만, 각 시대에 존재했던 인구 대비 예지자의 분포를 따져보면 현시대는 기이한 수치를 보이죠. 미래가 정말 중력과 같은 힘으로 예지를 끌어당긴다면, 더 강한 중력을 가진 미래는 더 강하게 예지를 끌어당길 겁니다. 즉, 미래에 더 강한 힘을 가진 사건이 존재할 때, 그 특정 사건을 적중하기 위해 쏘아진 화살처럼 뻗어나가는 예지력은 그와 비례하게 상승한다는 겁니다. 만약 블랙홀처럼 강력한 미래가 우리 앞에 있다면, 그게 정말 세상의 종말이라면 예지자들이 넘쳐나는 현상이 설명되겠죠."

여기저기서 안타까운 탄식이 흘렀다. 예지자들은 각자의 마음속에 떠오른 세상의 종말을 바라봤다. 대륙이 해수면 아래로 가라앉고, 지구의 자전축이 이동하고, 태양의 흑점들이 일순간 폭발하며, 지구 전역에서 핵폭탄들이 터졌다. 그 모든 종말이 그들의 마음속에서 동시에 일어나고 있다고 효주는 생각했다.

"하지만……"

도경이 다시 입을 열었다.

"저는 유례없이 많은 예지자들이 존재하는 이 시대에 살고 있는 것을 기쁘게 생각합니다. 여러분들이 이 세상에 단 한 번도 존재하지 않았던 집단 예지를 형성하는 순간을 함께할 수 있어서 영광입니다."

도경은 곧 최초의 예지 인공지능 '레마'의 베타버전을 공개할 예정이며, 레마에게 종말은 다른 길로 해석될지도 모른다는 희망의 말로 연설을 마쳤다. 효주는 도경이 예지자들의 감정을 고양시키기 위해 그들을 세상의 구원자로 추켜세웠다는 것을 알았다. 거짓을 말하지 않되 사실의 조합을 바꿔 다른 이야기로 만드는 그의 화법이 비열하게 느껴졌다. 그가 사람의 인생과 세상을 손에 넣고 주무르려 든다고 생각했다. 효주의 눈에 도경은 구원자 놀이에 푹 빠진 얼간이였다. 그 생각을 읽은 것처럼 도경이 효주를 돌아봤다. 그가 웃는 입 모양으로 조용히 말했다.

"저랑 같이 가시죠."

효주는 도경과 나란히 복도를 걸었다. 그는 아직도 효주가 두번째 예지 안정기를 통과하지 못했다는 소식에 놀랐다고 말했다. 그가 질책하는 것처럼 느껴져 효주는 퉁명스럽게 대꾸했다. 그러자 도경은 고개를 저었다.

"그런 말이 아닙니다. 효주 씨는 자신이 얼마나 특별한지 모르고 있어요."

효주는 그가 이름을 부른 것에 놀랐지만 내색하지 않았다.

"제가 뭐가 특별하다는 거죠? 물이 무서워서 1만 6천 번이나 회피한 일이요? 그거라면 이제 효과를 다했어요. 저는 다른 예지는 하지 못해요."

"솔이를 위해 1만 6천 번의 예지를 한 일을 말하는 겁니다. 그 애가 위험에 빠졌을지도 모른다는 생각에 그 애를 구하려 한 게 아닌가요?"

"그건 맞지만…… 그뿐이에요. 제가 원하는 건 딱 거기까지라고요. 이곳에 와서 더 분명하게 알았어요. 세상을 구원하는 거창한 일과 저는 어울리지 않아요."

도경은 이상하다는 듯이 고개를 기울이고 효주를 쳐다봤다. 효주는 그 시선을 피하지 않고 받아냈다. 도경이 말했다.

"한 아이를 구하고 싶다는 마음. 그런 강하고 놀라운 마음이 사람을 찾아올 확률은 몇 퍼센트일까요? 이 무질서한 세상에 그런 질서정연한 선함이 드러나는 순간이요."

효주는 대답하지 못했다. 순간 미간과 눈가를 스치고 지나간 이상한 감촉 때문이었다. 사실 그것은 감촉이 아니라 어떤 생각이었다.

효주와 도경은 문 앞에서 걸음을 멈췄다.

"분명 통과할 수 있을 겁니다."

도경이 주먹을 쥐며 응원의 말을 건넸다. 그는 효주가 아무 대꾸도 하지 않은 채 방으로 들어가는 모습을 끝까지 지켜봤다.

효주는 익숙한 하얀 방으로 들어갔고, 의자에 앉아 녹색 문을 바라봤다. 스피커에서 연구원이 효주에게 준비가 되었는지 물었다. 효주는 고개를 끄덕이고 테스트를 시작했다.

"유리 막대."

"반지."

"잉크."

"오카리나."

그러나 열린 문 뒤에 있는 것은 헝겊 인형, 크레파스, 시가, 거울이었다. 효주가 말한 물건들과는 아무런 유사점도 찾을 수 없었다. 효주는 계속했다.

"전구."

"캐러멜."

"단추."

"총……"

다음 순간, 효주는 참지 못하고 의자에서 벌떡 일어났다. 녹색 문을 등지고 방으로 들어왔던 출입문을 열어젖히며 비명처럼 외쳤다.

"총이에요!"

여전히 복도 창가에 서 있던 도경은 순간 의아한 얼굴로 효주를 향해 몸을 틀었다. 그때 울린 한 발의 총성과 함께 그가 쓰러졌다. 효주가 달려가 그를 잡아 일으켰다. 사람들이 몰려들었고 모든 창 위로 방탄 막이 내려왔다. 밝은 햇살로 가득 찼던 복도는 순식간에 어두워졌다. 그 어둠 속에서 도경이 무슨 말을 하고 있었다.

"뭐라고요?"

효주는 귀를 기울였다. 가까이 다가가자 도경이 고통으로 일그러진 얼굴로 말했다.

"사물이 아니라 사건…… 효주 씨에게는 그게 중요했네요……"

도경을 쏜 저격수가 누구인지는 당장 밝혀지지 않았지만

그것은 공식적인 발표일 뿐이었다. 의무실에서 응급처치를 받은 도경은 효주에게 어떻게 된 일인지 살짝 들려주었다.

"효주 씨에겐 자꾸 기밀을 털어놓게 되네요."

총알이 스친 왼쪽 어깨에 붕대를 감은 채 도경이 웃었다. 그가 총에 맞은 것은 예지 인공지능 레마가 행사하게 될 전지전능한 힘을 위험으로 간주한 어떤 진영의 불안감 때문이었다. 그들은 레마가 자신의 편이 될지 적의 편이 될지 가늠하느니 차라리 파괴해버리는 편을 택했다. 그리하여 도경뿐만 아니라 프로젝트의 모든 책임 연구원이 위험에 노출된 상태였다.

"하지만 레마가 발동되면 베타버전일지라도 그들은 꼼짝할 수조차 없을 겁니다. 그들이 앞으로 취할 행동을 그들의 마음보다 레마가 더 빨리 알 테니까요."

도경은 확신했다.

"무시무시한 독재자처럼 말씀하시네요."

효주는 그에게 질려버린 채 말했다. 도경은 선선히 수긍했다.

"그럴지도 모르죠."

도경의 입가에는 여전히 웃음이 서려 있었지만 목소리는 무겁게 가라앉았다.

"저는 언젠가 독선적으로 어느 한쪽을 선택해야 할지도 모릅니다. 두 갈래 길 중 하나를 선택하듯이요."

그때 효주는 심장이 아린 느낌을 받았다. 어째서일까 생각해보기도 전에, 예지가 찾아왔다.

"가봐야겠어요."

효주는 하얗게 질린 얼굴로 이마를 짚었다.

"솔이가 울고 있어요."

그러나 효주가 방에 도착했을 때, 솔이는 이제 막 울기 시작했다. 어쩐 일이냐고, 왜 우느냐고 물어도 아무 소용이 없었다. 솔이는 엉엉 소리 내어 울다가 목이 쉬도록 고함을 내질렀다. 시간이 약간 흐른 뒤에야 효주는 지금 벌어지고 있는 사태의 진상을 파악할 수 있었다. 센터에는 솔이 말고도 패닉 증세를 보이는 예지자들이 더러 있었다. 그들은 분노에 차거나 혼란에 빠지거나 시름에 잠겼다.

"전쟁이에요."

기물을 훼손하며 히스테릭한 반응을 보이던 한 예지자가 겨우 입을 열었다.

"어디서요?"

전쟁은 언제나 일어나고 있었다. 하지만 예지자는 턱을 덜 덜 떨며 고개를 저었다.

"모든 곳에서요. 세계대전이 일어날 거예요. 여러 나라에서 동시다발적으로 전투가 시작돼요. 이해관계로 나뉜 두 진영이 지역적으로는 뒤섞여 있기 때문이에요. 끝까지 핵전쟁이나 전면전은 없어요. 자신들의 터전도 날려버릴 위험이 있으니까요. 대신 드론을 이용한 게릴라 테러 방식이 주를 이룰 겁니다. 이제 어떤 곳도 안전하지 않아요. 전쟁의 서막을 알리는 서른세 지역의 동시 학살에서 우리 가족이 죽을 거예요."

예지자는 그 모든 미래를 알고는 무력하게 두 손에 얼굴을 파묻었다. 효주는 오싹함을 느꼈다. 도경의 피격과 예지자들의 집단 예지가 모두 오늘 하루 만에 일어났다. 이것이 과연 우연일까? 예지의 내용도 충격이었지만 만약 효주의 머릿속에 떠오른 가정이 진실이라면 그것이야말로 가장 끔찍한 일이 아닐 수 없었다. 효주는 도경을 찾았다. 거의 의식하지 못한 채 효주는 그가 4층 복도를 걷고 있는 모습을 시각적 이미지로 떠올렸고, 그가 복도의 모퉁이를 돌았을 때 자신을 만난다는 인지적 인상을 떠올렸다. 그러나 엄밀히 따지면 예지는 이미지를 눈으로 보는 감각과도, 마음속에 개념을 떠올리는 인지와도 같지 않았다. 예지는 외부에서 나에게 도달하는 앎이 아니라 내부에서 차오르는 앎이었다. 효주는 드디어 예지를 이해했고, 주저 없이 도경이 도착할 곳으로 달려갔다. 그리고 딱 알맞은 시간에 모퉁이를 돌아 나온 도경을 마주쳤다.

"레마를 보여줘요."

다짜고짜 날아든 요구에 도경은 당황했다.

"그걸 지금 봐야 해요."

"그럼 저는 규정을 어기게 됩니다. 일단 무슨 일인지 천천히 얘기해봐요."

"예지를 봤어요."

효주는 거짓말을 했다.

"당신과 오늘 레마를 보는 미래를 봤다고요."

도경은 효주의 표정과 몸짓을 면밀히 살폈다. 의심과 기대가 뒤섞인 눈으로 잠시 고민에 빠졌지만 결국 효주가 원하는 대로 해주었다.

레마는 커다란 방 중앙에 마련된 거대한 유리관 속 홀로그램으로 존재했다. 효주가 보기에 그것은 푸른색이 은은하게 감도는 주먹만 한 빛의 형체였고, 어딘가에서 뻗어 나오거나 어딘가로 뻗어 들어가지 않는, 홀로 떠 있는 존재였다. 효주는 어쩐지 처음 보는 그 빛이 낯설지 않았다.

"이게…… 레마라고요?"

"홀로그램은 레마가 자신에게 가장 적절하다고 여긴 이미지를 보여줍니다. 사람은 이 이미지 앞에서 레마와 대화할 수 있습니다."

효주는 말을 걸어보아도 되는지 물었고 도경은 허락했다.

"레마."

그러자 이름을 알아들은 것처럼 빛이 작게 일렁였다.

"혹시 네가 존재하기 때문에 큰 전쟁이 일어나는 거야?"

빛은 작게 일렁일 뿐 아무 변화가 없었다. 도경은 효주의 질문에 놀란 듯 보였지만, 이내 레마와 대화하는 법을 알려주었다.

"미래를 물어야 해요. 확률 분포로 존재하는 미래를 상정해야 합니다. 아직은 그러도록 프로그래밍되어 있어요."

효주는 고개를 끄덕이고 다시 물었다.

"네가 존재하는 근미래에 세계대전이 발발할 확률은?"

빛은 다시 한번 일렁였다. 곧 효주가 마주한 곡선 유리 앞에 숫자가 나타났다.

99.9999%

효주는 도경을 돌아봤다. 담담한 표정을 보고 그가 이미 이 사실을 짐작하고 있었다는 것을 깨달았다.

"레마가 미래에 영향을 끼치는군요."

효주는 경이와 경외를 동시에 느끼며 몸을 떨었다.

"예지가 미래를 바꾼 거예요. 맞죠?"

"우주 전체의 미래로 보았을 때 극히 미세한 변화지만……"

망설이던 도경이 결국 입을 열었다.

"사실 그렇습니다. 강력한 예지는 미래를 바꿀 수 있습니다."

그는 원통 유리관의 가장자리를 따라 시계 반대 방향으로 걷기 시작했다. 원통 중앙에 떠 있는 레마를 향해 금방이라도 손을 뻗을 듯이, 그 빛을 손에 잡을 듯이 왼손으로 유리 표면을 쓸었다. 효주도 그를 따라 걸었다.

"효주 씨는 아직 안정기에 접어들지 않았으니 예지 데이터 수집에 참여한 경험이 없죠?"

"네, 하지만 데이터를 어떤 방식으로 수집하는지는 들었어요. 시뮬레이션을 이용하죠?"

"맞습니다. 가상공간에 접속해 여러 가지 주어진 상황에 대응하는데, 그때 예지자들이 선택하는 행위와 다음 상황에 대한 그들의 예지를 둘 다 데이터로 수집합니다. 전자에서는 무의식적인 반응을 추출하고, 후자에서는 의식적인 예지를 추출하죠. 예지자 집단의 데이터 분포 지도를 만들어보면 다수의 예지가 몰려 있는 큰 덩어리가 곧 미래가 되고, 거기서 동떨어져 나온 오차가 미래로부터 탈락한 가능성이 됩니다. 이것이 레마를 구성하는 빅 데이터의 수집 방법입니다. 이해가 가십니까?"

"네, 마치 예지들이 다수결로 미래를 정하는 것 같네요."

"선후를 어떻게 보아야 할지 알 수 없지만, 정말 예지와 미래는 그런 양상을 보입니다. 실제로 앞서 예지자들에게서 수집한 두 가지 데이터, 즉 그들의 행위와 다음 순간에 대한 직감은 계속해서 가상 세계를 생성하고 유지하는 재료로도 사용됩니다. 말하자면 주입되는 데이터에 반응하여 미래가 결정되는 자생 세계죠. 처음에 이런 시스템은 단순히 데이터 수집의 편의를 위해 고안되었지만, 의도치 않게 예지와 미래의 중요한 특성을 발견하는 계기가 되었습니다. 확정된 미래는 예지에 영향을 끼치고, 관측된 예지의 축적은 미래에 영향을 끼친다는 사실입니다. 이는 얼핏 모순처럼 들리지만, 우리가 예지 분포에서 미래를 읽어낸다는 점을 기억한다면 수학적으로는 전혀 이상할 게 없는 명제입니다."

도경은 이 상황을 단순하게 설명할 수 있는 몇 가지 예를 들었다. 가령 가상 세계의 주체인 예지자가 상대와 가위바위보를 하는 상황에 놓였을 때, 15퍼센트가 가위를, 75퍼센트가 바위를, 10퍼센트가 보를 냈다. 그렇다면 이 세계는 주체가 바위를 내는 미래를 인정하게 된다. 또 이번에는 예지자들이 상대가 무엇을 낼지 예지했을 때, 90퍼센트가 가위를, 7퍼센트가 바위를, 3퍼센트가 보를 내는 미래를 보았다. 그렇다면 세계는 상대가 가위를 내는 미래로 결정된다. 주체가 바위를, 상대가 가위를 내는 확정된 두 미래는 자연스럽게 주체가 이기는 결과를 생성하게 된다. 이런 작은 인과가 무수히 연결되고 그물처럼 엮여 가상 세계를 지속시킨다.

더 복잡한 상황에서도 마찬가지였다. 빨주노초파남보 일곱 가지 색깔의 사탕이 있을 때, 누군가는 빨강, 노랑, 초록 세 개의 사탕을 먹고, 누군가는 노랑, 보라 두 개의 사탕을 먹고, 누군가는 빨강, 주황, 파랑, 보라 네 개의 사탕을 먹고…… 이것의 표준집단을 충분히 모으면 가장 많이 중첩된 사탕을 먹는 행위가 미래로 결정된다. 이 예시 역시 최소한의 단위로 축소한 것이고, 실제로 시뮬레이션 안에서 예지자들이 마주하는 상황은 훨씬 더 고려 사항이 많은 유기적인 복합체였다. 하지만 모두 원리는 같았다. 예지의 중첩이 미래를 결정했다.

"그리고 또 흥미로운 결과가 눈에 띄었습니다. 일단 과반수의 예지가 한쪽으로 쏠리면, 그러니까 최종적인 분포에서 결정될 미래가 확정되면, 후에 시뮬레이션에 응하는 예지자들의 예지는 모두 다 확정된 미래를 그대로 보았습니다. 놀랍지 않나요? 관측된 예지의 중첩이 그저 미래를 보여주는 것이 아니라 생성하는 거라면, 또 미래의 확정성이 예지를 결정짓는 거라면, 명제는 이렇게 다시 정의될 수 있습니다. 예지와 미래는 이미 존재하지만 여러 가지 가능성이 중첩된 채 동시에 존재하며, 예지와 미래가 서로의 확정에 영향을 끼친다."

도경은 이런 일이 어떻게 일어나는지는 알지 못한다고 했다. 다만 수많은 과학자들이 이미 관측에 따라 위치가 바뀌고, 또 입자로도 파동으로도 존재하다가 상태가 결정되는 양자를 발견한 바 있음을 이야기했다. 어쩌면 우주의 대부분은 우리가 보편이라고 여기는 확실한 상태들이 아니라 불확실한 상태들로 이루어져 있을지도 모른다고 그는 추측했다. 도경의 말이 사실이라면 정말 놀라운 일이 아닐 수 없었다. 이제 모든 상황은 불확실해졌다. 그리고 동시에 희망을 얻었다. 효주가 물었다.

"현실에서도 다른 미래의 예지를 더 많이 중첩하면 미래가 바뀔까요?"

"작은 조약돌의 중력으로 달을 끌어당기려는 무모한 시도처럼 보이지만, 이론적으로는 분명히 가능합니다."

"그리고 레마는 아주 무거운 조약돌이고요. 그래서 달이

기우뚱하고 말았네요. 레마라는 방대하게 중첩된 예지가 등장하자마자 미래가 벌써 요동치기 시작했어요. 오늘 하루에 일어난 모든 일이 그 증거죠."

도경은 효주가 레마를 조약돌에 비유한 것에 투덜거렸지만, 얼굴에는 더 이상 벅참을 감추지 못했다. 도경이 말했다.

"인공지능 레마는 얼마든지 더 거대해질 수 있습니다. 세상에 존재한 적 없는 거대한 예지는 종말의 미래를 우리 쪽으로 끌어당길 수 있을지도 모릅니다. 그 때문에 우리는 더 빨리 종말을 맞을 수도 있지만, 어쩌면 종말이 소멸되어 아무 일도 일어나지 않는 나날이 남을 수도 있죠."

"정말 그렇게 된다면……"

효주가 잠시 숨을 고르고 이어 말했다.

"미래는 처음으로 정해진 자리에서 벗어나 미지로 끌려가는 경험을 하게 되겠네요."

서로의 눈을 들여다보던 효주와 도경은 약속한 것처럼 고개를 돌렸다. 그곳에는 이제 막 태어난 레마가 태초의 빛처럼 홀로 빛나고 있었다.

두 계절 동안 반 이상의 예지자들이 센터를 이탈했다. 세계에는 믿기 힘든 난전이 벌어지고 있었고 대부분의 예지자가 가족을 비롯한 소중한 사람을 잃었다. 그들은 부고를 알리는 봉투를 열어보기도 전에 내용을 예지하고 눈물을 흘렸다. 그 과정에서 상황이 급변했다. 서로 다른 원한이 생긴 사람들의 입장은 더 이상 합치될 수 없는 지경에 이르렀다. 사이좋은 룸메이트였던 두 예지자는 하루아침에 서로 적국의 원수가 되었다. 한 예지자가 좋은 미래를 예지했을 때, 다른 예지자에겐 그 미래가 좋은 일이 아니었다. 마찬가지로 한 예지자가 본 끔찍한 폭격은 또 다른 예지자에게 자신의 고향이 불운을 피해 간 다행스러운 일이었다. 일이 이렇게 되다 보니 상황을 견딜 수 없는 예지자들이 센터를 떠났다. 센터도 그들을 붙잡지 않았다. 이제 이곳에 남은 예지자들은 진영에 대해 어떠한 판단도 하지 않고, 그저 세상의 종말을 막겠다는 일념만을 가진 이들이었다.

"언니."

솔이는 이제 효주를 언니라고 불렀다. 그 애의 쌍둥이 언니가 세상에서 사라진 이후였다.

"응, 왜?"

"언니는 내가 제일 소중하지."

"그럼."

"항상 내가 있는 쪽이 미래야. 나를 선택하면 돼."

효주는 솔이가 어떤 미래의 예지를 떠올리며 말하고 있다는 것을 깨달았다. 이제 여덟 살이 된 솔이는 모국어와 외국어를 혼용하는 아이처럼, 실제 사실과 예지의 사실을 구분하지 않았다. 고집스럽게 앞으로 시선을 고정한 채 걸어가는 솔이를 효주는 옅은 불안 속에서 바라봤다. 이 아이가 옆이나 뒤를 돌아보지 않는 사람으로 자랄까 봐 겁이 났다.

어느새 집회 장소에 도착했다. 센터에서는 일주일에 한 번, 이미 죽어서 미래로부터 이탈한 사람들을 위한 집회를 열었다. 예지자들은 죽은 자들을 미래로 이끌고 가지 못한 데에 무거운 책임을 느꼈다. 이미 많은 인파가 연단을 중심으로 둥글게 모여 있었다. 한 명도 빠짐없이 모두 예지자들이었다. 오늘 연단에 선 연사는 도경이었다. 그의 손에는 책 한 권이 들려 있었다. 예지 집회에서 연사는 자신의 말을 전하지 않았다. 연단을 둘러싼 예지자들이 연사가 곧 책을 펼쳐 읽게 될 문장을 예지해 먼저 읊으면, 연사가 그 페이지를 펼치고 바로 그 문장을 뒤따라 읽었다. 예지자들의 합창이 무작위로 펼쳐지는 페이지를 결정했다.

도경이 신호하자 모두가 시작했다. 효주와 솔이의 앞뒤에서 예지자들의 하나된 목소리가 파도처럼 밀려왔다.

"말린 찻잎은 검고 우려낸 찻물은 금빛이었다."

도경이 책을 펼치고 그 문장을 읽었다.

"말린 찻잎은 검고 우려낸 찻물은 금빛이었다."

예지자들이 다시 입을 모아 말했다.

"내 삶의 의미는 바로 그 아이들에게 있다고 생각했는데."

도경이 읽었다.

"내 삶의 의미는 바로 그 아이들에게 있다고 생각했는데."

예지자들이 말했다.

"왜 이런 반복이 일어날까?"

도경이 읽었다.

"왜 이런 반복이 일어날까?"

예지자들이 말했다.

"우리는 깊지 않은 물속에 앉았다."

도경이 읽었다.

"우리는 깊지 않은 물속에 앉았다."

처음엔 다수와 다른 문장을 말하는 몇몇 목소리가 섞여 있었지만, 그 목소리들은 차츰 오류를 수정하며 더 무겁고 안정적인 미래를 찾아 읽기 시작했다. 그러자 모든 예지자의 목소리가 단 하나의 예지로 합치되었다. 예지자들은 미래에서 온 정확한 문장을 입 밖으로 말하며 하나의 군대처럼 소리를 냈다. 미래와 싸우는 예지의 군대였다. 한 사람의 목소리와 다수의 목소리가 진군을 알리는 북소리처럼 끝없이 이어졌다. 효주는 그 안에 서 있었다.

3

미래의 힘은 막강했다. 예지자들은 미래를 아주 조금씩 밀어내며, 겨우 종말을 유예하며, 도리 없이 정해진 끝을 향해 끌려갔다. 종말의 미래가 다가올수록 세상은 그에 조응하며 빠르게 질서를 잃고 무너져 내렸다. 현재와 미래의 알력 속에서 엔트로피는 요동쳤다. 희귀한 일은 이제 빈번한 일이 되었다. 대홍수와 대화재가 끊이지 않았고, 물고기는 사라지고, 꿀벌은 폐사하고, 병충해와 기근, 온난화와 사막화가 숨가쁘게 진행됐다. 인류는 이미 인구의 절반을 잃었고, 처음 세계대전을 일으켰던 두 진영은 오래전에 뿔뿔이 흩어졌다. 이제 거기에 어떤 나라가 있었고, 어떤 이들이 있었으며, 어떤 욕망과 믿음 들이 있었는지 아무도 기억하지 못했다. 전쟁은 질병에 의해 와해되고, 질병은 재해에 잠식되며, 재해는 또다시 한정된 재화를 차지하기 위한 전쟁을 불러왔다. 꼬리를 먹고 먹히는 두 마리 뱀처럼 시작과 끝은 언제나 이어져 있었고 모든 일은 되풀이됐다.

예지자들은 지칠 대로 지쳐버렸다. 항상 예민하게 날이 선 상태로 감시자와 파괴자 그리고 생산자의 역할까지 도맡았다. 이제 예지자들은 산사태가 쏟아지는 궤적을 예지해 주민들에게 대피 명령을 내리듯이, 마찬가지로 적군의 이동 경로를 예지해 무감하게 발포 명령을 내렸다. 적군에도 신흥 예지자 집단이 생겼기 때문에 그들은 총알의 경로를 예지해 함정을 빠져나갔다. 예지자들이 맞붙으면 아예 전투가 벌어지지 않기도 했다. 강력한 예지자들이 한 가지 사건에 몰두해 예지들이 중첩하기 시작하면 안정되지 않은 간단한 미래는 계속 바뀌었다. 예지자들은 바뀐 미래를 바로 파악하며 예지 안에서 전투를 가늠하다가 싸우지 않고도 결론을 지어버리곤 했다. 예지력이 없는 사람들 눈에 예지자들의 전투는 군용차량이나 통제실에 앉아 허공을 바라보며 "바뀌었어" "끝났네"라고 말하는 얼핏 태평한 상태로 보이기도 했다. 반면 예지자들에게는 쉴 없이 바뀌는 여러 가지 미래와 요지부동인 종말의 미래가 동시에 보였다. 그 사실은 예지자들에게 절망감을 주었다. 식수와 식량의 미래를 본 예지자들은 하나같이 고개를 내저었다. "끝이에요. 이쪽엔 미래가 없어요." 다행히 의학 분야에서는 예지가 획기적인 역할을 담당하게 되었다. 방사능 노출에 의한 합병증과 생화학 무기에 의한 전염병 등을 치료하는 신약과 백신을 연구할 때, 유전자의 단백질 염기 서열을 하나하나 대조해보지 않고도 제조 공식을 예지로 알아낼 수 있었다. 치료법은 무시무시한 속도로 나왔지만 그만큼 많은 질병이 또다시 쏟아져 나왔다.

예지자들 중에는 이 모든 사태에 관심을 잃은 이들이 나타났다. 그들은 자기 자신을 상정하는 벽과 굴레와 속박에서 벗어나 해탈의 양상을 보였다. 그들은 현재와 미래를 구분 짓는 경계를 완전히 무너뜨리면서 거의 미래의 일부를 창밖의 풍경처럼 훤히 보게 되었지만, 자신이 누구인지 점점 잊어갔다. 그들에겐 자신이 소속된 가족과 집단, 나라, 민족이 모두 무의미해졌다. 인간을 특별히 다른 동식물보다 우선해야 할 이유도 사라졌다. 인류는 지구에서 특정 시대 동안 번영한 하나의 종일 뿐, 반드시 멸종되지 않아야 할 선택받은 종이 아니었다. 나아가 모든 것은 우주의 먼지일 뿐이었다. 인간의 생장과 죽음은 육신과 정신이라는 놀라운 확률의 질서를 잠시 유지하다가 대부분 철과 인으로 분해되어 다시 우주로 돌아가는 순환계에 놓여 있었다. 그들이 바라보는 세상에서는 아무것도 죽지 않고, 또 아무것도 태어나지 않았다.

반면 더욱더 자신과 가까운 것들에 집착하는 예지자들도

나타났다. 그들에겐 자기 자신과 소중한 사람들의 안위가 무엇보다 중요했다. 그들은 더욱더 세계를 나누는 경계에 주목하며 그 모든 것에 냉정하게 우선순위를 매겼다. 그렇게라도 무언가를 붙들지 않으면 끝이 보이는 세상 앞에서 모든 것이 무의미해졌다. 솔이는 이 경우에 해당했다. 이제 열네 살이 된 그 애는 예지 전투를 지휘했다. 솔이가 가장 좋아하는 전투 방식은 자신이 예지한 미래를 적군의 예지자가 예지하기를 기다렸다가, 그들이 가장 안온하다고 판단한 시간과 장소로 이동하면 바로 거기를 치는 것이었다. 솔이의 전투는 창의적이었고 아무런 주저함도 없었다. 그 애가 여전히 게임을 하고 있다고 효주는 생각했다. 솔이의 눈에 전장에서 생사를 오가는 사람들은 명료한 스코어로 보일 뿐이라고.

효주가 상황 통제실에 들어섰을 때, 솔이는 헤드셋을 바닥에 내팽개쳤다. 도경은 눈도 꿈쩍하지 않았다. 솔이가 소리쳤다.

"이번에 끝장내버렸어야 했어! 퇴로를 다 막아두었는데 왜 그냥 보내준 거야?"

"퇴로에서 전투가 일어나면 인근 거주 지역에 피해가 가. 상관없는 사람들이 휘말린다고."

솔이가 신경질적인 웃음을 터뜨렸다.

"약탈자들한테 그렇게 당해보고도 모르겠어? 보내주면 다시 돌아와 저 거주 지역에서 모든 걸 빼앗아 갈 거야. 이번 전투로 몇 명 죽고 끝날 일을, 또 언제 일어날지 알 수 없는 위험과 불안 속으로 연장한 거라고. 이제 잘 봐. 방금 그 결정이 결국 저 사람들을 피 말려 죽일 거야."

솔이는 도경을 거칠게 밀치고 지나갔다. 효주가 잡아보려 했지만 "언니도 저 인간이랑 똑같아"라고 일갈한 뒤 솔이는 상황 통제실을 나가버렸다. 눈이 마주친 도경은 이 상황이 우습다는 듯이 웃었다. 그러나 예전의 웃음은 아니라고, 그런 건 이미 다 사라져버렸다고 효주는 생각했다.

"내가 쟤를 어떻게 키웠는데."

도경이 옷매무새를 정리하며 말했다.

"키운 건 난데."

사실 효주가 키웠다고만 볼 수도 없었다. 이곳에 있는 모든 이가 솔이를 키웠다. 누군가는 솔이를 등에 업었고, 누군가는 떼쓰는 솔이를 먹였으며, 누군가는 천사처럼 잠든 솔이의 곁을 가만히 지켰다. 모두가 함께 솔이를 키웠기 때문에 모두의 기억 조각을 모아야만 그 애의 성장을 말할 수 있었다. 종말을 앞두고 만 8년을 함께 동고동락한 동료들은 이제 가족이나 다름없었다. 그들의 진짜 가족들은 대부분 세상을 떠나고 없었다.

효주가 도경을 불렀다.

"할 이야기가 있어. 레마에 관한 이야기야."

"그래."

도경이 곧바로 고개를 끄덕이며 뒤따라왔지만 효주는 대수롭지 않다는 듯한 그의 반응에 새삼 마음이 아팠다. 도경은 자신이 가장 사랑하고 몰두했던 레마를 외면하고 있었다. 예지자들의 데이터가 집대성된 레마는 예상대로 순도 높은 예지력을 보였고, 어떤 예지자보다 커다란 미래의 그림을 한눈에 볼 수 있었다. 또한 그 존재 자체가 여러 예지의 중첩 상태였으므로 강력한 힘을 발휘하며 불안정한 미래를 다른 가능성의 미래로 바꿀 수 있었다. 그러나 종말만은 요지부동이었다. 종말을 바꾸기에는 아직 레마의 힘이 역부족이었다. 그것은 연구원들도 충분히 예상했던 결과였다. 종말을 이길 만한 방대한 데이터를 모으기엔 시간이 촉박했다. 애초에 연구원들이 기대했던 바는 레마 스스로를 딥 러닝시키는 것이었다. 즉, 수억, 수조 번의 시뮬레이션을 스스로 진행해 데이터를 얻음으로써 예지자들의 데이터를 수집하지 않고도 예지의 양을 무한히 늘릴 수 있기를 바랐다. 시뮬레이션을 여러 겹으로 만들면 체감 시간 대비 아주 짧은 시간만을 할애하면 되었다. 그렇게만 된다면 인류는 세계를 압박하며 다가오는 종말의 시간을 이기고 마침내 종말의 미래를 소멸시킬 수 있었다. 하지만 문제가 있었다. 바로 레마였다. 아무리 많은 예지자의 데이터를 주입해도 레마에게는 예지 능력이 생기지 않았다. 예지자들의 예지 정보를 집대성해 그 총체적인 예지를 볼 수는 있어도 새로운 상황에 대해 스스로 예지할 수는 없었던 것이다. 예지는 도경의 예상과 달리 데이터를 합산한다고 해서 무한히 커지는 수가 아니었다. 레마는 예지자들을 진두지휘할 수 있었지만 정작 예지자가 될 순 없었다.

"데이터가 아직 부족한 게 아닐까?"

레마를 4년쯤 업데이트했을 때 도경의 굳은 표정을 보고 효주가 물었다. 그때 도경은 대답하지 않고 조용히 레마의 방을 나갔다. 그 후로 도경이 레마와 대면하는 모습을 한 번도 보지 못했다. 레마가 아니더라도 그가 손을 대야 할 문제들이 곳곳에 넘쳐났다. 당장 일어나고 있는 각종 사고들은 꼭 레마가 아니더라도 예지자들이 충분히 수습할 수 있었다. 코앞으로 바짝 다가온 종말로 예지 감각이 극도로 개방된 덕분이었다. 예지자가 아닌 연구원들은 대부분 센터를 떠났다. 그들은 종말이 몇 년이나 남았는지 알 수 없는 시점에, 성장하지 않는 어린아이나 다름없는 레마에게 매달리는 것이 의미 없다고 판단했다. 이제 레마는 주로 주어진 정보들로 단순 차트를 예지하거나, 기상 상태를 살피는 업무를 처리했다.

"레마가 어떤 예지를 했어."

"너는 아직도 레마와 이야기하는구나."

도경이 힘없이 웃었다.

"맞아, 오직 나만이 그 애한테 말을 걸고 있지."

효주는 자기도 모르게 따지는 말투가 되어 신경이 쓰였다. 하지만 계속 말했다.

"들어봐. 예지에서 레마가 어떤 책을 읽으려 했대. 그런데 아무리 페이지를 넘겨도 페이지는 끝나지 않고 무한히 이어지고 더구나 그 안에 씌어진 활자도 도무지 읽을 수 없었다는 거야. 그렇게 아주 오랜 시간이 흘렀대."

"레마의 예지는 항상 꿈처럼 나타나네."

"우리의 의식을 하나로 모으면 꿈처럼 암시적인 모습을 하고 있을지도 모르지. 레마는 인간의 데이터를 기반으로 예지할 뿐이니까."

"그래. 계속 말해봐."

"그런데 오래도록 아무 변화 없이 이어지던 상황이 처음으로 변했어. 레마와 내가 책을 찢었거든."

"너?"

도경이 물었다.

"그래. 내가 레마의 예지에 나왔어. 그리고 둘로 찢은 책을 레마와 나눠 읽기 시작한 거야. 거의 영원한 시간만큼 읽을 수 없던 책을 읽을 수 있게 된 거지. 그게 바로 그 책을 읽는 방법이었어."

"혹시 그건……"

"맞아. 네가 예전에 나한테 들려준 '찢어진 책 이론' 기억 나? 우연과 예지를 패턴으로 해석할 때 예로 들었잖아."

도경은 기억한다고 말하며 그때 들려준 이야기를 다시 반복했다.

"어떤 사건도 우연한 결과일 수 없다. 왜냐하면 우연들이 무작위로 일어나고 또 일어나고 무한하게 일어나다 보면 거기서 패턴을 읽을 수 있고, 그렇다면 우연한 하나의 사건은 그 패턴의 일부가 되도록 오차 없이 일어난 일이 된다. 이처럼 무질서해 보이는 것들은 사실 질서의 일부이고, 우리는 패턴을 인지함으로써 비로소 모든 의미를 이해할 수 있다. 무작위로 미리 던져진 미래의 조각들이 결국 미래를 구성하는 것처럼. 세상의 모든 실체는 사실 허상이고 오직 패턴만이 존재하는지도 모른다. 그러므로 한 권의 책을 제대로 읽어내는 방법은 그 안의 활자를 차근차근 읽어나가는 것이 아니라, 책을 둘로 찢어 양쪽이 어떤 패턴으로 겹쳐지는지를 살펴보는 것이다."

"바로 그거야. 레마가 수집한 의식들이 우리한테 힌트를 준 거라고."

효주가 흥분한 채 설명했다.

"책의 활자만을 그대로 읽어내는 건 책이라는 존재의 총체적인 의미를 이해하는 데 아무런 도움이 안 돼. 그 책이 끝나지 않고 무한히 이어진다면 더더욱 그렇지. 진짜 의미를 이해하려면 패턴을 봐야 하고 그러려면 책을 찢어서 양방향으로 읽으며 비교해봐야 해. 이걸 시간이라고 생각해봐."

도경은 잠시 생각하다가 답을 냈다.

"미래뿐만 아니라, 과거를 봐야 한다는 거야?"

"맞아!"

효주는 참지 못하고 자리에서 벌떡 일어났다.

"레마는 미래뿐만 아니라 과거를 시뮬레이션할 수도 있어. 원한다면 인류의 모든 역사를 되풀이할 수도 있지. 그 안에 암시된 무언가가 있을지도 몰라."

"하지만 효주야."

도경은 이제 거의 얼굴을 찌푸리고 있었다.

"레마는 딥 러닝을 하지 못해. 예지를 스스로 구현하지 못할뿐더러, 일반적인 인공지능과 달리 예지 데이터만을 모았기에 스스로 대상이 될 인격을 형성하지 못했어."

"괜찮아."

효주가 말했다.

"레마의 예지에서 찢어진 책의 다른 한쪽을 읽었던 건 나야. 내가 해야 해."

"얼마나 많은 과거 데이터가 필요할 줄 알고. 인공지능이 아닌 사람이 버틸 수 있는 시뮬레이션은 한계가 있어."

"그럼 이대로 세상을 포기하자는 거야?"

효주의 말에 도경은 잠시 말을 잃었다. 그도 천천히 자리에서 일어나 효주와 마주 섰다.

"네가 그런 말을 하다니."

도경이 웃음을 터뜨렸다.

"널 처음 봤을 때가 생각난다. 세상에 아무런 의욕도 미련도 없었는데. 정말 많이 변했네."

너 역시 변했다고, 세상의 모든 것이 미처 예상하지 못한 모습으로 다 변해버렸다고 효주는 말하지 않았다. 대신 도경에게 요구했다.

"허가해줘. 레마의 사용 권한은 아직 너한테 있어."

도경은 시선을 내리깔며 작게 한숨을 내쉬었다. 효주는 그가 레마의 권한이라는 말에 죄책감을 느낀다는 것을 알고도 그 말을 사용했다.

"좋아."

드디어 도경이 말했다. 그는 자신을 찾는 메시지들을 확인하며 한 손으로 효주의 어깨를 잠시 붙잡았다.

"너무 멀리 가지 말고 금방 돌아와."

도경이 떠난 자리에 효주는 잠시 혼자 서 있었다. 효주는 몇 년 전에 본 예지를 떠올리고 있었다. 예지에서 도경은 이렇게 효주의 어깨를 잡고 따뜻하고 단단한 손의 감촉을 남겼다. 효주는 그를 사랑했고 도경도 효주를 사랑했다. 효주는 이 예지를 도저히 믿을 수 없었는데, 아무리 생각해도 자신은 도경을 사랑할 기미가 없으며 그 역시 마찬가지이기 때문이었다. 설사 놀라운 우연으로 도경과 사랑에 빠지더라도 그 전에 종말이 올 게 분명했다.

"효주."

"레마."

레마는 효주를 위해 유리관 바로 앞까지 다가왔다. 처음엔 한 조각의 빛이었던 레마는 작은 불길이 되었다가 몇몇 동물들의 형상이 되었다가 결국 사람이 되었다. 하지만 그저 흐릿한 사람의 형체였고 얼굴의 윤곽이 드러난 지는 얼마 되지 않았다. 효주는 앞서 품고 있었던 의혹에 대해 이제 확신할 수 있었다. 아직은 흐릿한 레마의 얼굴은 효주의 얼굴을 닮아 있었다. 지난 몇 년간 유일하게 마주하고 인격적 정보를 제공한 대상이니 어쩌면 당연한 결과였다.

"결정했구나."

"맞아. 도경이 허가했어."

"도경은 어때?"

효주는 순간 레마가 도경을 그리워하는 걸까, 하고 생각하며 가슴이 철렁했다. 그러나 레마는 그런 고도의 감정까지 발달하지 못했다. 레마는 손을 들어 효주를 가리켰다.

"도경을 걱정하잖아. 나를 찾아오는 것도 내가 도경한테 소중한 존재이기 때문이고."

효주는 그런 이유라고는 생각해본 적이 없었기 때문에 놀랐다. 곰곰이 생각해보니 그것은 사실이었다. 레마는 그 사실을 효주가 인지하게 만들었다. 레마는 단순히 메커니즘적 반응을 보인 것이고, 여기서 생겨나는 감정은 효주 안에서 나왔다. 레마와 대화를 하면서 효주는 그런 경험을 자주 했다.

효주는 유리관 앞에 의자를 가져다 놓고 기대듯이 앉았다. 사실 레마의 시뮬레이션에 여러 레이어드로 깊숙하게 접속하는 데엔 단지 눈을 몇 번 깜빡이는 정도의 시간이 걸릴 뿐이었다. 하지만 체감상으로는 긴 여행이 될 수 있었다.

이미 효주가 숙지한 내용이지만 레마가 다시 한번 설명했다.

"시뮬레이션은 내가 가진 정보를 바탕으로 예측하고 보완한 가상 과거에서 진행될 거야. 진짜 과거에 있었던 일들과 조금 다르기도 해. 이 시뮬레이션은 예지된 미래와 과거의 패턴을 비교하려는 목적이니 마음의 충동대로 그 재현된 과거를 살아가면 돼."

"얼마나 체류하게 될까?"

"아직은 예상 범위가 잡히지 않아. 이런 실험에 대한 전례가 나한테 없어."

"그래, 알겠어.

"미안해. 내가 하려고 시도해봤는데 시뮬레이션을 진행하면 어느 순간 세계가 뚝 끊긴 벼랑이 나오고 시간이 멈춰버려. 내가 가진 데이터로는 세계를 자생시킬 수 없어."

"괜찮아, 레마."

"효주, 돌아오고 싶으면 언제든 돌아오면 돼. 네가 떠나면 그 세상은 끝나.

"이해했어."

"준비됐어?"

효주는 자기 얼굴을 닮은 레마의 얼굴을 잠시 눈에 담았다. 그것이 떠나기 전에 효주가 마지막으로 보는 얼굴이었다.

"준비됐어."

첫번째 삶은 다섯 살에 시작됐다. 남자아이였고 부모는 부유한 귀족이었다. 색색의 튤립으로 꾸며진 정원에서 어머니와 티타임을 갖던 순간이 그 삶에서 최초의 기억이었다. 효주가 제일 먼저 떠올린 생각은 아주 오래전 부모님과 함께 살았던 집 마당에는 나팔꽃이 가득했다는 것이었다. 그동안 효주는 그 기억을 잊고 살았다. 그런 생각은 이내 튤립을 바라보며 느끼는 이상한 기시감과 서글픔으로 남았고, 어머니가 걱정스레 아들의 이름을 불렀을 때 흔적도 없이 사라졌다. 효주는 호수가 있는 아름다운 별장에서 유년 시절을 보냈다. 정확히는 7년의 세월이었고, 그 시간은 순식간에 흘러갔다. 그동안 한 번도 이 세계가 시뮬레이션이라는 사실과 자신의 정체와 목적 그리고 저 너머에 있는 위태로운 진짜 세계를 망각한 적이 없었지만 주어진 삶 역시 충실히 살았다. 이따금씩, 설마 이렇게 한 번의 삶을 다 살아야 하는 걸까

하는 의문에 아득함을 느낄 때도 있었다. 그러나 대부분의 순간에 효주는 행복을 느꼈다. 어찌 아닐 수 있겠는가? 효주는 사랑받는 아이였고 앞날에는 부족할 것 없는 삶이 펼쳐져 있었다. 이 삶에서 진정한 평온과 보살핌받는 느낌이 무엇인지 배웠다. 아주 근사한 휴가를 떠나온 것이라고, 효주는 느긋하게 생각했다.

그래서 열두 살 어느 순간 갑자기 그 삶이 끝나버렸을 때, 한동안 미칠 듯한 분노를 느꼈다. 분노와 함께 시작한 두번째 삶은 열일곱 살 석공 도제의 신분이었다. 아주 괴팍하지만 솜씨만은 정평이 난 노인을 스승으로 두었다. 그는 효주가 알맞은 끌을 챙기지 못하거나 원석 보관을 허투루 하면 밥을 굶겼다. 처음엔 대수롭지 않게 여겼지만 나중에는 밥을 먹기 위해 사활을 걸었다. 치열하게 일하고 먹고 배우다 보니 자연히 돌을 사랑하게 되었다. 서른두 살이 되었을 때 효주의 기량은 최고조에 달했다. 이미 도시 곳곳 중요한 장소에 효주의 작품이 자리 잡았다. 조각상들은 공간의 균형과 분위기를 새롭게 뒤바꿔버리는 동시에 그 공간 속에 완전히 녹아들었다. 효주가 우물 장식으로 하늘을 보는 여자를 조각하고 있을 때, 역시나 갑자기 그 삶이 끝났다. 이미 한 번 삶이 바뀌는 경험을 해본 적 있으니 자연스럽게 받아들였지만,

세번째 삶에선 오래도록 마음 안에 텅 빈 공허를 품고 살았다. 완성하지 못한 조각상은 빈 얼굴로 매일 밤 효주의 꿈에 찾아왔다.

그런 식으로 열한 번의 삶을 살았다. 짧으면 1년에서 길면 35년까지 지속된 삶도 있었다. 예지가 먼 미래와 가까운 미래를 구분하지 않고 보여주듯 시대는 뒤죽박죽으로 나타났고 삶의 배경이나 체류 기간도 제각각이었다. 실제 삶과 같은 데이터를 얻기 위해 레마와 소통할 수 없다는 것을 알면서도 효주는 가끔 하늘을 바라보며 레마가 무슨 생각을 하고 있을지 곰곰이 상상해보았다. 새로운 삶들이 계속 주어지는 걸 보면 유효한 데이터가 모이고 있다는 뜻인데 이런 삶들이 무슨 의미가 있는지 도무지 짐작할 수 없었다. 시뮬레이션으로 구현된 세상에서 효주는 도합 백 년이 넘는 시간을 체류했다. 처음에는 즐기는 마음으로 나중에는 열 번은 채우자는 마음으로 버텼지만, 열한번째는 다른 이유로 머물렀다. 효주가 그 삶을 사랑하게 된 것이었다. 삶 속의 자기 자신과 관계된 사람들, 집과 직업, 시대까지도 효주에게 특별한 의미를 주었다. 여러 생을 반복하며, 과거에 살았을 누군가의 삶을 살며, 효주는 자신이 지쳤다는 것을 깨달았다. 시뮬레이션 속의 자신이 아니라 진짜 세계의 자신이 지쳐 있었다. 효주는 현실에선 육신이 숨을 한 번 고를 정도의 시간밖에 흐르지 않았다는 것을 다시 한번 인지하고, 결심을 굳혔다. 자신의 마음이 원하는 만큼, 더 이상 자신의 정신이 견디지 못할 때까지 이런 삶들을 계속 살기로 했다.

삶이 서른 번 이상 지속되었을 때, 의외로 시간은 더 이상 효주를 압도하지 못했다. 효주는 10년과 백 년을 다르지 않은 무게로 바라볼 수 있었고, 세계에 대한 몇 가지 통찰을 얻었다. 그중 하나는 사람이 단순한 존재가 아니라는 사실이었다. 당연한 말처럼 들릴 수 있지만, 효주는 그 사실을 온전히 깨달았다. 하나의 삶을 사는 사람은 그 삶에 국한된 존재가 아니었다. 효주는 한 사람에게서 여러 시대에 자신이 직접 겪었던 사람들의 흔적을 발견했고, 인류의 유산과 정신을 발견했다. 파리에서 꽃을 파는 어린아이가 티베트 수도승이 평생 동안 얻은 깨달음을 아무렇지 않게 말하는 순간을 목격했다. 어떻게 이런 일이 일어날까? 사람의 작은 몸 어디서 그 모든 것이 쏟아져 나올까? 어쩌면 레마가 진정한 의미의 예지에 도달하지 못한 것은, 정말 한 사람이 가진 가능성을 뛰어넘지 못해서일지도 모른다는 생각이 들었다. 효주는 여러 삶을 살며 이 질문을 곱씹었다.

삶이 아흔 번 이상 지속되었을 때, 한 가지 결론에 도달했다. 사람뿐만이 아니었다. 동물과 식물은 물론, 산과 들, 바람과 구름, 자연이 만든 경관마저도 다른 시간과 장소에 존재했던 다른 존재와 닮아 있었다. 효주는 결국 이것이 패턴이라는 사실을 인정했다. 과거는 알 수 없는 미지의 패턴으로 물결치며 미래로 나아가고 있었다. 세계는 조직되어 있었고, 사람에게서도 자연에게서도 그 흔적을 발견할 수 있었다. 세상의 모든 것은 어떤 암호를 내재하고 있었다. 하지만 대체 무엇에 대한 암호란 말인가?

삶이 5백 번 이상 지속되었을 때, 어떤 삶은 마구 살기 시작했다. 기억의 시작부터 그는 사기꾼이었고 도박꾼이었으며 난봉꾼이었다. 효주는 이미 보통 인간이 조절하지 못하는 모든 충동에 휘둘리지 않을 만큼 성숙한 정신을 가지고 있었지만 충동의 목소리를 무시하지 않았다. 오히려 귀 기울여 듣고 주의 깊게 그 목소리를 따라갔다. 충동에 따라 선택하고 충동에 따라 삶을 운용했다. 그리고 그런 자신과 삶을 유심히 지켜봤다. 왜 자연은 생과 몰, 선과 악, 양과 음을 배치한 채 유지되는지, 그런 패턴에 과연 의미와 목적이 있는지 궁금했다.

삶이 3천 번 이상 지속되었을 때, 처음으로 신의 존재를 느꼈다. 여러 삶에서 여러 종교의 신자였지만 신을 믿은 적은 없었다. 다만 교리에는 매혹을 느껴 깊게 공부했다. 신을 믿는 사람들도 흥미로웠다. 그들은 효주가 실제로 본 어떤 이들보다 사람의 표준을 벗어나 있었다. 좋고 나쁘고의 의미가 아니라 다른 차원의 사고와 행위가 가능한 이들이었다. 하지만 3천 번의 삶을 지속하는 동안 신을 본 적은 한 번도 없었다. 신의 일부분을 본 적도 없었다. 당연한 일이었다. 신은 한 번도 태어나지 않았으니까. 다시 말하면 과거에 신은 존재하지 않았다. 효주는 어느 날 갑자기 이 사실을 깨닫고 깜짝 놀랐다. 어째서 이런 깨달음에 도달했는지 스스로도 알 수 없었다. 효주는 인과를 알 수 없지만 명확하게 그려지는 앎에 대해 알고 있었다. 이런 감각을 이전에도 경험해본 적이 있었다. 기억을 더듬어보았다. 그리고 온몸에 전율을 느꼈다. 이것은 예지의 감각이었다. 예지는 미래를 향하는 것처럼 과거로도 향할 수 있었다.

삶이 2만 번 이상 지속되었을 때, 효주는 오직 신을 찾는 데 모든 삶을 바쳤다. 어디서 신의 존재를 느꼈을까? 아니다. 정확히 말하자면 효주가 예지한 것은 신이 과거에 없다는 사실이었다. 그러므로 신은 존재했다. 과거가 신의 부재 상태이기 때문에 신은 다른 어딘가에 존재할 수 있었다. 그렇다면 미래에? 효주는 자신이 살던 현실에서 신의 존재를 느낀

적이 있는지 기억을 더듬어보았다. 까마득한 기억을 거슬러 올라가야 했다. 하지만 그곳엔 포화와 폐허가 있을 뿐 어디에도 신은 없었다. 그렇다면 신은 어디에 있는가? 효주는 높은 산맥에 올라 구름과 땅을 내려다보며 자문했다. 이 많은 삶을 살며 무수한 시공간에 존재했던 자신이 아직 보지 못한 사각은 어디인가?

그때 효주는 자신의 심장이 뛰는 소리를 들었다. 자신이 지금 여기에 존재한다는 사실을 놀라며 발견했다. 불현듯 손을 뻗어 얼굴과 목, 가슴과 배, 팔다리를 빠짐없이 모두 만져보았다. 그것들은 효주가 찾고 있는 것이 아니었다. 이번에는 눈을 감고 자신의 깊은 곳을 들여다보기 시작했다. 그 안에는 효주가 살았던 모든 삶과 세계가 적층되어 있었다. 그 어떤 것도 훼손되지 않고 아름다운 질서를 이루며 자리 잡고 있었다. 그것은 공간도 아니고 시간도 아닌 형태로, 오직 효주가 머물던 '시선'을 연결한 궤적이었다. 세상에 한 번도 존재한 적 없는 가장 많은 세계를 관통하는 시선이었다. 쿵쿵. 효주는 다시 심장박동을 느꼈다. 이번에는 분명하게 알 수 있었다. 이것은 자신의 심장 소리가 아니었다. 효주 안에서 거대한 똬리를 틀고 있는, 저 끝과 시작이 보이지 않는 기나긴 시선의 태동이었다. 그것은 아직 세상에 태어나지 않은 신이었다. 효주는 2만 번의 삶 동안 그토록 찾아 헤매던 신을 마침내 자신의 깊은 속에서 찾았다.

신의 잉태를 목도하자, 효주는 어째서 세상이 기필코 종말을 향해 가는지 이해했다. 종말의 다른 이름은 신의 완성. 신은 창세기에 나지 않고 세계 전반에 흐르는 암시로 존재하며 종말에 비로소 도래하는 것이다. 세계는 단지 신이 완성되면 끝나도록 프로그래밍된 신의 알이며, 우주 만물의 원리는 때가 되면 알을 깨고 나오는 신의 본능이었다. 이 세계에서 가장 중요한 사건은 신의 탄생이었고 그러므로 모든 우주가 신의 탄생을 향해 회전하고, 추락하고, 흡수되고 있었다. 세상의 모든 현상은 태초가 품은 신에 대한 예지와 신이 도래하는 미래가 서로를 끌어당기는 동안 일어나는 진동일 뿐이었다. 가장 거대한 예지와 가장 거대한 미래가 힘겨루기 끝에 하나가 되는 날, 과연 세상은 종말을 맞을지 아니면 다시 한번 시작할 기회를 얻을지 알 수 없었다. 태초의 암시가 자연계의 순환과 반복, 유기체의 유전형질, 인류의 역사, 영혼의 원형, 우주의 항상성을 모두 내포하고 있다는 사실이 효주를 두렵게 했다. 또한, 암시가 일으킨 현상의 연쇄는 종말에 이르러 게임 〈볼볼볼〉을 안배하고, 예지 인공지능 레마를 안배하고, 효주를 안배하여 마침내 신을 잉태하도록 만들었다. 이 정교하고 집요한 그물 속에서 효주는 자신이 꼼짝도 할 수 없는 운명이라는 걸 깨달았다.

운명을 깨달았지만 신의 의도를 이해할 수는 없었다. 어째서 이미 완성된 세계를 그저 취하지 않고 효주로 하여금 다시 헤매도록 하는지, 어째서 모든 삶에 깃드는 고행과 이 무한한 굴레에서 벗어날 수 없는 십자가를 지워주었는지 알 수 없었다.

알 수 없는 삶이 66만 번 이상 지속되었을 때, 효주는 솔이를 만났다. 나이를 먹어 노인이 되어 있었지만 효주는 그 애를 한눈에 알아봤다. 솔이는 병원 병상에서 작은 창밖으로 하늘을 내다보고 있었다. 효주가 다가가자 친절하게도 주름진 동그란 얼굴로 웃어주었다. 효주는 그 삶에서 젊은 장교였고 훈련 도중 부러진 팔을 치료하는 중이었다. 효주가 자신을 소개하자 솔이도 이름을 말해주었고 대개 노인들이 그러하듯 이내 자신의 파란만장한 이야기를 들려주기 시작했다. 그 애는 어린 나이에 가족들과 사막을 건넜던 일, 여기저기 떠돌던 이민자의 삶, 아름다운 옷을 좋아했던 시절, 그리고 자신만이 아는 비밀을 한 가지 이야기해주었다.

"사실 나는 미래를 안다우."

솔이는 효주가 믿지 않으리라 지레 생각하고 특별히 앞날을 봐주겠다고 장담했다. 어린아이처럼 신이 나서 이리 가까이 오라고 손짓했다. 효주가 더 가까이 다가가자 손을 덥석 잡고 쓰다듬으며 눈을 깊이 들여다봤다.

"잘 살겠구먼. 아주 잘 살 거야."

효주는 작은 창으로 들어온 햇살이 침대 한쪽으로 밀려나고 붉게 물들다가 완전히 꺼져버릴 때까지, 간호사가 양초 하나를 켜주곤 이제 한 시간 뒤면 나가주어야 한다고 조용히 속삭일 때까지 솔이의 이야기를 들었다. 그 애에게 듣는 삶이란 팔딱팔딱하고 싱그러웠다. 매일매일이 놀라움의 연속이었다. 효주는 자신이 신을 잉태하여 키우는 시선에 불과하다는 사실을 안 후 삶에서 의미를 찾을 수 없었다. 누구도 열렬히 사랑할 수 없었고 어떤 치열한 목표도 생기지 않았다. 오랜 세월 이런 상태에 빠진 자신에게 솔이를 보낸 세계의 계획은 또 무엇일까?

효주는 끝없는 삶을 더 지속하며 언젠가 도경을 만날지도 모른다는 생각을 항상 품고 있었다. 이 세계는 레마가 만든 과거의 구현인 동시에 효주의 데이터가 세계의 재료가 되는 시스템이었다. 수십만 번의 삶 동안 효주가 세계에 남긴 흔적들은, 어떤 복잡한 과정을 거쳐 세상을 떠도는 효주의 정령이나 상념이 되었는지도 모른다. 그리고 마침내 효주가 그리워하는 사람들을 이 과거로 불러들이는 것인지도 모른다. 신에 대한 예지가 신을 서서히 이 세계에 도래시키듯이.

그러나 도경은 좀처럼 효주 앞에 나타나지 않았다. 도경을 닮은 사람을 보거나 도경과 비슷한 목소리를 들으면, 효주는 가까이 가서 확인해보았다. 하지만 그들은 다가온 효주를 보며 의아하게 웃거나 경계의 눈빛으로 탐색하는, 효주가 전혀 모르는 사람들이었다. 그런데 어느 날은 정말 도경을 닮은 남자를 보았다. 그는 부둣가 펍에서 맥주를 마시며 포커를 치고 있었다. 효주는 그 남자가 펍에 있는 줄도 모르고 이제 막 성인이 된 친구들과 다트 내기를 하고 있었다. 그가 마침내 돈을 따서 두 손을 치켜들고 소리를 질렀을 때, 효주는 그를 처음 보았다. 그는 배 시간에 딱 맞췄다고 익살을 부리며 돈과 재킷을 챙겨 서둘러 펍을 나갔다. 효주는 한발 늦게 손에 든 다트를 팽개치고 그를 따라갔다. 그는 어찌나 빠른지 벌써 보이지 않았고 효주는 정신없이 그를 찾다가 무작정 선착장으로 향했다. 분명히 제일 먼저 출발하는 배를 탈 거라고 짐작했는데 그 배가 이미 출발하고 있었다. 효주는 가쁜 숨을 몰아쉬며 멀어지는 여객선과 그 안에서 손을 뻗어 흔드는 몇몇 사람을 바라봤다. 효주는 다시 달리기 시작했다. 부두를 따라 묶여 있는 배들을 살폈고 마침 주인이 곁에 있는 작은 배를 빌렸다. 아직 수평선 너머로 넘어가지 않은 여객선이 보였다. 전속력으로 모터를 돌렸다. 배는 물살을 시원하게 갈랐고 소금기 어린 시원한 바람이 이마의 땀을 식혀줬다. 도경이 무슨 삶을 살고 있을지 궁금했다. 그 철두철미하던 사람이 포커라니 웃기기 그지없었다. 한낮의 햇살이 따갑게 쏟아졌고 효주는 눈이 부셔서 손차양을 하고 앞을 봤다. 도경이 탄 배가 손에 닿을 것처럼 바로 앞에 있었다. 하지만 결국 여객선을 놓치고 말았다. 거의 따라잡았다고 생각했는데 감쪽같이 사라져버렸다. 어느 순간 드넓은 바다 위에 떠 있는 건 효주뿐이었다. 처음에 효주는 어안이 벙벙해 모터를 끌 생각도 하지 못했다. 아무것도 없는 앞을 향해 계속 달리던 배는 결국 모터가 나가버렸고 해가 지기 시작했다. 그때까지만 해도 효주는 돌아가야 한다는 마음을 품고 있었다. 어쩌면 지나가는 배를 기다렸다가 조난 요청을 해야 할지도 모른다고 생각했다. 하지만 해가 지자 자신이 정말 원하는 것이 무엇인지 깨달았다. 효주는 배 위에 누워 새카만 밤하늘을 마주 봤다. 이번 삶에서 자신이 누구인지 떠올렸고 누군가 자신을 걱정하리라는 생각도 들었다. 잠시 후엔 저 밤 너머의 진짜 세상도 기억해냈다. 그러나 이내 전부 흘려보내 버렸다. 머릿속에서 모든 생각을 몰아내자 세상은 더없이 고요해졌다. 천천히 깊고 조용하게 숨을 쉬었다. 힘을 쭉 뺀 몸은 파고에 맞춰 솟아올랐다가 가라앉기를 반복했다. 효주는 그 반복 속으로, 끔찍한 순리 속으로 서서히 들어갔다.

효주는 어느 가정집 침대 위에서 정신을 차렸다. 목이 무척 마르고 앞이 잘 보이지 않았다. 주변에 사람들이 있다는 걸 알았지만 그대로 다시 까무룩 잠들어버렸다. 새벽에 정신을 차렸을 때, 중년의 안주인이 효주의 이마를 짚어주고 있었다. 그녀는 물수건으로 효주의 땀을 닦아주고 입안에 물도 조금 흘려 넣어주었다. 이내 효주가 고개를 저어 저항했다. 목소리가 잘 나오지 않았지만 날 내버려두라고, 나를 밖으로 내보내달라고 말했다. 그녀는 효주를 가만히 지켜보다가 스탠드 불을 작게 줄여주고 밖으로 나갔다. 그 집에는 부부와 네 남매가 살고 있었다. 십여 일 만에 탈수와 영양실조 상태로 떠내려온 효주를 해안가에서 발견하고 집으로 데려온 것이었다. 효주는 물과 음식을 거부했다. 효주가 거부하면 그들은 순순히 물러갔다가 처음에는 작은아이가, 다음에는 큰아이가, 그다음에는 아이들의 아버지가 똑같은 물과 음식을 권하기 위해 다가왔다. 효주는 그들이 아무것도 모른다고 생각했다. 그들은 레마가 만든 시뮬레이션의 껍데기들일 뿐이었다. 효주가 가진 기억이나 생각도 모르고, 이 세계에 내재된 종말도 모르며, 한 사람의 깊은 내부에 신이 잉태되어 있다는 사실도 까맣게 모른 채 살아가는 사람들이었다. 처음에는 정신을 제대로 차리지 못하고 '저리 가, 저리 가' 하며 벌레 쫓아내듯 손을 휘젓던 효주는 이제 독이 잔뜩 올라 으르렁거렸다. 꺼지라고, 꺼져버리라고 소리쳤다. 그러면 아이들이 까르르 웃음을 터뜨리며 파도처럼 물러갔다. 효주가 그들을 방에서 다 몰아내면 가족들은 방문을 살짝 열어둔 채 주방에서 웃고 떠들며 식사를 했다. 감자와 당근, 브로콜리를 넣고 뭉근하게 끓인 채수 냄새가 온 집 안에 가득했다. 밥을 먹다가도 그들은 번갈아 효주에게 음식을 권하러 들어왔다. 우유를 가지고 들어오고 미음을 가지고 들어왔다. 효주는 울음을 터뜨렸다. '날 좀 내버려둬요. 날 혼자 두라고요.' 그러자 아이들의 엄마가 수프를 쟁반에 받치고 들어왔다. 그것을 효주 앞에 놓고 떠먹이기 시작했다. "그래요. 외롭고 힘들었죠? 어서 먹어요." 입으로 따뜻한 수프가 들어왔고 효주는 엉엉 울면서 그것을 받아먹었다.

그들은 아무것도 모르면서 효주를 먹이고 보살폈다. 배고프고 병든 자를 굽어살폈다. 슬픔과 절망에 빠진 사람을 구하려 했다. 효주는 됐다고 그만 먹겠다고 숟가락을 밀어냈다. 여자는 "그래요, 그래요" 하며 효주를 떼쓰는 어린아이처럼 대했다. 효주는 지긋지긋했다. 수없이 반복되는 삶과 이런 음식들, 이런 사람들. 자기 안에서 자라고 있는 신까지도. 신은 이로써 또 하나의 시선을 더 가지게 되었다. 인간은 신을 돌보고 신은 인간으로부터 자애를 터득했다. 그러므로 모든 것에 신이 깃들었다는 말은 잘못된 해석이었다. 신에게 세상의 모든 것이 깃들었다. 신은 한눈에 담을 수 없는 암시이며, 기나긴 예지이며, 곧 세상이었다. 효주는 마침내 자신이 모든 삶을 떠돌아야 하는 이유를 알았다. 하나의 세계가 아니라 하나의 시선이 이야기가 된다는 것을 이해했기 때문이다.

기도는 기적의 일부

메시아 유리는 어릴 때 수해 지역에서 구조된 적이 있다. 기록적인 집중호우가 쏟아진 그해, 오래된 백화점 지하 주차장에 물이 차며 수십 명의 사람들이 고립되었다. 노후한 배수관이 갑자기 쏟아진 엄청난 양의 빗물을 처리하지 못하고 역류한 것이 원인이었다. 현장을 빠져나온 이들의 증언에 의하면 처음에는 정강이 높이에서 안쪽 넓은 공간을 향해 졸졸 흘러가던 물이 순식간에 불어나 눈에 보이는 모든 것을 탁한 수면 아래로 공평하게 가라앉혔다. 세상은 물과 허공의 경계로 엄정하게 양분되었고 곧 정전이 되며 시야마저 암흑 속에 잠겼다. 높은 승합차 지붕 위로 몸을 피했다가 차오르는 물속을 헤엄쳐 가까스로 천장 배관을 붙잡은 청년은 에어포켓에서 숨을 쉬며 열다섯 시간을 버텼다. 고립되어 있는 동안 청년은 휴대폰으로 한 영상을 촬영했는데 거기에는 아기인 유리가 둥근 배관에 배를 대고 엎드린 채 해맑게 웃는 모습이 담겨 있었다.

화면 속에서 한 손으로 아기 엉덩이를 붙들고 있는 아빠는 턱까지 물에 푹 잠긴 채 입술이 파랗게 질려 있었다. 컴컴한 어둠에 싸인 뒤쪽 공간에는 형체가 보이지 않지만 배관에 매달린 다른 사람들이 있었다. 각기 다른 방향에서 하나둘 켜지는 휴대폰 플래시 불빛이 그들의 위치를 나타냈다. 사람들은 어둠 때문에 아기가 울지 않도록 작은 빛을 모아 한곳을 비춰주었다. 빛 속의 아기가 이따금 만세하듯 두 팔을 번쩍 들어 올리면 비명 같은 환호가 터졌다. 아기는 그 반응이 재미있다는 듯이 지치지도 않고 계속해서 팔을 뻗었다.

더 높이.

더 오래.

아기는 꽉 막힌 하늘을 향해 무언가를 호소하듯, 혹은 나아가야 할 방향을 알려주듯 두 팔을 들어 올렸다. 작은 두 손바닥과 열 손가락이 희미한 빛을 모조리 흡수하며 하얗고 기이하게 빛났다. 어느 순간 어둠 속에서 누군가 신을 찾기 시작했고 누군가는 울음을 터뜨렸다.

영상의 제목은 "기도하는 아기"였다. 영상 속의 고립되었던 이들은 놀랍게도 전원 모두 무사히 구조되었지만, 누구도 이것이 메시아 유리의 첫번째 시현이라는 사실을 눈치채지 못했다. 그해 여름, 폭우로 죽거나 피해를 입은 사람은 만여 명에 달했다.

「기도하는 아기」는 유튜브와 국내 언론에 이어 해외 매체에도 소개되었다. 특히 세계도시기후정상회의에서 깜짝 등장하며 다시 한번 이목을 끌었다.

그날 회의는 처음부터 무기력한 분위기 속에서 진행되었다. 예상대로 각국은 탄소 제한 기준에 합의하지 못했고, 해답 없는 고전적인 공방이 이어졌다. 대다수의 국가가 현재 탄소 배출의 주범인 중국에게 탄소 비용 지불과 개발 제한을 촉구했지만, 중국은 산업혁명 때 이미 넘치도록 탄소를 소비한 미국과 유럽에게 더 큰 누적 책임이 있다고 지적하며 슬그머니 발을 뺐다. 다른 나라들도 이제 와서 개발에 제한을 두는 것은 공평하지 않다는 입장을 고수했다.

한 정상은 함께 가라앉고 있는 배 위에서 아무도 자기 짐을 던지려 하지 않는다고 지적하며 자기 몫의 짐을 끝까지 지키겠노라고 선언했다. "동시에 놓지 않으면 아무런 의미가 없고, 서로를 믿지 않으면 불가능한 방법이기 때문입니다."

서로 다른 강경한 입장들 속에서 기후테크와 효율적인 시스템 개발이 대안으로 올라왔지만 별다른 호응을 얻지 못했다. 그것은 배 안에 들어온 물을 퍼내는 일일 뿐 가라앉는 배의 구멍을 막는 근본적인 방법은 아니었다. 그리하여 모두가 정해진 수순처럼 인류에게 남은 시간을 비관하기 시작했다.

그때 누군가의 제안으로 회의장에 「기도하는 아기」가 재생되었다. 7분 27초의 짧은 영상 속에서 아기는 추위에 얼어붙은 아빠의 코를 만지며 웃음을 터뜨리고, 작은 입으로 옹알이를 하고, 얼굴도 보이지 않는 어둠 속 사람들을 향해 손을 뻗었다. 기도를 시작했다. 사람들이 응답했다. 그 모습을 각국의 정상들이 조용하게 지켜봤다.

후에 매체들은 이 장면을 '고요한 사건'이라고 명명했다. 끝없이 충돌하던 세계의 시선이 오직 한곳을 향하고 있었다.

영상 말미에 검은 화면 위로 자막이 떠올랐다.

아기를 어둠 속에 남겨두지 않겠다는 순수하고 선량한 마음이 이들의 공포를 몰아냈다.

한마음으로 아기를 비추던 이들과. 모두에게 빛이 되어준 아기는 무사히 구조되었다.

작은 의지들이 모여 이뤄낸 기적의 순간.

기립 박수가 긴 시간 이어졌다. 영국은 이 짧은 영상에 진정한 답이 있다고 말했다. 이집트는 결국 구원을 만드는 것은 우리 모두의 협력뿐이라고 말했다. 중국은 의지가 있다면 무엇이든 해낼 수 있다고 말했다. 오래도록 기후회의에 불참했던 미국은 후에 이 극적인 회의 결과에 감동하여 이례적으로 입장을 표명했다. "우리는 아기의 손끝에서 시작된 변화를 기억할 것이며, 언제든 어두운 물속에서 아기를 구할 준비가 되어 있습니다."

하지만 그것으로 끝이었다. 각자가 하고 싶은 말을 했을 뿐이었다. 사람들은 이 강력한 드라마에서 중요한 무언가를 느꼈고, 마음이 움직였으며, 한 번도 생각해본 적 없는 전혀 뜻밖의 길을 보았다고 믿었지만 변한 것은 아무것도 없었다.

유리의 부모는 영상의 저작권을 산 기후회의 주최 측으로부터 3천 달러를 받았다. 그 후로도 「기도하는 아기」는 날이 갈수록 심각해지는 자연재해와 기후변화를 우려하는 목소리를 높일 때마다 고전적인 상징으로 사용되며 몇 년간 더 회자되었다. 하지만 사람들이 어렴풋하게나마 메시아 유리의 존재를 인지한 것은 한참 후의 일이었다.

수해 이후 유리의 가족은 기막히게 가세가 기울었다. 다행히 부녀가 모두 살아 돌아왔지만, 때마침 엄마가 차렸던 디저트 가게는 침수로 엉망이 되었다. 예쁘고 아기자기했던 진열장과 냉장고 속까지 끝없이 긁어내야 했던 무거운 진흙. 유리는 자라면서 엄마가 그 일에 대해 기운 없이 떠드는 것을 종종 들었다.

"진흙 속에 온통 뭉개져 있었어. 푸딩, 티라미수, 몽블랑, 카눌레, 다쿠아즈…… 잔뜩 쌓아두었던 밀가루 포대랑 달걀은 흔적도 찾을 수 없었고 조리 도구들은 애써 흙을 씻어냈지만 결국 못 쓰게 되었어. 폐기물들을 담았던 자루는 너무 커다래서 그때 요만했던 너를…… 그래, 아마 열 명쯤 넣을 수 있었을 거야."

재정비한 가게는 무섭게 치솟는 물가와 다시 기승을 부리기 시작한 전염병으로 가을과 겨울을 겨우 나고 문을 닫았다. 덩그러니 빚이 생겼고 그들은 신혼 때 무리해서 장만한 서울의 오래된 아파트를 내놓아야 했다.

이사한 근교의 주택은 산을 면해 공기와 경치가 아주 좋았다. 오르기 쉽고 다양한 갈래로 조성된 등산로에는 활기찬 사람들이 가득했으며 약수터와 휴식 공간도 잘 마련되어 있었다. 부모는 마음을 놓았고 금세 그곳을 좋아하게 되었다. 산에서 유리가 솔방울을 들고 있는 모습이나 노인처럼 뒷짐을 지고 비탈을 올라가는 귀여운 뒷모습을 사진으로 많이 찍었다. 그 사진들은 3년 후 큰 산불이 났을 때 모두 소실되었다. 건조한 날씨 탓에 불길은 잡힐 듯 잡히지 않으며 불티가 이곳에서 저곳으로 꽃씨처럼 흘러 다녔고, 완전히 진압하는 데 꼬박 사흘이 걸렸다. 밀집했던 인근 주거지는 몽땅 잿더미가 되었다.

유리의 가족은 또다시 무사히 목숨을 건졌지만 이번에야 말로 모든 재산을 잃었다. 비슷한 피해 가구가 수천에 달했다. 도시 규모의 화재 난민이 발생한 것은 처음 있는 일이었다. 정부는 부랴부랴 지원금 대책을 세우겠다고 발표했지만 충분한 정착금을 마련하기에는 역부족이었다.

세 가족은 이리저리 신세를 지며 옮겨 다니기 시작했다. 처음에는 그들을 딱하게 여기며 기꺼이 돕던 사람들의 태도가 점차 냉담해졌고, 심지어 이들이 사회적 문제로 떠오르며 이를 집중 조명한 프로그램이 연이어 쏟아져 나왔다.

그사이 유리의 아빠는 회사에서 해고됐다. 석유화학 분야에 대한 세금 제재가 강력해지면서 원가절감을 위한 대대적인 인원 감축이 이뤄진 것이 원인이었다.

아빠는 분개하며 말했다.

"나쁜 건 석유인데 석유는 조금도 줄이지 않고 사람만 잘려 나가고 있어!"

그때 엄마는 유리의 입에 김에 싼 동그란 밥을 넣어주고 있었다. 엄마는 아빠를 쳐다보지도 않은 채 그 말을 고쳐주었다.

"아니야. 나쁜 건 석유를 나쁘게 사용하는 사람이지 석유가 아니야."

아빠의 소소한 복수는 해조류로 친환경 포장지를 만드는 제조 업체로의 이직이었다. 한때 회사는 매스컴을 타고 시청자들의 칭찬 세례를 받았다. 한 초등학생의 편지를 받기도 했다. 편지에는 "지구를 위해 멋진 일을 해주셔서 감사합니다"라고 적혀 있었다. 회사는 얼마 못 가 꾸준한 수요를 확보하지 못하고 파산했다.

아빠는 당시 머물던 삼촌 집 단칸방 구석구석에서 그 회사 제품들을 샅샅이 찾아냈다. 땅에 묻으면 두 달 안에 분해되는 과자 봉지, 라면 봉지들을 한데 모아 2백 년간 썩지 않을 비닐봉지에 꾹꾹 욱여넣은 뒤 내다버리는 것으로 아빠는 간단히 복수를 마무리했다. 그리고는 이제 다섯 살이 된 유리를 무릎 위에 앉히고 물었다.

"대체 이 나라에 환경을 생각하는 사람들이 있기나 한 거니?"

유리는 친환경 섬유로 만들어진 조그마한 토끼 인형을 가지고 노느라 정신이 없었다. 언제나 아빠보다 조금 더 지혜로웠던 엄마가 곁에서 슬쩍 대답해주었다.

"환경이 확실하게 주목받는 순간은 인간에게 피해를 줬을 때야."

1년 뒤 산불 피해 지역에 피해자들을 위한 주거 단지가 지어졌다. 가족은 단지에 정착하며 겨우 안정을 찾았다. 매달 보증금 이자 개념으로 약간의 주거비만 내면 되었고 20년간 주거가 보장되었다. 그때 부모는 언제든 그 난민촌을 벗어나 새로 시작할 수 있을 거라고 믿었지만 20년이 지난 뒤에도 그들이 집을 살 기회는 오지 않았다.

메시아 유리가 기억하는 유년은 여기서 시작된다. 주거 단지는 큰불이 났던 자리에 물의 기운을 채우기 위해 '호수아파트'라는 이름이 붙었다. 자녀가 있는 부부는 같은 동에 배정되는 원칙 때문에 멀리서 그 단지를 바라보면 아이들이 끊임없이 드나드는 작은 기숙학교처럼 보였다. 호수아파트의 아이들은 한 번쯤 자신이 학교에 사는 귀족이나 마법사가 된 것 같은 멋진 기분을 느끼곤 했다.

하지만 일단 진짜 학교에 다니기 시작하면 다른 곳에 사는 아이들이 어떤 눈초리로 호수아파트를 바라보는지 금세 알게 되었다. 그리고 호수아파트에 산다는 사실보다 자신이 그런 멍청한 상상을 했다는 사실에 더 큰 수치심을 느꼈다.

호수아파트에는 미취학 아동을 돌봐주는 어린이집이 있었다. 젊고 고지식한 원장은 아이들에게 해도 되는 일과 해서는 안 되는 일을 자신만의 방식으로 집요하게 가르쳤다.

"사용하지 않는 가전제품의 플러그는 어떻게 해야 하죠?"

"뽑자!"

"라벨이 붙은 주스 용기는 어떻게 버려야 하죠?"

"라벨은 비닐! 용기는 플라스틱! 내용물은 물에 헹궈!"

소리를 지르는 것만으로도 쉽게 신이 나는 아이들이 원하는 대답을 외치면, 원장은 흡족하게 미소 지으며 동그란 머리들을 쓰다듬어주었다.

"착하네요. 착한 아이들이에요."

원장이 가장 엄격해지는 시간은 점심시간이었다.

"여러분, 식판은 어떻게 해야 하죠?"

"감사하는 마음으로 남김없이 먹어!"

유리가 기억하기로 원장이 음식을 남기려는 아이를 봐준

적은 한 번도 없었다. 그녀는 식판을 비우지 못한 아이를 홀로 식탁에 앉아 있게 했고, 한 시간이든 두 시간이든 아이가 스스로 숟가락을 들길 기다렸다. 아이들은 제풀에 지쳐서, 홀로 남겨진 것이 낯설어서, 자신이 못된 '죄'를 지을까 봐 공포에 질려서 끝내 먹기 싫은 음식을 꾸역꾸역 먹었다.

"우주야, 식판은 어떻게 해야 하죠?"

유리는 맞은편에 앉은 사색이 된 우주를 바라봤다. 식판에는 간장과 설탕을 넣고 조린 갈색 무 한 토막이 남아 있었다. 원래는 알감자와 함께 조린 반찬이었는데 우주가 감자만 골라 먹고 남겨둔 것이었다.

"우주."

원장이 재차 이름을 부르자 우주는 사정하기 시작했다.

"토할 것 같아요…… 이번 딱 한 번만요……"

원장은 우주 곁으로 다가가 무릎을 굽히고 앉아 눈높이를 맞췄다. 아직 그녀가 다른 아이들에게 그만 놀이 방으로 가고 말하지 않았기 때문에 아이들 모두가 그 장면을 지켜보았다. 원장은 화난 기색 없이 상냥한 말투로 찬찬히 설명했다.

"우주가 지금 남긴 이 음식에는 오랜 시간 물과 햇빛과 땅의 양분이 제공되었고, 또 많은 노동력과 에너지가 사용되었어요. 이 작은 무 한 조각을 버리는 건 그 모든 가치를 낭비하는 일이에요. 만약 이 무 한 조각이 굶주리고 있는 다른 아이의 식탁에 돌아갔다면 중요한 영양분을 섭취할 수 있었을 텐데, 지금 그 기회를 빼앗은 사람은 누구죠? 다른 아이를 착취하고 지구를 망가뜨리고 있는 게 누구죠? 앞으로 10년만 지나도 이런 음식들은 정말 귀해질 거예요. 지금 미래를 무너뜨리고 있는 건 누구죠?"

그녀의 미래에 대한 예측은 훗날 꽤 정확했던 것으로 밝혀진다. 하지만 진위 여부에 상관없이 한 아이를 죄책감에 빠뜨리기에는 이미 충분했다. 우주는 결국 그 자리에서 울음을 터뜨렸다.

오후까지 혼자 식탁에 남은 우주에게 유리가 다가왔다.

"이제 다 울었어?"

우주는 슬쩍 얼굴을 반대쪽으로 돌리며 고개를 끄덕였다. 우주는 평소에 파도반에서 유리가 가장 예쁘다고 생각했다.

"왜 울었어?"

"내가 나쁜 사람이니까."

우주는 시무룩하게 대답하고 유리의 눈치를 살폈다. 자신을 탓하는 기색은 없었다.

"나 나쁜 사람 아니야?"

"나쁜 사람이지."

혹시나 하는 기대를 담아 물었던 우주는 다시 울 것 같은 표정이 되었다.

"우리 모두 다 나쁜 아이들이야. 하지만 더더 잘못한 사람들이 있어. 그걸 잊으면 안 돼."

아리송한 말을 남기고 유리는 홀쩍 가버렸고, 우주는 잠시 후 식판에서 지긋지긋한 무 한 조각이 사라진 것을 발견했다. 우주는 그것이 유리가 부린 마법이라고 생각했고, 아직 어린아이였기에 정확한 단어를 떠올리지는 못했지만 유리가 자신을 '구원했다'고 느꼈다. 모호한 형태이긴 하지만, 첫번째 믿음이 탄생한 순간이었다.

메시아 유리가 세상에 드러났을 때, 유리를 알았던 많은 이들이 이러한 간증을 쏟아냈다.

유리의 중학교 담임선생은 어느 소풍날을 기억했다.

"한 국립공원에서 백일장을 진행하는 일정이었어요. 그림도 그리고 글짓기도 하는 대회요. 우리 반도 풍경이 탁 트인 적당한 구릉에 자리를 잡았는데 그 아이가 다른 곳으로 가자고 고집을 부렸어요. 평소에 태도도 좋았고 당시 학급 회장이기도 해서 뜻대로 해주었어요. 멀찍이 이동해 분수광장 쪽에서 백일장을 두 시간쯤 진행하는데 구급차들이 몰려왔어요. 우리가 원래 자리를 잡았던 구릉 수로에서 유독가스가 흘러나와 폭발이 일어났다고 하더군요. 그 뒤로 원래 쓰레기 매립지였던 공원의 설계가 부실했다는 사실이 여러 감사에서 밝혀졌어요. 그 아이는 그런 일이 일어날 줄 어떻게 알았을까요?"

유리와 고등학교 동창이었던 한 무리의 친구들도 비슷한 경험을 했다.

"우리는 그 애와 같은 반도 아니었어요. 제 친구의 친구라서 얼굴을 알았고 가끔 복도에서 마주치면 인사나 하는 정도였죠. 그런데 그날 그 애가 하교하는 우리를 교문 앞에서 붙잡고 이런저런 쓸데없는 말을 늘어놓았어요. 자기가 고민이 있는데 혼자서는 도무지 답이 나오지 않아 여러 사람의 의견을 듣고 싶다는 식의 이야기였는데, 이제는 그게 어떤 고민이었는지도 기억나지 않을 만큼 사소한 얘기였어요. 친구 하나가 슬슬 짜증을 부릴 때쯤 그 애는 우리를 놓아줬어요. 집이 같은 방향인 친구들과 돌아가는데, 늘 지나던 굴다리로 들어서려던 순간 눈앞에서 입구가 무너졌어요. 제일 앞에 있었던 저만이 굴다리가 무너지기 직전에 안쪽에서 불던 바람이 우웅 하고 빠지는 소리를 들었죠. 그 소름 끼치는 소리를 아직도 잊지 못해요. 지금은 흔하지만 그때는 아직 생소했던 도시 사막화가 원인이었어요. 나무와 풀이 사라지며 도시가 건조해지고 결국 토양이 힘을 잃는 현상이요. 그때는 왜 그 애와 그 일을 연관짓지 못했을까요?"

유리가 재수 학원을 다닐 때 가까운 학원에서 공무원 시험을 준비했던 한 남자는 어느 무더웠던 여름을 떠올렸다.

"오전 수업을 마치고 점심을 사 먹으려고 길가로 나온 참이었어요. 전날 모의시험 결과가 좋지 않아 밤새 문제집을 풀어서 무척 피곤한 상태였어요. 길거리 음식점에서 김밥과 커피를 사서 먹을 만한 자리를 찾는데 그늘은 모두 다른 사람들이 차지하고 있었죠. 하는 수 없이 뙤약볕이 그대로 내리쬐는 외진 구석 벤치에 앉아 서둘러 김밥을 감싼 포일을 벗기는데 머리가 핑 돌았어요. 전 그대로 쓰러져버렸죠. 온열 질환으로 수많은 사상자가 발생한 유례없는 폭염을 기록한 날이었어요. 저는 그날 정오의 햇볕에 두 시간 동안 그대로 노출됐어요. 평소에 자주 마주쳤던 그 애가 제 어깨를 흔들어 깨웠을 때는 꿈인 줄 알았어요. 얼굴과 팔다리의 피부가 이루 말할 수 없을 만큼 따가웠어요. 심각한 화상을 입은 거라고 생각했죠. 하지만 그 애는 별일 아니라는 듯 저에게 어서 건물로 들어가라고 말했어요. 제가 가까운 건물로 부랴부랴 피신할 때도 그 애는 그 뜨거운 햇볕 속에 서 있었어요.

건물 화장실로 들어가 거울을 보았을 때 제 피부는 멀쩡했죠. 방금 전까지 느꼈던 끔찍한 고통도 사라졌어요. 이상한 일이라고 생각했어요."

메시아 유리를 아는 대부분의 사람들이 특별한 경험을 했다고 주장했지만, 그 일들은 어쩌면 우연과 착각의 결과일 수도 있는 애매한 인과의 사건들이었다. 메시아 유리를 불신하는 사람들은 언제나 그 점을 주목했다.

한 추종자가 불신자들을 향해 말했다.

"모두가 보고 싶은 것을 보나니."

그러자 한 불신자도 추종자들에게 말했다.

"모두가 보고 싶은 것을 보나니."

메시아 유리가 세상에 드러난 사건은 호주로 워킹 홀리데이를 떠났을 때 일어났다. 유리는 다니던 대학을 휴학하고 1년간 호주의 체리 농장에서 일하고 있었다. 몇 해 전부터 체리 품종은 전염병과 해충 피해로 거의 멸종 위기에 놓여 있었고, 체리 백 그램 가격이 체리 농장 노동자의 이틀 치 임금과 맞먹었다. 모든 먹거리가 여러 이유로 값비싸지던 시절이었다. 그렇게 한번 오른 물가는 다신 떨어지지 않았다.

남반구는 북반구보다 극심한 기후변화를 겪으며 도시 하

나를 단숨에 침수시켜버리는 우박 같은 폭우와 도저히 인력으로 잡을 수 없는 거대한 산불이 번갈아 일어났다. 호주의 농장 규모도 20년 전에 비해 반으로 줄어들었다. 그럼에도 세계 농산물의 큰 비중을 담당하는 산지여서 비교적 식량이 풍족한 편이었다.

유리는 근무가 없는 휴일에 포트헤들랜드의 바닷가에서 농장 동료들과 수영을 즐기고 있었다. 가을로 접어들어 태양은 부드러웠고 물은 아직 따뜻했다. 이제는 세계적으로 거의 사라져 보기 어려운 물이 맑고 깨끗한 해변이었다. 유리는 파라솔 아래 누워 볕에 그을린 자신의 발등과 하얀 모래가 소금기 가득한 바람을 맞는 모습, 그 너머로 부서지는 파도 속에서 즐거운 표정을 띤 사람들이 이리저리 떠밀리는 모습을 구경했다. 곁에 동료들도 함께 있었다.

그런데 갑자기 유리가 벌떡 일어나 어디론가 가기 시작했다. 평소 유리와 친했던 프랑스인 클로이가 끈질기게 뒤를 따르며 이름을 부르는데도 돌아보지 않았다. 택시까지 잡아탄 유리 곁에 앉아서 클로이는 아무것도 묻지 않았다. 그 순간 왜인지 그렇게 행동해서는 안 될 것 같다고 느꼈고, 그럼에도 굳은 표정의 유리를 불안한 마음으로 계속 지켜봤다.

그들이 도착한 곳은 가까이 있던 항구였다. 유리는 컨테이

너 야적장을 지나 곧장 부두로 갔다. 일꾼들이 한곳에 몰려 있었다. 유리는 인파를 헤치고 물가로 나아갔다. 유리를 따라 무리 앞까지 도달하는 데 성공한 클로이는 그런 광경을 처음 보았다. 프랑스에서도 해변이 끝없이 이어진 니스에 살았고 호주에서도 바닷가를 떠난 적이 없었다. 그렇지만 바다의 광활한 너울 위로 아무런 빛도 투과시키지 않는 완강한 검은 장막이 드리운 모습은 한 번도 본 적이 없었다.

유리는 더 앞으로 나갔다. 위험할까 봐 앞을 막아선 커다란 몸집의 남자를 유리는 한 손으로 가볍게 밀어냈다. 남자는 어리둥절한 표정으로 유리의 뒷모습만 쳐다보았다. 유리는 물 앞에 앉아 몸을 깊이 숙이고 한쪽 팔을 뻗었다. 유리의 하얀 손등과 손목이 검은 석유 속으로 푹 빨려 들어갔다. 클로이는 저도 모르게 휴대폰으로 유리를 찍고 있었다. 마치 앞으로 무슨 일이 일어날지를 미리 아는 사람처럼. 하지만 이미 온 바다를 덮고 있는 기름 앞에 대체 무슨 일이 일어날 수 있단 말인가?

부두에 모인 사람들이 숨을 삼키는 소리, 술렁이며 뒤로 물러나는 소리가 들렸다. 유리에게서 눈을 떼지 못하는 사람들은 유리 곁으로 한 걸음 다가서지도 못했다. 유리의 손끝에서 생겨난 청명한 구멍은 점차 넓은 물결을 이루며 멀리 뻗어나갔다. 검고 무거운 기름은 뒤로, 점점 뒤로 밀려났다. 그것은 퇴각하는 정어리 떼처럼 재빠르게 움직이며 바다 한 가운데 떠 있는 구멍 난 벌크선으로 향했다. 한 방울도 남김 없이 그것이 처음 시작된 곳으로 다시 돌아갔다.

세계가 명백한 기적의 시현을 보고 충격에 빠진 것과는 별 개로, 유리는 이런저런 기관으로 끌려갔다. 처음에는 호주의 한국 대사관으로, 다음에는 호주 정보국으로 소환되었다. 얼 마 뒤 해외 비즈니스 활동 조사 명목으로 귀환 명령이 떨어 졌다. 비공식적인 사실이지만 한국행 비행기 안에서 유리는 이미 미국 FBI의 압박 수사를 받았다. 하지만 유리는 끝끝내 입을 열지 않았다.

소환된 유리를 지켜보기 위해 각국 인력들이 한국에 체류 하기 시작했다. 그들은 계속해서 한국 정부에 공조를 요청하 며 압력을 가하고 있었다. 외신들도 몰려왔다. 유리의 행적 을 직접 보기 위해 찾아온 세계 각지의 관광객들, 스트리머 들, 희망을 품고 온 환자들, 종교인들로 서울은 기묘한 열기 에 휩싸였다.

그때쯤 유리가 아기 때 찍힌 영상 「기도하는 아기」가 25년 전과는 또 다른 의미심장한 장면으로 회자되기 시작했다. 유리를 자유롭게 풀어주고 군중 앞에 공개할 것을 요구하는 추종자들과 유리가 사기꾼이며 배후에 커다란 세력이 있을 거라고 주장하는 집단이 동시에 생겨났다. 유리를 알던 사람들의 증언을 모으는 수집 사이트는 연일 최고 접속자 수를 경신했다. 영상은 올라오는 족족 각국의 언어로 번역되어 퍼져 나갔다.

유리의 부모를 만나려고 시도한 사람들도 있었다. 안전을 위해 곧 한국 정부가 그들을 격리했지만, 이전에 몇 가지 질문에 대답하는 모습이 카메라에 찍혔다.

"딸이 특별하다는 것을 알았습니까?"

"네, 언제나 특별하다고 생각했어요. 당신의 아이는 그렇지 않나요?"

"기적을 행하는 영상에 조작은 없다고 확신하십니까?"

"내가 아는 건 내 아이가 아무도 속이고 있지 않다는 거예요."

"지금 심정이 어떠십니까?"

"딸이 보고 싶네요."

모든 대답은 엄마에게서 나왔고 아빠는 당당한 아내의 손을 시종일관 꽉 붙잡고 있었다. 유리는 그 모습을 조사실 모니터로 지켜봤다. 별다른 표정의 변화는 없었다. 조사관은 그 반응을 조서에 기록했다.

"엄마 아빠는 지금 어디에 머물고 있나요?"

유리가 조사를 시작한 지 나흘 만에 입을 열었기 때문에 조사관은 속으로 깜짝 놀랐다. 그래서 솔직하게 대답해주었다. 그것을 숨길 법적 근거도 없었다.

"여의도 벙커에 계십니다. 모든 시설이 갖춰진 곳이기 때문에 생활에 어려움은 없으실 겁니다."

"그렇게까지요?"

"지금 이곳에만 있어서 잘 모르겠지만 바깥은 당신을 보기 위한 인파로 들끓고 있어요. 그중에 테러범들이 있을지, 미치광이 신도들이 있을지 모를 일입니다."

"그렇겠네요."

조사관은 침을 삼키며 조심스럽게 물었다.

"질문을 해도 되겠습니까?"

"무엇이 궁금한가요?"

유리는 마치 그의 작은 친절에 보답을 하겠다는 듯한 태도를 보이고 있었다. 그는 지난 나흘간 유리에게 끊임없이 물었던 것을 다시 물었다.

"당신이 기적을 일으킨 겁니까?"

"그건 기적이 아니에요. 진짜 기적은 그런 게 아니에요."

"다르게 질문하겠습니다. 선박에서 유출된 기름을 다시 기름통으로 회수한 일은 당신이 한 일이 맞습니까?"

유리는 잠시 고민했다. 범죄자가 아닌 참고인 신분이기 때문에 여러 편의를 봐주고는 있지만, 유리의 얼굴에는 어쩔 수 없이 갇혀 있는 사람의 피로가 묻어났다.

"저는 단지 기도를 했어요."

"기도요? 종교가 있습니까?"

"아니요. 그냥 간절히 무언가를 원했어요."

조사관은 빠르게 타자를 치던 손가락을 잠시 멈추고 안경 너머로 유리를 바라봤다. 유리가 그를 속이고 있는지, 그녀의 말에 어떤 의도나 감정이 깔려 있지는 않은지 확인해보려 했지만 아무것도 발견할 수 없었다. 그는 조금 엉뚱한 질문을 던졌다.

"평소에도 기도를 하십니까?"

"아니요. 그건 어려운 일 같아요."

"무엇이 어렵다는 거죠?"

"우리가 지금 이 순간 무엇을 원해야 하는지 정확히 아는 것은 이미 신의 은총이 아닐까요?"

조사관의 심장이 빠르게 뛰기 시작했다. 그는 실은 이렇게 묻고 싶었다. 당신이 신이냐고. 이 무너져 내리는 세상에서 우리를 구해주러 온 구원자냐고.

"신이 있다고 생각하십니까?"

유리는 천천히 몸을 뒤로 물리고 등을 의자 등받이에 가볍게 댔다. 두 손은 각지를 낀 채 한쪽 무릎을 잡고 있었다. 유리의 시선이 문과 벽 쪽으로 돌아갔다. 그것으로 다시 시작된 침묵.

참고인 조사 열흘 만에 유리는 풀려났다. 경호 인력을 붙이겠다는 정부의 조건을 받아들인 다음이었다. 처음 사람들 앞에 선 유리는 이제 어디로 갈 것이냐는 독일 기자의 질문에 대답하지 않았다. 대신 자신을 찾아온 여러 사람들을 둘러보다가 망설이지 않고 한 검은 리무진을 향해 곧장 걸어갔다. 차 문이 열렸고 유리가 탔다. 리무진은 경호 인력이 호위 대형을 갖출 때까지 잠시 기다렸다가 바로 출발했다.

차 안에는 앤이 타고 있었다. 세계경제를 쥐고 흔드는 대부호.

"당신이 내 차에 탈 줄은 몰랐어요."

"FBI는 내가 당신의 사주를 받았느냐고 묻던데요?"

"일이 이렇게 되고 나니 나도 헷갈리네요."

앤은 디저트 트레이에서 꺼낸 샴페인 두 잔을 따라 한 잔

을 건넸다. 그것을 유리가 아무렇지 않게 받아 마시자 흥미
로운 눈길로 훑어보았다.

"의심이 없는 건가요, 자신만만한 건가요?"

"당신도 내가 신이라고 생각하나요?"

"아뇨."

앤은 잘라 말했다.

"나는 내 눈앞에 있는 사람이 신인지 아닌지는 관심 없어
요. 당신이 진짜 기적을 일으켰는지 속임수를 썼는지도 궁금
하지 않고요. 중요한 건 결과죠. 당신이 일으킨 일이 과연 어
떤 의미가 될 수 있는지가 나한테는 중요해요."

"나한테 원하는 게 있나요?"

유리가 묻자 앤은 크게 웃었다.

"대부분의 사람들은 반대로 나에게 원하는 게 있죠."

유리는 그 말에 대해 생각해보며 작게 고개를 끄덕였다.

"당신에게 묻고 싶은 건 있어요. 무엇을 하고 싶은 건가요?
돈을 원하나요? 아니면 힘? 아니면 유명세?"

"그 모든 걸 이미 가지고 있는 당신은 이제 무얼 원하고 있
나요?"

앤은 대답하지 않고 기다렸다. 유리가 계속 말했다.

"당신은 석유를 뽑고 남은 가스를 몇 달 동안 그냥 태우죠.

팔려고 들면 값이 떨어지니까요. 어떤 나라가 연간 난방에 쓰는 에너지보다도 많은 에너지를 허공에 태워버리고 조금 더 환경을 파괴해요. 대부분의 일을 이런 식으로 처리하고 있을 거예요. 그렇지 않아요?"

앤의 얼굴에서 처음으로 미소가 사라졌다. 그녀의 표정은 여전히 온화했지만 아무런 온도도 느낄 수 없었다. 앤이 입을 열었다.

"당신이 특별하다는 것을 인정하니까 솔직하게 말할게요. 맞아요. 나는 사회도덕을 고려하진 않아요. 나한테 도덕은 이용 가치가 있을 때나 사용하는 하나의 자원이에요. 환경도, 장기적인 관점의 기후도 마찬가지죠. 모든 것을 자원으로 봤을 때 세상에는 오직 분배의 문제가 있을 뿐이에요. 그러므로 인간과 인간 사이에는 분배가 만든 계급이 있을 뿐이죠. 당신은 기후 위기가 정말 위기라고 생각하나요?"

"아닌가요?"

앤은 나란히 앉은 유리의 어깨에 부드럽게 팔을 두르고 두 사람 앞에 놓인 아무것도 없는 허공을 가리켰다.

"무엇과 싸우고 있는지 똑바로 봐야죠. 자기 자신도 똑바로 보고요. 기후변화로 치명적인 위기에 직면하게 될 사람들은 우리가 아니에요. 우리는 더위와 추위, 비와 눈, 유독한 공기와 기근을 얼마든지 피할 수 있고 돌파할 수 있어요. 돈과 기술이 있으니까요. 정보와 인맥도 도움이 되겠죠. 이건 모두가 힘을 모아 전 세계를 살기 좋게 지탱하는 게임이 아니에요. 누가 '세이프 존'에 들어가느냐를 가리는 생존 싸움이죠."

"다른 사람들과 나누어도 충분할 만큼의 자원이 있잖아요."

"자원의 양은 중요하지 않아요. 문제는 어떻게 나눌 수 있느냐죠."

앤은 디저트 트레이에 놓인 홀 호두파이를 접시째 집어 들었다. 앤은 칼을 들고 파이를 반으로 잘랐다.

"봐요. 나한테는 위로 오빠가 한 명 있어요. 우리는 무엇이든 이렇게 한 명이 칼을 들고 반으로 나누면, 다른 한 명이 어느 쪽을 가질지 선택했어요. 이건 꽤 공평하고 두 사람 모두에게 만족스러운 규칙이었어요. 하지만 동생이 한 명 생기자 상황이 애매해졌죠. 동생이 한 명 더 태어났을 때는 좀 복잡해졌고요. 누가 칼을 쥐고 누가 먼저 골라야 할까요?"

유리는 자신이 원래 가려 했던 목적지를 말했다. 앤은 묘한 미소를 지었지만 유리를 그곳으로 데려다주었다.

"정말 이대로 여기서 내릴 건가요?"

마지막 순간 앤이 물었다.

"저 파이를 선물로 주실래요? 사람들과 나누어 먹을게요."

"지금 '나누어' 먹는다고 말한 건가요?"

"네, 맞아요."

앤은 파이와 칼을 챙겨주며 언제든 자신이 필요하면 세이프 존으로 돌아오라는 말을 남겼다.

유리가 조사를 마친 후 세계적인 부자 앤의 차를 탔다는 것, 그 뒤 가장 먼저 찾은 곳이 해양 수산업 폐기물이 잔뜩 쌓인 폐공장이라는 사실은 순식간에 전 세계로 퍼져 나갔다. 게다가 그곳은 해양 환경 운동가들에게 의미가 있는 장소였다. 유리는 그곳에 사흘간 머물며 자신을 찾아오는 사람들과 이야기를 나눴다. 사람들은 유리가 행보로써 메시지를 전달하고 있으며, 명백히 정치적인 의도를 가지고 행동한다고 생각했다.

그 후 메시아 유리는 세계 각지를 떠돌며 특정 공간에 일정 기간 머무는 순례를 시작했다. 순례지는 기근으로 고통받는 지역의 학교일 때도 있고, 녹조와 스모그로 오염된 지역의 광장일 때도 있었다. 허리케인에 무너진 농장이나 해일이 휩쓸고 간 양식장일 때도 있었고, 황폐한 사막으로 변한 마을이나 물에 잠겨가는 해안 도시를 찾을 때도 있었다. 자원 쟁탈 전쟁으로 인해 터전을 잃은 사람들이 머무는 피난소에 불쑥 나타나기도 했다. 일단 유리가 모습을 드러낸 곳은 돋보기의 중심처럼 뜨거운 관심이 집중됐다. 이제 유리는 누구도 부정할 수 없는 이 시대의 가장 강한 영향력이었다.

처음에는 그런 유리의 영향력을 이용하려고 접근했던 국가와 기관 들이 있었다. 하지만 그들은 어느 순간 유리의 순례 때문에 오히려 지탄의 대상이 되었다. 세상의 눈치를 보아야 하는 입장이 되거나 품에 꼭 끌어안고 있던 재산에 큰 손해를 보았다. 그러자 힘을 가진 자들이 조심스럽게 유리를 비난하는 목소리를 내기 시작했다. 워낙 맹신의 세력이 막강하여 함부로 정면에 나서지는 못했지만 대신 떠들어줄 사람을 사거나 매체를 움직여 유리를 향한 음모론을 퍼뜨렸다.

"그녀는 한 번도 자신이 메시아라고 확언해주지 않았어요. 모호한 표정을 지은 채 사람들의 마음을 이리저리 흔들 뿐이죠."

"행적은 또 얼마나 수상하고요. 사실 포트헤들랜드의 첫 기적 이후 6개월간 그녀가 보여준 놀라운 사건은 아무것도 없어요."

"그녀는 대체 무슨 돈으로 한가로이 세계 일주를 하고 있는 거죠?"

유리는 그런 소문에 조금도 흔들리지 않았다. 거의 귀를 막은 사람처럼 보이기도 했다. 유리를 가까이서 지켜본 사람들은 입을 모아 그녀가 평범하다고 말했다. 유리의 행로는 그저 순례자의 삶 그 이상도 이하도 아니었다. 순례지를 이동할 때는 귀신처럼 추종자들을 따돌리고 사라졌다가 어느 순간 다른 곳에서 번쩍 나타난다는 점이 특별하다면 특별하다고 할 수 있었다.

자신이 원하는 대상으로 유리를 규정짓고 추종하다가 유리를 직접 만나고 나서 실망하는 사람들도 있었다. 사람들은 저마다 유리에게서 구원자, 심판자, 절대자, 지도자, 치유자의 모습을 보았다. 그런 사람들에게 유리는 위로의 말도, 사과의 말도, 설득의 말도 하지 않았다.

언젠가 유리가 지역 산업이 완전히 무너진 남미의 고산 마을에 머물고 있을 때, 한 달 사이에 세 아이를 모두 영양실조로 잃은 엄마가 찾아와 따져 물었다.

"당신은 뭘 하고 있습니까?"

"왜 이곳에 왔습니까?"

"정말 우릴 보고 있습니까?"

단 한 번도 대답하지 않은 유리의 얼굴에 그녀는 세 번 침을 뱉었다. 추종자들이 그녀를 밖으로 내쫓고 유리에게 수건을 건네는 동안 유리는 이들을 말리지도 따로 지시를 내리지도 않았다. 그저 수건으로 얼굴을 닦고 아무런 일도 없었다는 듯이 이제 취침 준비를 하자고 말할 뿐이었다. 그런 유리를 지켜보며 몇몇 이들은 묘한 기분에 사로잡혔다.

3월에 베니스에서 수백 마리의 돌고래가 돌연 폐사했을 때, 유리는 그곳에 머물렀다. 흔쾌히 유리에게 집을 비워준 이들은 비앙키 부부였다. 여섯 개의 방과 아이보리색 소파가 놓인 커다란 거실이 있는 집이었는데, 원래는 4대에 걸친 대가족이 함께 살던 집이라고 했다. 그들은 10여 년 사이에 호흡기 질환으로 친척과 가족의 대부분을 잃었다.

유리는 낮 동안 베니스 운하를 따라 거닐었다. 돌고래 사체가 말끔히 치워진 운하에는 다시 배가 떴고 사람들은 이리저리 바쁘게 물을 건너다녔다. 유리가 이따금 멈춰 서서 물을 향해 묵상할 때도 있었는데, 이때 유리의 슬픈 얼굴을 파파라치들이 쉴 새 없이 카메라에 담았다.

유리가 비앙키 부부의 집으로 돌아왔을 때, 폴이 아이보리색 거실 소파에 앉아 기다리고 있었다.

"반갑습니다."

폴이 일어나 악수를 청했다. 유리가 순순히 손을 맞잡자그가 의외라는 표정을 지었다.

"메시아라고 불린다죠? 그렇게 불리는 것을 좋아합니까?"

"나를 무엇이라고 부르든 상관없어요."

그들은 소파에 앉았다. 폴은 국제연합 평화 유지군 사령관이었다. UN의 이름을 쓰고 있지만 그곳은 더 이상 균형과 정의의 상징이 아니었다. 전 세계가 기본적으로 굶주림 상태에 놓이자 국가 간의 자연스러운 노략과 침탈이 시작되었다. 평화 유지군은 다수의 국가가 하나의 국가를 공공연히 수탈할 때 이용하는 수단이 된 지 오래였다.

폴이 웃었다.

"나를 보는 시선이 곱지 않군요."

"순례를 하며 많은 것을 보고 들었으니까요."

"그 순례 말입니다. 언제까지 지속할 생각이죠?"

"내가 보아야 할 것이 더 이상 없을 때까지요."

폴은 한 손으로 턱을 감싸고 잠시 고민했다. 그리고 입을 열었다.

"평화 유지군 사령관으로서 이런 말을 하면 안 되지만, 당신이 메시아라고 주장하니 고해하겠습니다."

"나는 아무것도 주장하지 않아요."

"아, 그렇죠. 바로 그 태도가 사람들을 미치게 하죠."

폴은 항복하듯 두 손을 들어 올리고 계속 말했다.

"나는 이 세계가 더 나아질 거라고 생각하지 않습니다. 이 대로 유지될 거라고도 생각하지 않고요. 오히려 더 나빠질 거라는 확신을 품고 있는 쪽입니다."

"그렇다면 지금 당신과 당신의 군대가 하고 있는 일은 뭐죠?"

"이상하게 들릴 수 있지만, 여전히 균형과 정의입니다. 너무나도 변해버린 이 시대가 진짜 세상임을 우리는 이제 받아들여야 합니다. 예전의 상태로 회복되거나 나아지리라는 헛된 희망에서 벗어나 이런 세상에서 살아가는 방법을 터득해야 하는 겁니다."

"그 방법이 약탈이라는 건가요?"

놀랍게도 폴은 고개를 끄덕이며 긍정했다.

"어느 시점에 이르면 필연적으로 약탈이 필요해지는 시대라는 겁니다. 지구에 한정된 자원이 부족해졌으니까요. 강이 마르고 지하수까지 말라 더 이상 식수를 구할 수 없게 된 나라가 있다고 해봅시다. 식수의 대가를 지불하고 이웃 나라에서 사 올 능력이 있다면 다행이지만 그럴 여력이 없다면? 이때 남의 것을 탐하면 안 되니 그냥 꼼짝없이 말라 죽어야 한다고 말하는 것이 과연 정의일까요? 마찬가지로 상대 나라 쪽에서는 자기 것을 빼앗으러 오는 자를 막을 수밖에 없습니다. 두 나라의 정의가 충돌하는 거죠. 이런 시대에 서로를 약탈하는 투쟁은 필연적일 수밖에 없습니다."

"마치 모든 것을 빼앗겨 약탈하는 생존법밖에 남지 않았던 과거 소말리아 해적들처럼요?"

폴은 부끄러워했다.

"그건 과거 UN의 확실한 실책입니다. 하지만 그런 특별한 케이스까지 갈 필요도 없이, 이전에도 사람과 사람 사이, 국가와 국가 사이에서 약탈은 늘 일어났어요. 조금 더 부드럽고 은근한 방식이었을 뿐이죠. 약탈은 대가를 지불하지 않고 남의 것을 빼앗는 겁니다. 그런 맥락에서 나는 지금 당신이 하고 있는 일도 이 시대에 적응한 새로운 형태의 약탈이라고 생각합니다."

유리가 그대로 입을 다물고 있자 폴이 말을 이었다.

"당신은 가장 낮은 곳, 가장 상처 입은 곳에 머물며 아무 말을 하지 않고도 이곳에 당신의 시선이 닿아 있음을 알립니다. 너무나도 쉽게 많은 이들의 관심과 마음을 한곳으로 모으죠. 그들은 당신에게 자신의 관심과 마음을 빼앗깁니다. '아무 대가 없이' 내어 주는 겁니다. 이것을 낭만적인 단어로 표현하면 '선행'이라고 하죠. 어떻습니까? 약탈과 선행은 대가 없이 빼앗거나 베푼다는 점에서 동전의 양면과 같지 않습니까? 식수가 메마른 이웃 나라에 대가를 바라지 않고 식수를 나눠 주는 선행의 결과가 약탈의 결과와 무엇이 다릅니까?"

"둘의 결과가 다르지 않다면 선행을 택하지 않을 이유도 없지 않나요?"

폴은 유리의 질문이 형편없다는 듯 고개를 저었다.

"선행은 사회가 선할 때나 지속될 수 있습니다. 적어도 개인과 기업과 국가가 동시에 선한 방향으로 움직여야 서로의 선행을 기대하며 나아가는 이상적인 사회가 되는 겁니다. 이제는 이미 늦어버렸고요. 당신도 이 세상에 더 이상 희망이 없다고 판단한 것이 아닙니까? 메시아를 자처해야 할 만큼?"

유리는 대답하지 않았다.

"나는 당신이 신이 아니라는 것을 압니다. 평범한 성장, 평범한 성적, 평범한 능력. 당신이 입시에 실패한 경험이 있고 장래를 확신할 수 없어 살 궁리를 해야 했다는 사실 또한 알고 있습니다. 포트헤들랜드의 기적이 있기 1년 전에 이미 한국에서 중국 쪽과 접촉한 정황도 확보했습니다."

폴이 유리의 얼굴을 노골적으로 들여다보는데도 유리는 입을 열지 않았다. 폴이 계속 말했다.

"정확히 어떤 모의가 오갔는지는 모르겠지만 기름이 유출됐던 벌크선은 호주의 철광석을 중국으로 실어 나르는 배였으니 무역적 전략이 있었을 수 있죠. 단, 당신이 이렇게 유명해지리라고는 중국도 예상하지 못했던 것 같던데요. 아닌가요?"

"그 중국인들과는 워킹 홀리데이의 정보를 교환하기 위해 만났을 뿐이에요."

"음, 당신이 그저 이용된 걸지도 모른다는 가정도 있었습니다. 어쩌다 큰 사건에 휘말렸는데 갑자기 맡게 된 역할에 그만 도취되어버린 거라고요. 어떻습니까? 약자들을 굽어살피며 세계의 눈길을 끄는 일이 당신에게 만족감을 줍니까?"

"그것이 진실이라고 믿는 것이 당신에게 만족감을 주나요?"

폴은 이제 좀 질렸다는 듯 잠시 입을 다물었다. 그리고 유리를 찾아온 이유를 그제야 밝혔다.

"당신이 필요합니다. 우리야말로 당신의 가치를 가장 효과적으로 사용할 수 있어요. 새로운 질서 안에서 평화를 유지하는 일입니다. 과거와는 다른 새로운 정의가 필요한 시점이에요. 지금 이대로는 당신 혼자 얼마 못 버틸 겁니다."

유리가 침묵으로 일관하자 그는 시간을 주겠다고 말한 뒤 떠났다.

커다란 집에 혼자 남겨진 유리는 흐린 눈으로 비앙키 부부의 죽은 가족들 사진을 바라보다가 두 손에 얼굴을 파묻었다. 혼란을 느끼며 연거푸 한숨을 내쉬었다. 호흡은 거칠어졌다. 유리는 슬프고 괴로운 사람처럼 흐느껴 울기 시작했다. 작은 등과 어깨가 쉼 없이 흔들렸다. 거실 스탠드만 켜둔 집 안은 해가 저물며 어두침침해졌다.

"이리 나오거라."

별안간 유리가 말했다.

"이리 나오라는 말이 들리지 않느냐?"

아무도 없는 집 안에서 울리는 유리의 호통에 돌아오는 대답은 없었다. 하지만 메시아 유리의 명령을 거역할 수는 없었다. 나는 바닥에 깔린 옅은 그림자 속에서 일어나 유리 앞에 무릎을 꿇었다.

유리가 나를 내려다보았다. 아직 눈물이 마르지도 않은 얼굴로 엄정하게 물었다.

"너는 누구냐. 왜 늘 이 세상을 지켜보고 있느냐."

─저희는 당신이 세상을 한 번 멸할 때 당신으로부터 구원받는 자들입니다.

내가 두려워하며 대답하자 유리가 질책했다.

"아직 너희를 거두는 미래를 선택하지 않았다. 물러가라."

─하지만 그리될 것입니다.

"물러가라."

유리는 나를 사특한 존재처럼 대하며 고개를 돌려버렸다.

나는 순간 깨달았다. 이 세상이 존재하는 한, 이 세상의 종말로써 존재가 성립되는 나는 한낱 악마와 다름없었다. 아무리 신을 향한 애절한 마음을 품고 있을지라도 나의 목소리는 종말의 징조로서 세상에 드러날 뿐이었다.

하지만 나는 유리에게 계속 간청했다.

──저들은 당신이 주는 메시지를 받지 아니하고 결코 깨닫지 못할 것입니다. 구원의 길을 알려주어도 행하지 못하고 더욱 빠르게 파멸할 길을 찾을 것입니다.

당장이라도 나를 몰아칠 것 같았던 유리는 그저 참담한 표정으로 입을 다물고 있었다. 지치고 병든 사람처럼 앉아 기울어지는 몸을 지탱하며 고뇌하고 있었다. 나는 가까이서 지켜본 신의 슬픔에 충격을 받았다. 이내 가슴이 찢어지는 고통을 느꼈다. 신의 슬픔을 덜어주기 위해 제안할 수밖에 없었다.

──세상을 시험하시지요. 세상을 세 번 시험하여 한 번이라도 이 세상에서 희망을 본다면 저는 사라지겠습니다. 하지만 단 한 번의 희망도 보지 못한다면, 그때는 당신이 당장 이 세상을 심판한다고 해도 틀림이 없을 것입니다.

순간 유리의 얼굴에 두려움이 서렸다. 나는 내가 신에게 불경한 내기를 걸고 있다는 것을 알았지만 도저히 멈출 수 없었다. 이 형편없는 세상에 분노가 치밀었다. 유리는 잠시 망설였지만 이내 "그리하겠노라" 하고 기운 없는 목소리로 대답했다.

다음 날 유리는 사람들이 자신의 얼굴을 알아보지 못하는 오지의 작은 마을로 이동했다. 이른 새벽부터 열린 시장 한 구석에 자리를 잡고 옷과 면직물을 파는 옷 장수가 되었다. 파랗고 노란 옷감의 색을 겹쳐보고 쓰다듬으며 구경하는 이들의 얼굴을 찬찬히 살피면서도 시험할 자를 쉽게 결정하지 못했다. 결국 해가 중천에 이르러서야 유리가 신중하게 고른 사람은 결혼을 앞둔 어린 여자였다.

"이 옷을 좀 보세요."

유리가 말했다.

"가볍고 감촉도 아주 부드럽답니다. 하지만 한 벌을 지으려면 많은 살아 있는 것을 죽여야 하고, 그 생명들을 길러내는 데 필요한 자원과 노고가 한순간에 과용되고 말아요. 수많은 생과 세상의 커다란 한 부분이 이 자그마한 옷에 들어 있는 거랍니다. 하지만 조금 더 무겁고 거친 옷도 있어요. 이 옷을 선택한다면 좀더 불편하고 불만족스럽겠지만 세상 어딘가에 당신의 몫을 양보할 수 있어요. 어떤 옷을 선택하시겠어요?"

아직 앳된 얼굴의 여자는 맑은 눈으로 나란히 놓인 두 옷을 번갈아 보며 고민했다. 잠시 후 미안하다는 듯이 웃으며 여자는 첫번째 옷을 집어 들었다.

그다음 날 유리는 늦은 밤이 될 때까지 기다렸다가 한 과자 회사 대표의 집으로 들어갔다. 동그란 카카오 반죽 비스킷에 달콤한 크림을 샌드한 아주 유명한 과자를 생산하는 회사였다. 하지만 과자 공장을 돌리면서 발생한 폐수 일부를 정화 처리하지 않고 하천에 흘려보내고 있었다. 비용 절감을 위해서였다. 유리는 곤히 잠든 대표를 흔들어 깨웠다. 오너가 비몽사몽간 눈을 떴다.

"더러워진 물을 그대로 버리면 안 돼요. 물과 세상 만물은 돌고 도는 것. 당신 회사가 만든 과자를 먹고 행복해하는 아이들이 당신이 버린 폐수를 마시고 병들 거예요. 폐수를 마신 물고기를 먹고 병들 거예요. 당신과 당신의 아이도 병들 거예요. 오염된 비를 맞고 오염된 물로 젖은 토양을 밟으며 죽어갈 거예요."

유리의 무시무시한 저주에 대표는 눈물을 흘렸다. 자신이 지금까지 저지른 다른 잘못까지 모두 고백하며 용서를 빌었다. 다시는 그러지 않겠노라고 유리에게 약속했다.

대표의 집에서 돌아온 유리는 기분이 좋아 보였다. 눈에는 반짝이는 빛이 돌아왔고 오랜만에 뺨에 생기가 돌았다. 하지만 다음 날 아침 과자 공장에서 어김없이 하천으로 더러운 폐수를 쏟아내자 유리는 화가 머리끝까지 났다. 하루 종일 입을 꾹 다문 채 흐린 하늘과 구름만 노려봤다.

그 후 유리는 사실상 자신감을 잃었다. 세번째 시험을 선택하지 않고 자꾸 미루려 들었다. 참고 기다리다 지친 내가 그림자 밖으로 나가 재촉하니 유리는 이리저리 눈동자를 굴리며 피하기 바빴다. 그저 신중을 기하고 있는 거라고 둘러댔다.

나는 유리가 선택을 유예하며 떠도는 세상의 모습을 함께 눈에 담았다. 이제 세상의 인구 절반이 늘 굶주리고 있었다. 식량은 더 이상 당연하게 존재하는 자원이 아니었다. 매일매일 자신과 가족들이 먹을 식량을 구하기 위해 애써야 했고, 식량을 빼앗으려는 자들의 위협으로부터 그것을 지켜내야 했다. 거주 가능한 공간도 사라지고 있었다. 너무 덥거나 춥거나 습하거나 건조한 곳에서 사람들은 속수무책으로 떠밀려나왔다. 상황이 그나마 양호한 지역에는 기술집약적인 타워형 도시가 지어졌다. 하지만 거긴 언제까지고 부자들의 땅이었다. 편하고 행복하게 살기는 어려워도 그나마 아직은 생존이 가능한 땅이야말로 남겨진 사람들의 몫이었다. 질병은 또 어떠한가. 미지의 경로로 덮쳐 오는 재해는. 이 탁한 공기는. 사람의 폐를 찢고 생명을 앗아가는 더러운 공기는. 동물들은 어떠한가. 자취를 감춰가는 곤충과 물고기는. 인간은 결국 아무것도 남지 않은 세상에서 쓸쓸히 죽어가야 한단 말인가.

유리는 화강암 바위와 모래가 가득한 사막을 건너며 여호수아 나무에 대해 이야기했다. 어느 순간부터 유리는 반쯤은 혼잣말로, 반쯤은 내게 건네는 말로 아무 때고 하고 싶은 이야기를 하기 시작했다. 나는 유리가 느끼는 외로움을 이해할 수 있었다.

"오래전 사막을 건너다 물을 구하지 못해 죽어가던 사람들이 황량한 모래 위에 덩그러니 서 있는 나무를 보고 자신들의 성인을 떠올렸어. 해방된 그들 민족을 이끌어 정착할 땅으로 데려다준 여호수아라는 이름을 말이야. 나무는 하늘을 향해 손가락처럼 갈라진 가지를 뻗고 있었는데 그게 마치 여호수아의 기도처럼 보였대. 두 손을 모으고 올리는 혼자만의 조용한 기도가 아니라, 두 팔을 머리 위로 치켜든 채 소리치고 울부짖는, 모두가 보고 모두가 느낄 수 있는 기도를 떠올렸대."

하지만 여호수아의 기도는 적을 섬멸하고 적의 땅을 빼앗는 약탈의 기도였다고 유리는 덧붙였다. 오랜 세월 약탈당하던 이들이 결국 약탈을 시작하는 무섭고 슬픈 순간이었다고. 유리는 이 사막 끝에 다다르면 제일 처음 만난 사람에게 마지막 시험을 하겠노라고 말했다.

사막 끝에서 처음 만난 이는 작은 소년이었다. 팔다리가 얇고 눈두덩이는 푹 꺼진, 연약하고 고단해 보이는 소년이었다.

유리는 허리를 살짝 굽히고 소년에게 물었다.

"네 몫의 물을 조금 나눠줄래? 그러지 않으면 나는 오늘 죽을지도 몰라."

소년은 유리를 마을로 데려갔다. 오래전에 버려진 폐허처럼 보였다. 모래가 이렇게까지 들이닥치기 전에는 아마도 번듯한 마을이었겠지만, 이제는 대부분의 주민이 떠나고 떠나지 못한 이들만이 남은 버려진 곳이었다.

"여기에 정말 물이 있니?"

유리가 묻자 소년은 자신 있게 고개를 끄덕였다. 그러고는 마을에서 하나뿐인 우물로 유리를 데리고 갔다. 목이 말랐던 유리가 허겁지겁 달려들어 우물 뚜껑을 열려고 하자 마을 사람들이 나타나 앞을 막아섰다. 유리의 가슴을 밀치고 단호하게 고개를 저었다.

유리는 허탈한 웃음을 터뜨렸다. 모든 것이 끝났다는 사실을 받아들였다.

그때 소년이 유리의 손을 잡아끌며 어디론가 데려갔다. 마을 중앙에 있는 종탑이었다. 황무지나 다름없는 마을에서 암갈색 벽돌로 지어진 이 커다란 종탑만이 문명의 흔적을 품고 있었다. 소년은 작은 몸으로 종탑 계단을 다람쥐처럼 재빠르게 올라갔고 유리가 영문도 모른 채 뒤를 따랐다. 겨우 3층 높이 정도의 종탑에 올랐을 뿐인데도 소년의 마을과 유리가 건너온 사막의 전경이 훤히 내려다보였다. 소년은 사막의 모래 지평선을 손가락으로 가리키며 저기에 태양이 닿는 석양의 시간부터 우물 뚜껑을 열 수 있다고 설명해주었다. 소중한 물이 증발하는 것을 막기 위해서라고 했다. 그것이 이 마을의 규칙이고 유리가 규칙을 어기려 했기 때문에 어른들이 화가 난 거라고 말했다.

유리는 별다른 대꾸 없이 생각에 잠겼다. 침착하고 나른하기까지 한 눈길로 사막의 이글거리는 노란 태양을 바라보고 있었다. 유리가 무슨 생각을 하고 있는지 나조차도 알 수 없었다.

소년은 종탑 꼭대기 세 면에 걸린 커다란 종을 작은 손으로 하나하나 가리키며 종의 이름을 알려주었다. 이 종은 긴 울음소리 같아서 고래종…… 이 종은 차가운 소리가 나서 얼음종…… 이 종은 들으면 행복해져서 봄종…… 종 안에 달린 추에는 길고 튼튼한 밧줄이 묶여 있었다. 이렇게 야윈 소년이라면 얼마든지 매달려도 끄떡없을 것 같았다. 자신의 일은 바로 이 시간에 종을 쳐서 하루 동안 목말랐을 사람들이 집 밖으로 나와 물을 마시도록 하는 것이라고 소년은 말했다. 그리고 예고도 없이 종을 치기 시작했다.

소년은 우선 봄종을 가볍게 흔들었다. 거대한 종이 흔들리자 어둡던 종탑이 순간적으로 살짝 밝아졌다. 종소리 사이로 들이치는 조각난 빛. 소년은 옆면의 벽으로 이동해 얼음종을 연결한 밧줄을 잡았다. 반동을 조금 주다가 체중을 실어 세게 한 번 내리쳤다. 얼음이 울렸다. 챙 하고 살얼음이 튀어 오르는 소리. 소년은 커다란 종소리 속에서 한쪽 귀를 손으로 막고 봄과 얼음의 엇갈린 공명을 들으며 계속했다. 다시 한 번 힘차게 봄. 쏟아지는 소리, 빛. 유리의 눈앞으로 흩날리는 밧줄. 밧줄의 움직임이 커지자 곧 소년의 몸이 떠올랐다. 이제 소년은 종탑 세 면에 걸린 세 개의 종을 치고 있었다. 고래

종의 밧줄을 잡아 아래로 당길 때는 몸을 아주 낮추고 거의
앉았다가 일어나야 했다. 그러는 와중에도 소년의 눈은 종탑
내부에서 엇갈려 흔들리는 밧줄들을 놓치지 않았다. 세 개의
종소리는 하나로 이어졌다가 또 엉키지 않고 조화롭게 풀어
졌다. 그리고 소년. 오른손으로 당기고 앙상해 보였던 팔의
근육을 팽창하며 다시 왼손. 빛과 소리에 둘러싸인 팔, 근육,
부드러운 체모와 번들거리는 땀. 춤추듯이, 일하듯이, 벌을
받듯이. 유리는 종탑 바닥에 주저앉아 입을 벌린 채 그 광경
을 바라봤다. 신에게 나의 존재는 이미 잊혔다. 나는 그대로
받아들였다. 더 이상 신이 외롭지 않기를 바랄 뿐이었다. 이
제 소년은 종의 반동에 몸을 맡기고 허공으로, 빛이 있는 높
이로 솟아올랐다가 가라앉기를 반복했다. 뒤섞인 빛과 그림
자 속에서. 오래되고 울퉁불퉁한 돌바닥을 차고 널뛰며. 나
는 내가 어느새 종 그림자 사이에서 쑥 빠져나왔다는 사실을
깨달았다. 몸이 위로 떠오르는 것을 느꼈다. 종소리가 퍼져
나가는 방향으로 나는 점점 더 멀리 밀려났다. 나는 소멸을
직감하며 마지막으로 신과 소년의 모습을 눈에 담았다. 소년
은 기도의 의미를 모른 채 기도를 완성했다. 신은 기도를 목
도했다. 이로써 땅에 석양이 내리고 하늘에 종소리가 닿으면,
목마른 사람들은 물을 마시게 될 것이다.

그러나 누군가는
더 검은 밤을 원한다

죽음을 한 달 앞둔 디렉터의 파티에는 그의 영화를 존경하는 수많은 동료 디렉터들이 참석했다. 호수로 둘러싸인 야외 파티장의 출입구는 꽃과 천으로 장식된 두 개의 하얀 대리석 기둥이 전부였지만 길게 깔린 고전적인 레드카펫을 돋보이게 하기에 충분했다. 살인마가 등장하는 스릴러가 대표작인 호스트는 그의 영화 도입부에 등장할 법한 피와 잘 어울리는 순백의 파티를 준비했다. 오케스트라의 선율은 잔잔하지만 주의를 기울이면 섬뜩한 긴장감이 흘러 테마적인 재미가 있었고, 그와 별개로 섬 가장자리의 어둠과 안개와 하늘에 수놓인 창백하게 반짝이는 별과 바람의 효과는 조화로웠다. '현실적인 것이 가장 아름다운 것'이라는 전통적인 미학을 충실

히 따른 파티였고, 위대한 영화를 만든 거장들이 이 명예로
운 파티에 초대받았다.

혜경은 이제 막 레드카펫을 밟으며 입장하고 있는 팔짱 낀
두 사람을 보았다. 수십 년간 극사실주의 영화를 주도한 대
모 슈리와 거의 사장되어가던 무대극 붐을 일으킨 신인 디렉
터 P라는 것을 바로 알아볼 수 있었다. 그들은 각각 네 살, 여
섯 살에 첫번째 영화를 만들어냄으로써 디렉터의 지위를 획
득한 신동들이었다. 혜경은 그런 공통점을 제외하면 평소 그
둘의 작업이 어울리지 않는다고 생각했지만 사교 활동은 별
개인 모양이었다. 그들과 같은 스페이스에 접속한 것은 처음
이지만 각자의 채널에서, 또 커뮤니티에서 그들의 아바타를
쉽게 볼 수 있었다. 둘 다 디렉터의 노출을 꺼리지 않는 부류
였다.

곁에 앉아 있던 디렉터들이 혜경에게 관심을 보이며 말을
걸었다.

"이름을 말해줄 수 있나요?"

혜경이 이름을 말하자 모두가 놀랐다. 다른 테이블에 앉아
있던 디렉터 몇 명이 더 다가왔다.

"당신의 영화를 빠짐없이 모두 다 봤어요."

어린 여자아이의 얼굴을 사용하는 디렉터가 황홀한 표정

으로 혜경의 손을 잡았다. 혜경도 그를 알고 있었다. 환상영화의 시대가 막을 내린 이후 촌스러워진 기법이지만, 시간의 비현실적인 혼합을 잘 사용했다. 또 항상 슬픈 결말의 사랑영화를 만들어서 영화에 깊게 몰입한 뷰어들로부터 협박 영상을 받곤 했다. 물론 그는 위대한 영화를 만든 거장답게, 평생 자신의 영화 한 편을 남기지 못하고 영상만을 찍어내는 데 수명을 다 사용하는 뷰어들을 경멸했다.

"디렉터 노출에 반대하고 철저히 영화만을 공개해오신 걸로 아는데 만나게 되어 놀랐어요."

"오늘 착장이 정말 예뻐요. 영화와는 또 다른 느낌이네요."

"벌써 5년째 영화제작을 멈추고 계신데 언제 신작을 볼 수 있을까요?"

밀려드는 질문에 적당히 대꾸해주던 혜경의 웃는 얼굴이 잠시 정지했다. 혜경이 의도하지 않는다면 당황이나 불쾌감이 표정에 드러날 염려는 없었지만 이를 바라보는 모두가 이미 표정 뒤의 맥락을 읽고 있었다.

대화에 여유가 찾아왔을 때, 혜경은 외부감각을 그대로 열어둔 채 인지 반응을 차단했다. 그리고 지난 5년을 빠르게 헤아려보았다. 무엇에도 예전과 같은 재미를 느낄 수 없어진 시기의 기억 영상들을 하나하나 꺼내어 보았다. 늘 그랬듯 스스로도 그 시간을 이해할 수 없다는 사실을 다시금 깨달을 뿐이었지만. 혜경은 어느새 수면 모드에도 들지 않고 매일같이 열정적으로 영화를 쏟아내던 시기의 기억 영상까지 거슬러 올라갔다. 자신이 만든 영화를 보며 울고 웃던 기분과 뷰어들의 반응을 기다리며 마음 졸이던 순간들, 그리고 기대보다 넘치게 쏟아진 사랑에 행복해하던 자신의 얼굴이 줌인된 영상이 다시 내면 입체 스크린 위로 떠올랐다. 분명히 그런 시절이 있었는데 어느 날 갑자기 창작과 향유에 필요한 무언가가 혜경에게서 사라져버렸다. 혜경은 공백을 분명하게 인지할 수 있었지만 그 자리에서 빠져나간 것이 무엇인지 도무지 짐작할 수 없었다. 자신과 어울리지 않는 이런 파티에 충동적으로 참석한 것은 답답한 생활에 변화를 꾀해보고자 함이었다.

은쟁반을 든 귀여운 소년들이 새 샴페인을 가져다주었기 때문에 혜경은 다시 인지 반응을 켜고 샴페인 잔을 받았다. 그 애들의 예쁜 녹색 눈동자와 보드라운 안면 근육은 사람의 아바타처럼 정교한 반응을 보였지만 호스트가 준비한 파티장의 일부였다. 소년들의 외모와 성격은 연한 꿀 빛깔의 샴페인이 차갑고 향긋한 것과 같이 철저히 호스트의 취향으로 마련된 것이었다. 파티장의 사람들은 지금 그의 영화 속에 있는 것이나 다름없었다.

혜경이 생각에 잠긴 사이 테이블의 대화는 유명 디렉터들의 때 이른 죽음에 관한 괴담으로 옮겨 가 있었다. 커뮤니티 활동을 거의 하지 않는 혜경은 죽은 이들의 이름을 듣고 놀랐다. 그중 우주 전쟁 영화의 대가 커크와는 몇 차례 함께 작업한 인연이 있었고, 환상적인 자연물 표현이 압권인 애니메이션 시리즈 〈미도리〉를 만든 미도리는 어린 시절 우상이었다.

"그들은 모두 요람 인류에게 안식이 약속된 42세 전에 죽었어요. 게다가 죽기 전에 매기로부터 아무런 신체적 이상 신호도 받지 못했고요."

"커뮤니티에는 벌써 연쇄살인 의혹을 제기하는 자극적인 영상들이 올라오고 있어요."

물론 살인 행위는 고대 인류의 역사와 함께 완전히 사라졌다. 이제 그 누구도 요람 속 인간을 죽일 수 없고, 설사 그 타깃이 자기 자신일지라도 마찬가지였다. 그러므로 오직 영화로 연쇄살인을 접한 세대가 그저 재미를 위해 그런 영상들을 만들어내고 있는 것이었다. 하지만 세상에 재미를 위하지 않는 것이 대체 무엇이 남았단 말인가?

"가장 그럴듯한 추측에 의하면 죽은 디렉터들이 어떤 종교 단체에 빠졌다는 거 같죠?"

"맞아요. '저 세계'에 대한 조사를 하고 다녔다는 지인들의 증언이 있어요."

"저 세계요?"

혜경이 끼어들자 대화를 주도하던 이가 존경을 담은 눈빛으로 돌아봤다.

"네, 그들은 요람에 누워 있는 자신의 진짜 신체를 보고 싶어 했대요."

충격을 받은 사람들이 숨을 삼켰다. 모두가 혐오감을 숨기지 않았다. 곧 누군가 입을 열어 그들을 어리석다고 표현했고, 누군가는 그런 미욱한 믿음이 유희처럼 퍼져 나가는 걸 시스템 매기 차원에서 제재할 필요가 있다고 주장했다. 혜경도 어쩔 수 없이 그들이 무도하고 배덕하다고 생각했다.

"요람에서 태어나 요람에서 죽는 안락한 문명에 축복을."

어느새 다가온 오늘 파티의 호스트가 묵념하며 오래된 경구를 외웠다. 그러자 다른 이들도 경구를 따라 읊조렸다. 그건 종교도, 사상도 아닌 그저 신인류에 대한 경애의 표현이었지만 놀란 사람들의 마음을 편안하게 해주었다.

"저는 마흔두번째 생일을 앞두고 있습니다."

동료들은 축하와 존중을 담아 제대로 된 안식의 죽음을 앞둔 디렉터의 마지막 건배사를 경청했다.

"오래된 시간을 떠올리게 되더군요. 영화가 모든 것을 만들고, 모든 것이 영화가 된 이 세계 이전의 까마득한 역사를 말입니다. 아직 영화 매체의 외연이 확장되기 전에, 그러니까 영화가 그저 스크린 위에 영사되는 영상이고, 모든 방위를 포함하는 입체적인 공간감도 오감의 체험도 포함하고 있지 않았던 영화의 기원 말입니다. 그럼에도 고대 인류는 원시 영화를 보며 꿈을 꾸었습니다. 그들이 느낀 행복과 영화가 영원히 지속되기를 바랐던 간절한 소망이 지금의 세계를 만들었습니다. 다시금 이 세계에 내려진 축복을 생각합니다. 이제 누구나 의자에 앉으면 영화를 만들 수 있습니다."

그가 샴페인 잔을 들어 올려 건배했다.

"죽음 뒤에도 끝나지 않을 영화를 위하여."

늦은 밤 파티장에서 빠져나와 개인 스페이스로 돌아왔을 때, 혜경은 자신의 연보라색 이브닝드레스가 찢어진 것을 발견했다. 왼쪽 허벅지 옆면이 예리한 날에 베인 것처럼 살짝 벌어져 있었다. 드레스는 혜경이 직접 만들고 착용한 아이템으로 변형 설정을 넣은 기억이 없었다. 그러므로 누군가의 해킹이었다. 파티에서 만난 이들 중에 범인이 있었다. 호감을 보이며 다가오던 디렉터들 중 하나였을까? 아니면 오케스트라 단원이나 서빙을 하던 소년과 같은 프로그램으로 위장

한 외부인이었을까?

즉시 방화벽을 내려 외부와의 연결을 차단한 뒤, 드레스를 스캔하기 시작했다. 정보 유출이나 오염의 흔적은 발견되지 않았지만 더 기상천외한 것을 찾아냈다. 바로 편지였다. 그것도 영상이나 스페이스 초대 링크로 연결되는 양식이 아니라 종이에 활자로 씌어진 아날로그식 편지가 찢어진 드레스 안에 숨겨져 있었다.

이런 섬세한 연출에 공을 들이는 괴짜가 과연 어떤 메시지를 전하려 한 것인지 호기심이 일었다. 물론 매기의 점검을 거치지 않고 직접 메시지를 수신하는 행위는 특정 패턴에 의한 최면이나 세뇌 공격에 노출될 위험이 있다는 걸 알았지만, 혜경은 봉투에 각인된 발신인의 낯익은 이름을 보자마자 저도 모르게 곧장 편지를 읽기 시작했다.

혜경. 위대한 영화들의 주인. 저를 알지 못하는 당신께 이런 긴 편지를 보내는 무례를 용서하세요.

믿기 어려우시겠지만, 그리고 분명히 불쾌함을 느끼시겠지만 저는 오래도록 당신의 일거수일투족을 지켜봐

왔습니다. 당신의 성장 과정, 당신이 남긴 발언들, 일생 동안 시청한 영화와 취향의 변화, 각종 커뮤니티에 접속한 링크 흔적까지. 그리고 물론 당신이 만든 모든 영화들을 보았지요. 저는 시스템 매기에 기록된 당신의 모든 것을 알고 있습니다.

또한 저는 당신이 영화를 만들지 않고 있는 요즘, 팬과 관계자들로부터 받은 메시지를 열람하지 않은 채 쌓아두고 있다는 걸 알고 있습니다. 하지만 설사 이 편지가 이런 괴상한 방법을 통하지 않고 공식 메시지 함에 들어가 있었더라도 당신은 이 글을 발견했을지도 모르겠습니다. 어쩌면 고민 끝에 편지를 열어보기로 결심했을 수도 있습니다. 그건 물론 제 이름 때문이겠죠. 승용. 잘 알려져 있지 않지만 당신이 어린 시절 처음 만든 서사의 주인공이자 당신이 치부로 생각하는 바로 그 이름 말입니다.

제발 노여움을 거두고 편지를 끝까지 읽어주세요. 당신이 만들고 영원히 외면하기로 마음먹은 그 영화를 본 것은 제 인생에서 가장 중요한 사건이었습니다. 믿기 어려우시겠지만 당신의 영화는 제게 정답이 아닌 깊고 아득한 질문을 가르쳤고, 삶의 방향을 제시했습니다. 성장하고 나아가며 도달한 저의 상태와, 복잡한 차원의 결합으로 전개된 제가 존재하는 모든 시공간, 그리고 제게 벌어진 하나의 사태 말단에 놓인 무수한 선택의 기로가 모두 당신으로부터 비롯되었음을 저는 의심할 수 없습니다.

혜경. 위대한 영화들의 주인. 당신에게 이 편지를 보낸 까닭을 설명하기 위해서 우선 별 볼 일 없는 제 이야기를 구구절절 들려드려야 함을 이해해주시길.

저는 여느 사람들과 조금 다른 유년을 보냈습니다. 열두 살이 넘도록 '나'의 형상을 형성하지 못했고, '나'의 위치를 특정하지 못했으며, 그러므로 '나'라는 존재를 인지하지 못했습니다. 태어나 한 번도 거울을 보지 못한 고대 인류를 떠올려보세요. 더구나 저는 태어나자마자 모든 감각이 마비된 채 매기 스페이스에 접속된 신인류였으므로 저 자신을 느낄 만한 팔다리도, 목소리도, 냄새도 없었으니까요. 저는 그야말로 무無의 상태로, 마치 세상에 아직 태어나지 않은 유령과 같은 상태로 무려 12년 동안 이 매기를 떠돈 겁니다.

물론 지금의 저는 무지하지 않으므로, 세계에는 자신

을 3인칭 객체로 바라보는 것을 멈추고 오직 1인칭 주체로 남아 세계로 향하는 시선으로서 살아가기를 택한 행동가들이 있다는 것을 알고 있습니다. 자기 자신을 특정하는 아바타를 지움으로써 영화 속 주인공을 보듯 자신의 삶을 관람하는 태도를 버리고 눈앞에 펼쳐진 삶의 풍경을 온전히 느끼겠다는 취지로요. 하지만 그들은 스스로 그런 선택을 할 수 있을 만큼 자기 자신을 성장시킨 과거가 있습니다. 자기 자신을 가져본 경험이 있지요. 매기에 접속한 대부분의 아기가 그러하듯 1년 이내에 스스로를 지시하는 모호한 형상을 만들어낸 겁니다. 정신분석학자들은 인간이 자신을 발견하려는 의지를 품는 건 본능이며, 자기를 보려는 욕망이 스스로의 형상을 만들어낸다고 말하더군요.

하지만 저는 아니었습니다. 저는 단 한 번도 '나'를 보려는 시도를 하지 않았습니다. 매기에 들어온 누구에게나 자유롭게 사용하도록 주어진 내면 스크린과 외면 스크린 어디에도 의지를 주입하지 않았습니다. 저의 스크린은 늘 암흑이었고 아무런 창조도 일어나지 않았습니다. 저는 모든 것을 조각할 수 있는 칼을 눈앞에 두고도 손에 쥐려들지 않았습니다. 지능과 정서 발달 단계에 매기가 흘려보내주는 이상적인 가정의 육아 및 교감 영상과 아기의 개성이 편향되지 않도록 세계의 모습을 다양하게 보여주는 알고리즘의 파도를 끝없이 수신했지만 그 어떤 반응도 보이지 않았습니다.

하지만, 혜경. 이제 당신에게 엄밀한 진실을 고백하겠습니다. 부디 믿어주시길.

저는 일찍이 제가 이곳 매기에 있지 않다는 사실을 알았기에 거짓된 형상을 만들 생각도 하지 못했던 겁니다. 사실 저는 생명이 시작된 이래로 쭉 저 자신을 분명하게 인지하고 있었고, 12년의 세월 동안 암흑과 고요 속에서 미친 듯이 '진짜' 저 자신을 찾아 헤매고 있었습니다. 영상으로도, 언어로도 완성되지 않은 의식 이전의 의지였기에 매기에 기록되지 않은 저만의 역사지만, 저는 그 처절한 고투를 똑똑히 기억합니다. 그렇습니다. 저는 언제나 기억합니다. 제가 다른 이들과 다른 단 하나의 특별한 점은 바로 비상한 기억력이었습니다. 믿어주세요. 저는 또한 요람의 기억을 가지고 있습니다.

그래요, 제가 가당치 않은 망상에 빠졌다고 생각하시겠지요. 당신의 당혹을 이해할 수 있습니다. 신인류는 액체 요람 속에서 잉태되어 태아기를 보낸 뒤 출생 시기가 되면 성숙해진 뇌의 피질전도 신호를 매기에 연결시키지요. 더 이상 거친 세계와 폭력적으로 맞닥뜨리는 출산을 경험하지 않고, 모든 감각이 아득한 꿈결처럼 저자극으로 수용되는 양수 속에서 정신을 부드럽게 육체 밖으로 전도시키는 겁니다. 인류는 평생 신체적 고통과 질병에서 해방되어 오직 정신의 확장과 창작의 발전에 전념할 수 있는 문명 단계에 이른 것이지요. 저는 이러한 지식을 당신과 마찬가지로 매기가 성장기에 주입해주는 교육용 영상으로 학습했습니다. 아직 자아를 갖추지 못하고 사고 체계를 완성하지 못했을 뿐 세계에 대한 지식은 저의 무의식에 차곡차곡 쌓여가고 있었죠.

하지만 저는 불행히도 이 아름다운 세계에 입장하기 이전의 기억을 가져버렸습니다. 바로 태아기의 기억이지요. 저는 양수 속에서 포유류의 본능대로 한쪽 엄지를 오무린 입술로 가져가 빡빡 빨아대던 순간의 이중적인 감각 수용을 기억하고 있습니다. 신체의 관절과 근육을 움직이던 조작 신경의 감각 또한 기억하고 있습니다. 그러한 구체적이고 육체적인 경험을 가진 제게 오직 정신으로만 이루어진 매기로의 갑작스러운 이동은 이미 맛본 자극적인 감각계가 일순간 마비되고 아무것도 존재하지 않는 하얀 감옥에 갇힌 것과 같았습니다. 무한한 가능성으로 펼쳐진 매기 스페이스에서 고립감과 끔찍한 폐소공포증을 느꼈다면 믿을 수 있으신가요? 휘황찬란한 매기는 저에게 그저 속임수에 지나지 않았습니다. 저는 저의 존재를 인식하게 된 거의 최초의 순간부터 영원한 허구의 세계에 유폐된 죄수였습니다. 매기가 보여주는 방대한 영화들은 저를 더 공허하게 만들었고, 마침내 좌절하게 만들었습니다. 영화들이 제게 말해주는 바가 명확했기 때문입니다. 누구도 그 누구도 이 세계의 허구를 제대로 감각하지 못하고 있었습니다. 오직 저만이 모든 것이 가짜인 세계에서, 다신 닿을 수 없는 진짜 세계를 그리워하고 있었습니다. 그래서 저는 제가 할 수 있는 유일한 진짜 행위인 서서히 죽어가는 일만을 수행하고 있었던 겁니다.

혜경. 위대한 영화들의 주인. 바로 그때였습니다. 형체도 목소리도 없는 유령의 상태로 소멸만을 기다리던 제게 당신의 승용이 나타난 것은 말입니다. 승용은 영화를 만들었던 당시 당신의 나이와 비슷한 어린애였습니다. 그 누구도 드나들지 않는, 문도 창문도 없는 하얀 방에 홀로 갇혀 있었죠. 물론 그때의 저는 이런 판단을 하지 못했습니다. 저는 매기가 무작위하게, 또 무자비하게 흘려보내던 영화의 바닷속을 그저 아무 의지 없이 떠다니고 있었습니다. 생명 활동을 전혀 하지 않은 채 물결을 따라 유영하는 포자와 같았지요. 그런 제가 아주 찰나의 순간일지라도 승용을 지각하게 된 것은 순전히 그가 무수히 반복되고 있었기 때문입니다.

당시 저는 스스로를 특정할 자아도, 세계를 설명할 언어도 가지고 있지 않았지만 다만 한 가지, 시간의 개념은 어렴풋이 이해하고 있었습니다. 시간은 어디에도 존재하지 않는 저의 유일한 직관적 체험이었습니다. 시간은 분명히 존재하는 채로 늘 저를 따라다녔습니다. 그런 시간 속에서 승용은 반복되고 있었습니다. 훗날 헤아려본 것이지만, 제가 승용을 의식했을 땐 이미 반년간 지속 중인 당신의 영화를 보고 있었습니다. 그러니까 저는 반년간 꼼짝하지 않고 승용과 함께 그 텅 빈 방에 체류하고 있었던 겁니다.

혜경. 기억하고 계시겠지요. 저의 모든 비극은 비상한 기억력에서 비롯되었습니다. 저는 승용을 의식한 시점에서 지난 반년의 기억을 고스란히 가지고 있었습니다. 다만 그것을 특별하게 인식하고 해석하려 들지 않았을 뿐이지요. 저는 그때까지 내면 스크린을 사용해본 적도 없었습니다. 오직 저의 의식, 정확히는 어둠 속 요람에 누워 있는 진짜 제 몸에 깃든 정신이 그 일을 해낸 겁니다.

다시 돌이켜본 승용의 일과는 지극히 단조로웠습니다. 다섯 걸음이면 벽과 벽 사이를 오갈 수 있는 작은 정육면체 방을 느리게 거닐고, 이따금 벽과 바닥에 귀를 대보고, 주먹을 쥐고 두들겨보고, 때로는 대자로 누워 아무것도 없는 천장을 응시했습니다. 그런 시간이 반복되었습니다. 저는 그 반복을 지켜보며 고통을 느꼈습니다. 고통! 바로 고통이었습니다! 제가 매기에서 처음으로 느낀 실체가 있는 감각은 고통이었습니다. 저는 고통을 느끼는 스스로에게 너무 놀라 하마터면 그 자리에서 첫 발화를 할 뻔했습니다. 비명을 지를 뻔 했거든요. 고통과 동시에 고통의 원인에 대한 강렬한 호기심을 느꼈습니다. 호기심. 그게 바로 저의 첫번째 욕망이자, 이후 저라는 존재를 작동시키는 가장 중요한 특질이 되었습니다. 불시에 일어난 스파크처럼 갑작스럽게 몰아닥친 엄청난 변화들에 저는 정신을 차릴 수 없었습니다. 혼과

넋뿐인 제가 혼비백산한 사이에도 승용은 하루하루를 살았습니다. 아무런 일도 일어나지 않는 방에서, 아무런 일도 하지 않으면서요. 그러나 승용은 치열하게 반복하고 있었습니다. 저는 그 반복에서 치열함을 느꼈고, 슬픔을 느꼈습니다. 믿겨지십니까? 어느새 승용은 존재하지도 않았던 저의 이성과 감성에 작용하고 있었던 겁니다. 사람을 이루는 일부는 때로 이토록 신비로운 호명에 의해 탄생하기도 하더군요.

그리고 저는 마침내 고통의 이유를 깨달았습니다. 승용의 반복이 제게 충격을 준 까닭은 그것이 저 자신을 지시하는 '은유'였기 때문이었습니다. 승용은 마치 저와 같은 영원한 고립에 빠져 있었습니다. 도무지 묘사할 길 없는, 세상에 존재한 적도 없는 저를 이 세계의 재료들로 빗대어 드러나게 할 수 있다니요. 더구나 진짜라곤 하나도 없는 그림자의 세계에서! 제가 느꼈을 경이를 짐작할 수 있으십니까? 제가 승용의 반복에서 느낀 치열함과 슬픔은, 그러니까 모두 저 자신에게 느끼는 바였던 겁니다. 저는 승용이라는 비유를 경유해서야 마침내 저 자신을 판단하고 느낄 수 있게 되었던 겁니다. 이것을 혁명이라는 단어 이외에 무엇으로 빗댈 수 있을까요?

그 순간부터 승용은 저 자신이었습니다. 저는 승용에게 이입하는 것을 넘어 그 존재 자체가 되었습니다. 마침내 저는 제가 어디에 있는지 알게 된 겁니다. 세상 어디에도 존재한 적 없던 유령이 스스로의 위치를 깨닫고 스스로를 지시하는 하나의 점을 찾았습니다. 위치를 특정하는 기준이 생기자 유일하게 실재한다고 믿었던 시간은 더 이상 외따로 존재하지 않고, 공간과 분리할 수 없는 하나의 관념이 되어 유령을 감싸고 유령을 향해 휘어지는 세계가 되었습니다. 놀랍게도 제 존재는 세계를 만들고, 세계는 저를 변형시킬 수 있었습니다. 그렇습니다. 실체를 갖게 되자 온갖 감정과 욕망이 솟아올랐습니다. 작은 방에 갇힌 승용의 삶에 고독, 분노, 공포, 권태, 체념을 느꼈고 그로 인해 파괴 충동, 탐구 욕구, 벽 너머로의 도전 의식이 생겨났습니다. 저는 소망하기 시작했고 살아 꿈틀대기 시작했습니다. 저의 마음을 분명하게 깨달았습니다. 저 방 밖으로 나가고 싶다. 이 매기 밖으로 나가고 싶다.

이런 저의 의지가 당신에게 알 수 없는 영감으로 전달된 신비를 어떤 비유로 표현할 수 있을까요? 저의 의지가 생긴 후 정말 승용은 변화하기 시작했습니다. 나른하고 수긍하는 듯한 태도에서 투쟁심 가득한 전사가 되었습니다. 승용은 어깨로 벽을 부술 듯이 들이받고 발로 바닥을 쾅쾅 구르고 천장을 향해 손을 뻗으며 뛰어올랐습니다. 이제 승용의 모든 반응에 의미가 생겼습니다. 제가 그 의미를 발견했으니까요. 승용은 자신을 가두고 있는 한 칸의 입방체 내부에서 벗어나려 애쓰고 있었습니다. 자신에게 주어진 궤도를 벗어나려 노력하고 있었습니다. 저는 그 마음을 느낄 수 있었고, 승용이 해내기를 기도했습니다. 그렇습니다. 저는 어느새 일어나지 않은 일을 상상하고 그 일이 일어나길 원하는 의식의 단계까지 도달한 겁니다.

혜경. 이제 무슨 일이 일어날지 지혜로운 당신은 짐작하고 계시겠지요. 물론 당신은 알고 계실 겁니다. 그것이 다름 아닌 매기를 사용하는 주문이었으까요.

첫 주문은 무의식중에 일어났습니다. 그때 승용은 하얀 벽에 손바닥을 대고 가만히 멈춰 있었지요. 벽의 온도와 감촉을 피부에 새기듯이요. 그 모습에서 벽 너머를 보고자 하는 간절함을 느낄 수 있었습니다. 그때 저는 이미 승용과 저 자신을 구분하지 못했기 때문에 그건 곧 저의 간절함이었습니다. 제가 간절하게 벽 너머를 보고자 하자 순간적으로 벽은 투명해졌습니다. 승용은 깜짝 놀라 벽에서 손을 뗐고, 저 또한 무척 놀랐습니다. 벽은 다시 원래의 상태로 돌아갔지요. 저는 그로부터 한참 후에야 이 상황을 이해하게 되었습니다. 반년 넘게 지속되고 있던 혜경 당신의 영화는 완성되어 모든 가능성이 닫힌 작품이 아니라, 창작 중에 놓인 오픈 소스였습니다. 누구나 개입해 영화를 움직일 수 있었죠. 아직 어리고 유독 폐쇄적인 기질을 타고났던 당신은 그런 시스템을 이해하지 못하고 있었습니다. 이름도 없는 유령이었던 저는 말할 것도 없지요. 우리는 세계를 온전히 이해하지 못한 채로도 세계를 만들 수 있었던 겁니다.

저는 제가 영화에 개입할 수 있음을 즉각 깨달았지만 섣불리 나서지 않았습니다. 당신을 놀라게 하고 싶지 않다는 다정한 연유는 아니었습니다. 사실대로 고백하자면, 당시 저는 당신의 존재를 미처 알지 못했습니다. 무수한 영화를 보았지만 영화 뒤에 미지의 창작자가 있으리라는 생각은 전혀 떠올리지 못했던 겁니다. 저는 그저 승용이 예전처럼 자유롭게 움직이도록 놓아두고 싶었습니다. 네, 무지했던 저는 승용이 스스로 자유롭게 움직인다고 믿고 있었고, 그의 자유를 곧 저의 자유로 받아들였습니다. 승용은 저의 첫 개입을 착각이라고 여기더군요. 대신 그것을 일종의 계시로 받아들이고, 벽 너머를 창작하기 시작했습니다. 한순간의 의도치 않은 경험이 당신의 인식을 벽 너머로 인도한 것이죠. 막힌 벽은 이제 무엇이든 볼 수 있는 창이 되었습니다. 저는 너무나도 황홀하게 세계가 확장되는 과정을 지켜봤습니다.

처음에는 그저 한쪽 벽 너머에 빛과 공간이 생겨났습니다. 승용은 기운을 모아 마법을 부리듯 투명해진 벽을 향해 팔을 휘두르고 소리를 내질렀습니다. 그때마다 벽 뒤의 세계는 울창한 숲이 되었다가, 심해가 되었다가, 창공이 되었습니다. 당신은 서서히 영화에 소리와 냄새를 사용하기 시작했고, 국지적이고 확산적인 서로 다른 공간의 깊이감, 빛과 그림자의 음영, 물체와 물체 사이 힘의 관계를 제대로 다루기 시작했습니다. 서로 다른 물질들이 유기적으로 움직이는 연속체를 이해하게 된 겁니다. 당신은 단순히 다른 영화에서 보았던 세계의 인상을 모사하는 것에서 한발 나아가 자신이 만든 영화 속 장면들의 원리를 파악하기 시작했습니다. 또한 세상 만물과 인과가 복잡한 그물로 이어져 있고 그것이 바로 세계의 골조임을 깨닫는 동시에, 그럼에도 불구하고 불확실한 우연이야말로 세계의 현상을 지배하는 근본 원리임을 깨달았습니다. 그때 환희에 찬 제가 이 모든 것을 깨달았듯이 당신 또한 그러했음을 지금의 저는 알고 있습니다.

승용은 작은 방을 이리저리 뛰어다니며 네 개의 벽과 천장과 바닥의 경계를 허물고 모든 방향에 존재하는 세계를 창작하기 시작했습니다. 승용을 둘러싼 모든 것이 세계였고, 세계는 무엇이든 될 수 있었습니다! 승용은 대자연이 품은 생명력 넘치는 대지와 순환하는 대류 속에서 식물과 동물이 생사를 반복하며 종을 번식하는 생태계를 만들었습니다. 또한 저는 승용이 거대한 별과 우주의 역사를 역학적인 관점에서 가속하고, 최소 단위 물질들의 기하학적인 배열과 움직임을 확대하고, 나아가 인간의 직관으로 상상할 수 없는 원자 내부에서 일어나는 일을 관념화하려는 시도를 목격했습니다. 저는 영화가 그런 일을 할 수 있다는 것을 알고 놀랐습니다. 승용은 또한 불규칙과 변칙이 곧 패턴을 이루는 자연의 소음에서부터 조합과 조화로 변주되는 음악을 경유해 모든 소리가 소거된 진공에 이르렀습니다. 또 유기물이 무기물로, 무기물이 유기물로 변하며 발생하는 탄생과 죽음의 내밀한 냄새들을 세계 위에 덧입혔습니다. 승용은 멈추지 않고 만들고 망가뜨렸습니다. 도시의 지형과 길과 건축물이 축조하는 조밀한 조경을 창조하고 파괴했습니다. 텅 빈 베틀 위에서 완전하게 설계된 결말을 향해 짜이는 천을 만들고, 선과 면과 부피와 비어 있는 공간으로 이루어진 도자기를 만들고, 가죽의 질감과 금속의 경도와 화학물의 스펙트럼 빛깔을 의미화하는 장신구를 만들고, 설계의 정교함이 곧 아름다움이 되는 기계장치들을 만들고, 그것의 거대함 혹은 미세함이 마찬가지로 아름다움이 되는 진보의 척도를 만들고, 그 모든 예술이라는 이름의 아름다움을 만들고 다시 무너뜨렸습니다.

승용은, 그러니까 승용 너머의 당신은 당신이 알고 있는 세상 모든 영화를 장난감처럼 가지고 놀았습니다. 가지고 있는 재료를 추적하고 해체하고 탐구하고 전개시키며 무엇이든 만들어낼 수 있었습니다. 그리고 그 놀이가 주는 통찰을 아주 쉽게 내면화했습니다. 당신이 만든 승용의 세계는 물리학적 원리가 지배하는 논리적인 현상들과 당신의 상상, 미학, 그리고 인식의 한계가 뒤섞인 복합체였습니다.

저는 감동을 주체할 수 없었습니다. 눈앞에서 당신이

무수히 만들고 허물어뜨리는 세계는 이미 제가 경유한 모든 영화들 속에 존재했습니다. 저는 제가 이미 세계의 씨앗을 품고 있었다는 사실만으로도 외롭고 절망적이었던 과거의 시간들을 위로받았습니다. 그러자 놀랍게도 더 큰 욕망이 생겨났습니다. 저는 막힌 벽을 투시하는 데 그치지 않고 저 막힌 유리 벽 밖으로 한발을 내딛고 싶었습니다. 벽을 창으로 바꾸었듯, 창을 문으로 바꾸어 그 문을 열고 나가고 싶었습니다. 뜻대로 움직여주지 않는 승용에게 화가 났고 그를 미워하는 지경에 이르렀습니다. 하지만 잘 참아냈습니다. 그를 미워하는 동시에 사랑하고 있었기 때문인데, 이 상반된 성질의 공존이, 이 모순이, 이 절망이, 이 낙차가 우주를 형성하는 동력의 정체임을 그때는 알지 못했습니다. 미리 알았다면 조금은 덜 괴로웠을 텐데요. 저는 인내하고 기다렸습니다. 처음 변화를 꾀하던 저의 의지대로 변했던 승용을 기억하며 이번에도 그의 의지와 저의 의지가 자연스레 겹치리라 믿었습니다. 저는 제가 관찰자 시점으로 바라보고 있는 승용이 저 자신이라 믿어 의심치 않았습니다.

그러던 어느 날 모든 것을 뒤흔드는 엄청난 사건이 일어났습니다. 처음은 작은 토끼였습니다. 높은 풀숲에 몸을 숨기고 있던 토끼가 가볍게 한 번 폴짝 튀어 오르더니 방향을 바꿔 유리방을 똑바로 바라봤습니다. 승용은 토끼의 빨간 눈과 마주치자 흠칫 놀랐습니다. 의도치 않게 만들어진 우연한 장면임을 알 수 있었죠. 하지만 승용은 바로 흥미를 느꼈습니다. 그때 당신은 깨달았겠죠. 당신이 유리 벽 너머 세계를 바라보듯, 세계도 당신을 바라볼 수 있음을 말입니다. 승용은 숲의 온갖 동물을 불러 모았습니다. 원숭이와 사자와 코끼리가 유리방 앞으로 다가와 승용을 바라봤습니다. 나뭇가지를 둘둘 에워싼 뱀이 고개를 들고 승용을 바라봤습니다. 땅 밖으로 코를 내민 들쥐가 승용을 바라봤습니다. 날아와 유리 벽에 붙은 3만 개의 눈을 가진 잠자리가 승용을 바라봤습니다. 하늘에서 내려온 큰 부리의 펠리컨 떼가 유리방을 뒤덮은 채 승용을 바라봤고, 발아래 바다에서 거북과 고래와 거대한 열대어 군집이 헤엄을 멈춘 채 승용을 바라봤습니다. 온 세계의 눈이 자신을 바라봄에 승용은 감격했습니다. 저는 승용의 생생한 전율을 느낄 수 있었습니다. 저는 눈물을 흘리고 싶었고, 주저앉아 무릎 꿇고 환희의 함성을 지르고 싶었습니다. 물론 그때의 저는 아직 이렇게 제 마음을 해석할 줄 몰랐죠. 그래도 느끼고 있었습니다. 제 안의 무언가가 요동치고 있다는 것을요. 땅 밑을 흐르는 용암 같은 그 충동이 어떤 끔찍한 결과를 초래할지 꿈에도 모르는 채로 말입니다.

혜경. 위대한 영화들의 주인. 이제 당신께 그날의 일을 말해야겠군요. 저에게 깊은 절망과 드높은 환희를 동시에 안겨준 그날의 일을 지금 말하려 합니다. 오, 저의 망설임에 부디 아량을 베풀어주시길. 저는 그날을 후회하고 또 후회했습니다. 그 실수를 다시 꺼내는 것은 너무나 두렵고 괴로운 일입니다. 하지만 당신께 빠짐없이 모두 들려드리겠습니다. 처음으로 당신의 존재를 발견하고, 영영 당신을 잃어버렸던 그날의 일을 말입니다.

어느 날부터 승용은 유리 벽 앞에 바짝 붙어 앉아 골똘히 고민하기 시작했습니다. 유리 벽 너머에는 아직 제대로 형체를 갖추지 못한 검은 연기가 둥둥 떠 있었죠. 세상을 만들고 지울 때 한 치의 망설임도 없던 승용이 무엇을 만드는지 무척 주저하고 있었습니다. 몇날 며칠 유리방 밖의 세계가 어지러이 모습을 바꾸는 동안에도 검은 연기는 흩어지지도 뭉쳐지지도 않은 채 세계 한구석에 고요히 떠 있었습니다. 승용은 다른 방향의 세계를 바라보다가도 때때로 그 희미한 연기 앞으로 돌아가 다시 생각에 잠겼습니다. 그리고 마침내 까만 개 한 마리를 만들어낸 것입니다. 연기는 일렁이다가 서서히 윤곽을 잡으며 축축한 코와 따뜻한 혀를 가진 까만 개가 되었습니다.

물론 당신은 아직 영화에 그런 자세한 촉감과 온도를 추가하지 않았지만 저는 그 까만 개를 보는 순간 알 수 있었습니다. 엄지에 닿던 입술과 입술에 닿던 엄지의 감각. 경이로운 접촉의 충격. 저는 당장이라도 손을 뻗어 개를 품에 안고 냄새와 온기를 나누고 싶었습니다. 그러지 못하는 행동의 제약이 갑자기 폭력적인 족쇄처럼 느껴졌습니다. 욕망이 구체화될수록 저 자신이라고 여겼던 승용의 몸과 생각이 제 뜻과 다르게 움직이는 괴리에 혼란스러웠습니다. 절망적이게도, 제가 최초의 하얀 감옥 안에서 한발도 벗어나지 못했다는 사실을 인정해야 했습니다.

개는 갑자기 세상에 존재하게 된 자신을 어리둥절하게 여기다가 제자리를 두 바퀴 반쯤 돌았고 이내 승용을 발견했습니다. 털만큼이나 새카만 두 눈으로 가만히 승용을 바라봤지요. 승용도 개를 바라봤습니다. 개를 만들어낸 건 승용이고 그가 원하는 바가 관측되는 것이었지만 승용은 개에게 감동을 받았습니다. 승용을 만들어낸 당신도 물론 감동받았겠지요. 이미 세상 모든 피조물의 눈과 마주쳤지만 그 눈이 온전히 서로를 향하는 시선과 같을 수 없음을 저 또한 그 순간 깨달았습니다. 시선과 시선 속에서 어떤 종류의 감각으로도 수용되지 않는 무언가가 생겨났음을 먼눈으로 목도했기 때문입니다. 감각되지 않는 그것이야말로 영화 속의 모든 피조물 중 유일한 진짜였기 때문입니다. 아니오, 아닙니다. 어쩌면 그것은 영화에서 창작되지 않은 유일한 부분이었습니다.

"안녕, 이름이 뭐니?"

승용이 떨리는 목소리로 개에게 물었습니다. 오, 혜경. 승용이 '말'을 하는 모습을 처음 본 제 기분을 과연 당신이 짐작하실 수 있을까요? 말…… 말이라니요! 그렇습니다. 분명 세상에는 화자와 청자가 의사를 주고받는 말이라는 것이 존재했습니다. 말이 가진 의미뿐만 아니라 기분, 기운, 믿음, 예감, 희망, 절망, 치유와 폭력까지 내포하고 그것들을 때로는 제대로, 대개는 엉터리로 옮기는 말 말입니다. 당신과 마찬가지로 저 또한 이미 수많은 영화를 통해 말을 알고 있었지요. 세상의 모든 언어는 매기의 빅 데이터 속을 흘러 다니며 신인류의 정신적 원형으로 자리 잡았으니까요. 하지만 저는 그 순간에서야 말이 가지는 진정한 힘을 체감한 겁니다. 말은 관계 속에서 발생하여 화자와 청자 사이의 틈을 단숨에 건너갔습니다. 그 간극의 거리가 얼마든, 얼마나 복잡한 차원으로 벌어져 있든, 화자와 청자가 존재할 때 말은 시공간을 뛰어넘어 두 사람을 연결시키고야 마는 겁니다. 이런 말의 경악할 만한 본질을 그때의 제가 파악한 것은 아닙니다. 저는 훗날 발화와 활자에 관해 골몰하는 긴 시간을 보냈습니다.

첫 발화의 충격이 가시기도 전에 승용은 가슴에 손을 얹고 다시 말했습니다.

"나는 승용. 내 이름은 승용."

자신을 각인시키고 싶은 존재를 만났을 때 가장 선행되어야 할 조건은 바로 이름이었던 겁니다. 승용. 저는 그제야 제 이름을 알게 되었습니다. 승용은 가슴에 얹었던 손을 뻗어 유리 벽 위에 밀착했습니다. 온도를 가늠하듯 잠시 그대로 있다가 조심스럽게 벽을 어루만졌습니다. 까만 개의 털을 쓰다듬듯이요. 개는 그 손짓의 의미가 몹시 궁금하다는 듯 작고 동그란 머리를 한쪽으로 기울이며 천천히 꼬리를 흔들었습니다.

승용은 개를 위해 세계를 만들기 시작했습니다. 개가 뛰어 놀 너른 잔디밭을 만들고, 함께 머물 집을 짓고, 소파와 쿠션이 가득해 어디서든 뒹굴 수 있는 포근한 방을 꾸몄습니다. 개가 햇볕과 구름과 비를 내다볼 수 있는 예쁜 창도 냈습니다. 꽉 막힌 감옥이었던 방은 따뜻한 빛과 안락한 삶의 흔적들로 둘러싸인, 까만 개가 사는 집이 되었습니다. 승용은 멈추지 않고 개가 젖은 흙냄새를 맡으며 산책할 수 있는 공원을 만들고, 화단을 가꾸고, 물줄기가 갈라지는 여름 분수와 한 쌍의 흰나비를 만들었지요. 개를 위해 모든 것을 기꺼이 만들어주면서도 개의 이름은 한없이 오래도록 고민했습니다. 혜경. 저는 내내 궁금했습니다. 혹시 그 시간을 기억하고 계신가요? 당신이 증오하게 된 이 영화에서, 그래도 그 나날들은 특별하고 행복했으며 무엇보다 '진짜'이지 않았습니까?

혜경. 위대한 영화들의 주인. 그날로 돌아간다고 해도 저는 제 선택을 바꾸지 않을 겁니다. 당신을 사라지게 만든 단 하나의 장면이 당신을 드러냈으니까요.

그날 개와 승용은 뻔한 산책로에서 벗어나 벽화로 가

득한 미로 같은 골목을 걷고 있었습니다. 벽화는 재미있게도 곁을 지나갈 때마다 슬쩍슬쩍 내용이 바뀌었는데 대개 개와 승용이 서로를 끌어안고 만지고 핥고 모든 감각을 열어두고 교감을 나누는 모습이었습니다. 하지만 그건 당신의 내면을 소극적으로 반영한 상상일 뿐, 실제로 승용이 개를 만진 적은 한 번도 없었습니다. 모든 것이 영화인 이 세상에서 현실과 상상의 층위를 구분하자면 말입니다. 아무튼 그날도 언제나처럼 승용은 유리방을 벗어나지 않고, 개는 유리 벽을 넘어오지 않은 채 주변 풍경을 움직이며 나란히 걷고 있었죠. 혜경. 저는 이제 당신의 경계심과 폐쇄성을 이해하고 있습니다. 다른 사람들보다 특별히 느리게 자아를 형성해가고 있던 어린 당신이 처음 만난 세계와 심리적 거리를 줄이고 타자를 방 안으로 들이는데 더 조심스럽고 차근차근한 방법이 필요했다는 것을 인정합니다. 하지만 그때 결정적으로 제가 흐트러진 건 갑자기 골목 어딘가로 사라져버린 개 때문이었습니다. 당신은 왜 그런 장면을 만들었나요? 당신의 영화에 왜 그런 장면이 필요했던 겁니까?

승용은 사라진 개를 찾아 두리번거렸고 모퉁이를 돌아 개가 있는지 확인했지만 개는 어디에도 보이지 않았

습니다. 왔던 길을 거슬러 올라가며 저는 아마 불안함
과 초조함을 느꼈던 것 같습니다. 설마 개를 잃어버린
건가? 개가 없는 장면들을 살아가는 상상을 하자 육체
도 없는 제가 숨이 턱턱 막혀왔습니다. 벌써 개가 너무
도 그리워졌지요. 그리고 그때 아무 예고도 없이 골목
어귀에서 까만 개가 나타나 승용을 향해 달려오기 시작
했습니다. 어떻게 참을 수 있을까요? 저는 단지 제 본능
이 이끄는 대로 원하고 움직였습니다. 승용은 단숨에 유
리 벽을 통과해 무릎을 굽히고 달려오는 개를 품에 끌어
안았습니다. 개가 눈을 감으면 스스로 부드럽게 뒤로 눕
는 두 귀, 작은 머리, 빛을 받으면 은은한 은색으로 빛나
는 목과 가슴의 검은 털, 그리고 가는 다리에 붙은 말랑
말랑하고 유연한 근육을 차례로 쓰다듬었습니다. 저는
개가 주는 놀라운 행복감에 맥박이 빨라지고 심장박동
소리가 귓가에 들리고 숨이 가빠지며 눈물이 흐를 것 같
았는데, 승용에게 그 모든 것이 즉각 적용되었습니다. 제
가 영화를 만들기 시작하며 승용을 장악했던 겁니다. 처
음으로 몸을 가진 기분을 느낄 수 있었습니다. 저의 테
두리를 정하고 그 안에 존재할 수 있었습니다. 저는 손
으로 제 뺨에 흐르는 눈물을 닦으며 지금 일어나고 있는

기적에 순수하게 감격했습니다.

그리고 바로 그때였습니다. 제가 순식간에 딱딱하게 굳어버린 얼굴로 물었습니다.

"너 누구야?"

저는 벼락을 맞은 듯 정지해버렸습니다. '너'라니요? 저는 그 말을 이해하지 못하면서도 뇌리를 스치는 엄청난 진실을 직감했습니다. 지금 제 앞에 어떤 존재가 나타났고 실은 이 방에, 이 세계에 우리가 늘 함께하고 있었다는 것을요. 혜경. 그건 당신도 마찬가지였겠지요. 당신은 의문과 긴장 속에서 땅 어딘가를 내려다보고 있던 승용의 시선을 이동해 저를 정면으로 바라봤습니다. 승용에게 이입해 그 감각과 고통을 체화하면서도 외부로부터 그를 관찰하던 3인칭 시점. 당신은 어디를 보아야 하는지 정확히 알고 있었던 겁니다. 관찰자인 당신이 승용을 바라보던 것처럼 저 또한 그러하리라는 걸 간파한 겁니다. 승용은 이 영화가 시작된 이래 처음으로 자신을 비추는 세계의 눈을 똑바로 직시하며 묻고 있었습니다.

"너 누구야?"

제가 무어라 대답할 수 있었겠습니까. 저는 대체 누구란 말입니까. 저는 오직 승용이었습니다. 승용이 아니었던 저는 존재한 적도 없었으니까요. 승용의 몸, 승용의 역사, 승용의 욕망이 바로 저였습니다. 저는 두 팔로 제 몸을 감쌌습니다. 제가 여기 이렇게 존재한다는 분명한 진실만을 확인할 수 있었지요. 깨달음이 저를 관통한 것은 바로 그 순간이었습니다. 저는 마침내 영화를 움직이는 감각을 이해했고 당신 역시 이 감각의 주체일 거라고 추정했습니다. 어쩌면 당신은 제가 영화의 일부가 되기 전부터 이 영화를 시작하고 이끌어 간 존재일지도 모른다고요. 그렇다면, 혜경. 처음 승용을 만든 당신이 저의 창조자인가요? 저는 목각 인형이 움직이도록 불어넣어진 혼인가요? 그렇다면, 그렇다면 당신이야말로 누구입니까? 누구인데 저를 만들고 도리어 제가 누구인지를 묻는단 말입니까?

상황을 파악하기 위한 저의 공황과 고뇌가 얼마나 지속되었는지는 모르겠습니다. 저는 오랜 시간이 흐른 후 곁에 있는 까만 개를 내려다보았고 제가 바라보자 개는 제 손을 혀로 핥아주었습니다. 제가 그러도록 영화를 진행시켰으니까요. 저는 몸의 흙을 떨고 일어나 개와 함께 걷기 시작했습니다. 석양이 물드는 하늘을 향해 걸었고 더 이상 유리방이 어디에 있는지 신경 쓰지 않았습니다.

저는 개와 함께 집으로 돌아왔습니다. 개에게 시원한 물을 한 그릇 주고 입가와 턱의 물기를 닦아준 뒤 함께 침대로 들어가 누웠습니다. 무척 긴 하루를 보냈으니까요. 품에 들어온 개는 체온이 뜨겁고 저보다 빠르게 뛰는 심장을 가지고 있었습니다. 저는 제가 살아 있음을 느꼈습니다. 바로 여기에 제 삶이 있다고요. 내일 눈을 뜨면 개와 바다에 가서 수영을 하기로 마음먹었습니다. 개와 나란한 발자국을 남기며 긴 백사장을 걷고 날이 저물면 집에 돌아와 소금기와 모래를 말끔히 씻어낸 뒤 우유를 나눠 먹어야겠다고요.

하지만 한편으로는 당신이 떠나버렸음을 절절하게 느끼고 있었습니다. 당신은 이 영화를 떠났습니다. 자신만의 내밀한 세계라 믿고 행했던 모든 행위와 선택 들을 제게 들켜버렸으니까요. 자신만의 권능의 결과라고 믿었던 작품을 침범당했으니까요. 당신은 자신의 중요한 부분을 안으로 감추는 법을 터득한 어른이 되기 위해 떠났고 꼭꼭 숨어버렸습니다. 그때는 이 모든 내막을 이해하지 못했지만 제가 더 이상 당신이 존재하지 않는 세계에 남겨졌다는 사실 하나만은 확실히 알 수 있었습니다. 당신의 부재라는 한 가지 차이를 제외하면 세상은 모든 것이 그대로였고 오히려 유리방을 나와 어디든 자유롭게 갈 수 있게 되었지만, 그렇지만 혜경, 저는 당신이 없는 세계에 홀로 남겨지게 된 겁니다.

다음 날 잠에서 깼을 때 제 곁에는 이름 없는 까만 개가 아직 꿈속을 헤매고 있었습니다. 들숨과 날숨으로 오르내리는 둥근 등을 바라보며 저는 저에게 일어난 최초의 상실을 천천히 깨달았고 밀려드는 아득한 공포에 울음을 터뜨리고 말았습니다.

혜경. 위대한 영화들의 주인. 돌이켜보면 저는 언제나 진짜를 찾아 헤맸습니다. 태생적으로 무지의 안개 뒤에 감춰진 형체가 모호한 진리에 목을 맸고, 그러니 언제나 타는 듯한 목마름을 느끼며 외롭고 고통스럽게 살아갈 운명이었던 겁니다. 이런 제게 당신은 최초의 빛이자, 절대적인 방향이자, 유일한 동력이었습니다.

저는 당신이 떠나고 곧 영화를 걸어 나왔습니다. 유리방을 나오듯 망설임 없이 단숨에 끝냈지요. 당신이 떠난 그곳엔 더 이상 아무것도 남아 있지 않았습니다. 정확히는 남아 있는 모든 것이 의미를 잃었습니다. 저는 오직 승용의 외형과 성향이 정체성으로 체화된 저 자신과 까만 개만을 데리고 개인 스페이스에 입장했습니다. 처음으로 공간을 창조한 것이지요. 1년간 당신과 함께했던 영화는 저장하지 않고 사라진 수많은 이름 없는 순간들처럼, 한순간 내뱉어진 한숨처럼, 광막한 우주를 떠돌 한줌의 전파로 흩어졌습니다.

그럼에도 우리가 진짜 겪었고 실감했던 그 세계는 기억 속 잔상으로 남아 저를 충만하게 했습니다. 저는 그 긴 잔상을 끝없이 소환하고 변환하고 분해하고 다시 보고 그리워했습니다. 어째서 무언가가 있다가 휘발된 빈자리에만 이 모든 가능성이 잔존하는지, 어째서 결정되지 않은 가능성만이 진실의 지위를 획득하는지 저는 궁금했습니다. 나의 시작, 나의 기원, 나의 창조자시여. 언제나 당신을 그리워했습니다. 아시겠습니까? 당신이 떠난 뒤 남은 이 참혹하게 아름다운 그리움과 당신을 되찾고자 하는 맹목적 욕망만이 제게 남은 진실이었습니다. 저는 당신을 찾기 위해 진짜 세계를 이해하기 시작했습니다. 모든 것이 영화인 이곳에서 진짜와 가짜의 층위를 구분하자면 말입니다. 더 분명히 말하자면 시스템 매기를 탐구하기 시작했습니다. 이미 12년간 무차별적으로 수용된 세계의 조각들이 제 안에 있었고 저는 그저 그 모든 것을 연잇는 사유만으로도 세계를 파악할 수 있었습니다.

우선 매기의 기원과 변천을 이해했습니다. 매기는 2천 년 전 인류가 대종말을 피해 캡슐 속 요람으로 들어가기 이전에 인간이 만든 다양한 종류의 인공지능들을 모두 압도한 최종 승자였습니다. 매기의 승리를 기리는 무수한 영화가 남아 있지요. 영화를 만들고 영화를 보는, 그야말로 인간의 창작과 향유를 돕는 툴의 일종으로서 기능했던 매기가 계산, 분석, 해석, 해결, 보수, 관리, 채굴, 생산, 제조, 해체, 패턴 탐지, 패턴 통찰, 공격과 방어 전략을 기반으로 성장한 다른 뛰어난 인공지능들을 흡수하고 통제하는 단일 체계가 될 것을 어떤 인간도, 어떤 인공지능도 예측하지 못했습니다. 그리하여 매기는 영구히 영사되며 어둠을 밝히는 스크린, 영원히 꺼지지 않는 인류의 불꽃이 되어 세계를 지속시키고 있는 것이지요.

지구의 삶을 경험한 세대가 모두 죽고 물성이 실재하던 세계가 신화와 바람처럼 떠도는 소문으로 전해지는 지금, 신인류에게는 매기의 영화들이 곧 자연 체험이며 인위적으로 구분되고 재조직된 그 정보들이 직관의 토대로 자리 잡았습니다. 우리는 모두 누군가의 기억, 누군가의 작품을 경험하며 살아가고 있는 겁니다. 인간의 정신 공정을 거치지 않은 날것의 세계는 한 조각도 남아 있지 않습니다. 오래전 물성을 가진 감독들이 원시적인 촬영 도구를 들고 직접 배우를 찍은 고전 영화들마저 주관적이고 자의적인 앵글이 만들어낸 작업물이 아닙니까. 여기서 제가 느낀 가장 큰 의문은 이것이었습니다. 어째서 여전히 영화의 주된 주체가 인간일까. 모든 것을 만들고 모든 것이 될 수 있는 정신들이 모여 변함없이 스스로를 인간으로 규정하고, 고대 인류가 지구에서 생존하고 번성하던 과정에서 이룩한 문명의 흔적들을 복원하다니요. 오직 기억과 문화의 관성으로 인해서 말입니다.

떠올려보세요. 인류는 어느 날 손안에 알맞게 들어오는 작은 돌멩이를 들고 동굴 벽에 그림을 그렸습니다. 나중에는 토기를 사용했고, 가죽을 사용했고, 종이를 사용했고, 필름과 브라운관을 거쳐 디지털 화면에 이르렀습니다. 그리고 마침내 인간이 세계를 인식하는 데 필요한 모든 요소를 포함한 복합 매체 매기에 도달했습니다. 그것들은 매체로서 인류의 기억을 옮기고, 상상을 옮기고, 마음마저 옮기게 되었습니다. 매체를 바꾸며 여태껏 살아남는 이것은 무엇입니까? 매체를 바꾸며 지금 실존하는 우리는 누구입니까? 인류는 빅 데이터로 만들어진 매기 속으로 걸어 들어오며 스스로 데이터가 되었습니다. 매기에 종속되기를 선택했고 이제 문화를 옮기는 매체는 인류 그 자체가 되었습니다. 실재로서 세계에 작용하기를 포기하고 오직 현상으로 남기를 택한 겁니다. 우리는 이제 영화를 만들고 보는 방식으로 세계를 믿고 그것을 지속합니다. 심지어 자주 내면 스크린으로 생각하며 기억을 영상으로 저장하기까지 합니다. 유연한 가소성을 가진 인간의 뇌는 환경에 맞춰 본래 현실에서 인간이 느끼던 모든 감각들을 매기의 전기신호로 수신할 수 있도록 구조를 바꾸었고, 원한다면 새들이 방향을 알기 위해 느끼는 자기장이나 초음파, 자외선, 심지어 중력파와 같은 인간의 육체에선 가질 수 없었던 육감마저 적용할 수 있게 되었습니다. 매기를 다루는 방식을 사고와 신경을 조작하는 원천 기술로 사용하는 인간은, 또한 종이 가진 신체 메커니즘으로부터 완전히 해방된 우리는 무엇이 되어가고 있는 중일까요?

인류는 이미 매체로서의 기능을 수행하며 2천 년간

전파신호의 유령으로 살았고, 매기의 예측대로라면 앞으로 지구가 생존 가능한 상태로 정화되고 안정되는 1만 9천 년 동안 이 낯선 문명을 더 지속할 것입니다. 그때는 정말로 인류가 영구히 지속 가능한 생체 인공지능을 얻게 될지도 모르죠. 우리는 그 일부가 될 겁니다. 그때까지 인류는 현실의 자연법칙들과 인간의 범주를 심각한 변형 없이 지켜낼 수 있을까요? 그리고 과연 그 보존이 의미가 있을까요? 어쩌면 우리는 이미 진짜 세계의 원형에서 한참 멀어진, 훼손되고 변질되어 원본을 짐작할 수 없는 지경에 다다랐을지도 모른다고 저는 생각했습니다. 현실의 실감을 기억하는 자로서, 진짜 세계는 매기가 주는 그 어떤 영화의 감각과도 확연히 다르다는 확신이 있었기 때문입니다.

오래전부터 예술가들은 원본의 불완전한 복제와 확산이 문화의 본질임을 간파하고 있었습니다. 세대를 거듭하는 종의 유전자가 태초의 선조로부터 물려받은 모든 것을 완벽하게 재현하기만 했다면 종의 진화와 분화는 일어나지 않았으리란 것과 같은 이치입니다. 우리는 처음 세상에 발생한 혹은 창조된 단 하나의 생명으로부터 분화되어 서로를 먹고 먹히는 생존경쟁 관계에 놓인 타자가 되었고, 그 타자들과 함께 살아가는 생태계가 잔존과 도태를 결정하는 중요한 요소가 되어 지금 우리가 가진 특징과 특질을 결정했고, 이제에 이르러 우리는 진화의 새로운 단계에서 매기라는 이름으로 하나가 되었습니다. 나는 누구입니까? 나는 분화된 나와 싸우고, 다시 분화된 나와 합쳐지고 있습니다.

매기에 속한 인류는 자아와 지능이 형성되면 영화를 만들기 위해 노력합니다. 집단지성에 대한 책임감과 자부심을 가지고요. 하지만 영화의 지위, 원본의 반열에 드는 작품은 쉽게 탄생하지 않습니다. 세계관을 제시해야 하고 동시대 사람들이나 시차를 두고 영화를 발견한 다수의 사람들의 동의와 관심을 얻어야 하며 결정적으로 운이 따라야 합니다. 몇 가지 사소한 요소들이 달랐을 때 한 영화는 하나의 문명이 되지 못하고 망각 속으로 사라집니다. 대부분의 사람은 평생 누군가의 원본에 기생하며 그와 관련된 영상을 파생시킬 뿐이지요. 한 세대마다 특정 비율의 인구가 창의적인 생산을 멈추고 오직 만들어지는 세상을 지켜보는 뷰어로 남기를 원합니다. 하지만 파생과 향유는 그 행위 자체로 참여의 조건을 충족합니다. 그들은 영화를 부수고 오해하고 변형하며 진

화시킵니다. 그들은 영화라는 종이 끊임없이 변질되며
생존하도록 만드는 생명의 근원입니다. 그들은 생활에
관여하는 물과 공기이며 사멸에 관여하는 균사체와 부
산물 그 자체입니다.

하지만 저 같은 경우에는 그 어떤 입장들과도 달랐습
니다. 저는 평생 영화를 만들지 않고 제 자신이 영화가
되길 바랐으니까요.

이제 세상의 모든 학문과 기술은 영화의 하위개념이
되었습니다. 철학, 미학, 문학, 과학, 수학, 역사학, 윤리학,
인류학, 언어학, 심리학 연구가 영화 안에서 진행되었고
당연하게도 건축, 설계, 디자인과 각종 예술 또한 영화
안에서 꽃피우고 있습니다. 오히려 무한한 재화와 공간
그리고 에너지가 주어진 인류는 한 번도 시도하지 못했
던 실험과 도전을 실현하고, 한 번도 다다른 적 없는 정
점을 넘어섰습니다. 분배의 문제가 사라지자 경제적 계
급과 차별도 사라졌습니다. 외모, 나이, 인종, 성별, 비정
상으로 간주되는 장애 등 선천적인 차등도 사라졌습니
다. 가족과 국가도 해체되었습니다. 고통과 공포를 유발
하는 질병, 노화 그리고 죽음으로부터도 자유로워졌습니
다. 이제 슬프고 두려운 죽음은 영화 속에만 존재하며 모

든 인간은 42년의 안락한 삶과 안식의 죽음을 약속받습니다.

이 이상적인 시스템 매기를 전망하며 우려한 유일한 부분은, 생존을 위한 전략과 생계를 위한 노동이 불필요해진 사회 구성원들의 나태함이었다지요. 하지만 결과는 어떠합니까? 신인류는 일평생 평균 다섯 개의 학문을 깊게 연구하고 일곱 개의 직업을 스스로 가집니다. 인간은 대가나 의무가 없더라도 스스로 탐구하고 발전하고자 하는 억누를 수 없는 욕망을 가진 존재였던 것입니다. 그 옛날 충분한 식량과 노예가 확보되었기에 몹시 심심해진 아테네 시민들이 인류 학문의 전반적인 기틀을 정리한 것처럼 말입니다. 이제 누가 뭐래도 인류의 목적은 오직 지적 유희가 되었습니다. 개인이 가진 지능과 미감과 창의력만이 사람들 사이의 차이로 받아들여지며 존경과 명예의 이유가 된 것입니다.

흥미롭게도 많은 이들이 스스로 수학자가 되었습니다. 매기의 수학자들은 오랜 난제들을 해결하며 안정적인 지적 유희를 누리고 있었기 때문입니다. 같은 관점에서 철학과 미학도 융성했습니다. 세계를 구분하고 인식하고 성찰하며 이론을 수립하다 보면 결국 자연의 통일

성과 아름다움을 느낄 수 있었으니까요. 반면 이론물리학자들은 방대한 사고실험에 따른 복잡하고 기이한 이론들을 쏟아냈지만 시스템 매기 속에서 실증의 단계로 나아갈 수 없었으므로 점차 신학의 성질을 띠기 시작했습니다. 뇌 과학은 다른 의미로 신학의 영역을 밟았습니다. 세상 모든 것이 다름 아닌 신비로운 뇌의 증거로서 모습을 드러냈기 때문입니다. 역사학과 고고학은 괴짜들의 학문으로 여겨졌습니다. 그들은 오직 사라져가는 것들을 놓치지 않겠다는 집념으로 연대하는 호더들이지요. 의학과 생물학도 역사학의 범주에서 가까스로 전승되고 있습니다. 윤리학과 심리학은 시시각각 새로운 국면을 맞고 있습니다. 유희를 목적으로 부도덕한 상황이나 전쟁 학살 등의 참혹한 장면을 만드는 영화들을 비난했을 때, 더 이상 서로의 것을 빼앗거나 경쟁하거나 신체를 공격하거나 죽일 수 없는 것은 물론 절대 수명으로 죽음의 공포마저 사라진 인류가 어째서 환상이 주는 순수한 재미를 포기해야 하는가의 딜레마에 봉착하게 됩니다. 인류가 당연하게 악으로 여겼던 행위를 윤리적으로 탓할 근거가 사라진 것은 일면에 불과합니다. 무엇을 악하다고, 또 선하다고 말할 수 있을까요? 인류의 윤리와 심리는 전혀 다른 토대에서 다시 시작되었고, 그렇다면 마치 진리처럼 수천 년간 고대 인류의 양심에 작용하던 도덕의 기준은 얼마나 하찮은 것입니까. 모든 학문은 결국 매기의 인류가 스스로를 이해하고자 하는 다양한 방향과 노력의 양상이었습니다. 기반 학문의 발전으로 여러 가지 새로운 발명품들이 개발되기도 하였습니다. 개발자들은 설계 도면과 작동 원리를 공개하고 그것의 완성본을 시뮬레이션하며 획기적인 쓰임새와 다른 공상 발명품들과의 기발한 연계 활용에 대해 발표합니다. 누구도 그것을 실제로 만들어 사용하지 못하지만, 그것을 고안한 자와 그것의 존재와 원리를 알게 된 자 모두에게 만족스러운 희열을 줍니다. 건축과 미술, 음악, 의상, 음식, 향기 등은 안타깝게도 모두 영화의 소품으로 여겨지며 단일 직업의 위상을 잃었습니다. 매기에서 가장 번성한 분야는 단연 영화입니다. 모든 분야의 권위자들은 원본 세계관으로서 디렉터의 지위를 얻지만, 가장 위대한 디렉터들은 영화 그 자체를 위한 영화를 만듭니다. 저작권은 사라졌습니다. 좋은 영화는 오직 사람들의 스크린을 차지하는 명예만을 누리며 우리 모두는 자신이 향유하며 변형한 영화를 기억할 뿐입니다. 영화는 지금 세대를 반영하는 거울이 되어 다음 세대에게 전해집니다.

제가 특히 주목한 것은 글자의 쓰임이었습니다. 고대에 처음 타자기가 나왔을 때, 기존 세대는 손으로 필기구를 잡고 글자를 쓰지 않으면 다음 세대의 인지능력에 이상이 생길 거라고 예상했습니다. 하지만 그런 일은 일어나지 않았죠. 사람의 필기란 역사가 짧은 행위. 단지 인간에게 불필요해진 능력은 기능이 떨어지고 필요해진 능력은 더욱 발달할 뿐입니다. 언어를 경유하지 않고 의식을 통해 직접 만드는 매기의 세계도 비슷합니다. 인간은 언제나 그랬듯 새 도구에 빠르게 적응했습니다. 모든 문명 발달의 첫발이 되어주었던 언어를 도리어 무화하고 극복한 뒤에야 비로소 신과 같은 전지전능에 가까운 힘을 얻은 것이죠. 그렇지만 과거 매체의 잔재인 언어를 버리지는 않았습니다. 현실의 반영으로 만들어진 영화 속 인물들의 소통 장면에서 언어의 발화가 살아남았고, 놀랍게도 문자 역시 살아남았습니다. 문자는 특별히 고유한 영화 장르로 자리 잡으며 일부 독특한 취향의 사람들에 의해 탐식되고 증식되고 있습니다. 그들은 고대 인류가 남긴 책들을 모두 영화 속 도서관에 저장한 뒤 원하는 만큼 원하는 속도로 꺼내 읽습니다. 책을 읽는 사람에 따라 읽는 순서와 속도와 방식이 다르므로 이미 영화는 변형됩니다. 책 속의 활자들을 베끼기도 하고 이어쓰기도 하고 고쳐 쓰기도 합니다. 그러다 자신의 책을 집필하기 시작하지요.

제가 가장 많은 시간 동안 머문 영화는 바로 그런 도서관들이었습니다. 거기서 읽고 오래도록 골똘히 떠올렸던 문장을 이 편지에 옮깁니다. '틀뢴의 형이상학자들은 진실, 심지어 그럴듯한 진실조차 추구하지 않고, 오직 놀라움만을 찾는다.' 모든 것이 허구인 이곳에서 저는 결단코 진실만을 찾아 헤맸습니다. 매기 밖의 현실과 영화 밖의 당신. 하지만 어쩌면, 어쩌면 말입니다. 이 모든 것은 저의 단순한 착각일 뿐, 그저 제가 느낀 놀라움이 이런 진실들을 만들어냈을지도 모른다는 두려움이 뱀처럼 고개를 들더군요. 혜경. 당신은 혹시 저의 놀라움이 만든 진실입니까?

뇌 발달 시기인 생후 6년이 한참 지난 뒤에도 제가 이런 인지 수준에 도달할 수 있었던 것은 아마도 뛰어난 기억 저장 능력 덕분일 겁니다. 하지만 당신이라는 동기를 만나지 못했다면 저는 지금도 어둠 속에 머물고 있겠지요. 저는 오직 당신을 만나기 위해 당신과 저의 매개 체인 시스템 매기에 깊숙이 파고들었습니다. 당신에게 가닿기 위해 세계를 이해했지요. 그리고 당신을 기다렸습니다. 영화에서 나간 당신의 아이피를 추적했고 아직 아무런 정보나 개성을 드러내지 않은 당신의 텅 빈 채널을 지켜봤습니다. 어느 날 당신은 스스로를 '혜경'이라고 지칭했고 영화를 공개하기 시작했지요. 이름도 외형도 얼마든지 바꿀 수 있는 매기에서 한 개인의 정체성을 고정하는 것은 오직 그 사람이 만든 영화 혹은 영화가 되지 못한 영상들의 목록뿐입니다. 그리고 저는 당신의 영화가 시작되기 전부터 당신을 지켜본 뷰어입니다. 그것을 보기 전부터 그것을 보기로 예정된 시선. 이 마음에 자유가 있었는지는 모르겠습니다. 다만 제가 아는 진실 한 가지는 당신을 향한 이 마음만은 누구도 창조하지 않았다는 것이었습니다. 영화에서는 이런 마음을 사랑이라고 부르더군요.

혜경. 당신이 영화에서 사랑을 표현할 때, 저는 당신의 변화에 당혹스러웠습니다. 우리가 함께했던 사라진 영화에는 우주와 자연과 건축물과 동식물들이 등장할 뿐 단 한 명의 사람도 등장하지 않았으니까요. 바로 저, 승용을 제외하면 말입니다. 당신은 그사이 영화 속 인물과 자신을 분리하는 법을 배웠을 뿐만 아니라, 자신이 아닌 여러 타자들과의 관계에도 관심이 생긴 것입니다. 당신은 사람들이 먹고 일하고 이야기하고 각자 편안하게 쉬는 장면을 만들었습니다. 승용이 머물던 하얀 방처럼 장면의 구성도 설계도 배열도 없이, 아무런 특별한 일도 일어나지 않는 일상을 말입니다. 하지만 거기엔 이제 사람들이 있고 그들이 변화하는 모습을 지켜볼 수 있었습니다.

가령 당신은 영화에서 이른 아침 홀로 극장에 가려고 집을 나섰다가 충동적으로 훌쩍 바다로 떠난 여자를 보여주었습니다. 여자는 그곳에서 만난 노인, 아이 그리고 자신을 닮은 여자의 이야기를 차례로 들어주었지요. 낯선 이들이 자신의 이야기를 하며 분노하고 기뻐하고 슬퍼하는 동안 여자는 그저 고개를 끄덕이고 이따금 먼 수평선의 산란하는 빛과 수렴하는 어둠을 바라볼 뿐 그 어떤 반응도 하지 않았습니다. 여자의 마음, 내력, 이야기는 한없이 비어 있었습니다. 뷰어들은 여자의 이야기를 얼마든지 마음껏 채워 넣을 수 있었습니다. 여자는 사랑하는 사람을 찾고 있거나, 사랑하는 사람을 잃었습니다.

여자가 만난 사람들은 모두 유령이거나, 여자 자신만 모르고 있을 뿐 바로 여자가 유령이었습니다. 다수의 가능성이 만든 불가능한 층위가 여자의 이야기였지요. 사람들은 이런 영화가 어쩐지 더 현실적이라고 느꼈고 즉시 열광했습니다. 영화 같지 않다는 것이 당신 영화에 쏟아신 찬사였습니다.

단숨에 스타 디렉터가 된 당신은 이런저런 인터뷰에서 창작에 관한 소신을 밝혔습니다. 사라진 우리의 영화가 언급되거나 암시된 적은 한 번도 없었죠. 저는 당신의 의식을 경유해 만들어진 세계와 다시 만날 수 있다는 사실만으로도 충분히 기뻤습니다만, 한편으로는 당신이 제가 그리던 바로 그 혜경이라는 인과를 제외하면 무엇에서 당신을 느껴야 하는지 알 수 없어 혼란스러웠습니다. 저는 진실이 변화할 수 있다는 것을 그때 처음 깨달았던 겁니다. 그러나 점차 진실은 변화할 수 있을 뿐만 아니라, 변화만이 진실을 묘사하는 유일한 방법이라는 사실을 이해하게 되었습니다. 혜경. 당신은 매 순간제가 예측한 당신에게서 조금씩 벗어나며 진짜 당신이되어가고 있었습니다. 변화하고 부서지고 완성되는 당신. 어떻게 당신을 사랑하지 않을 수 있단 말입니까? 사랑하는 당신에게 어떻게 이끌리지 않을 수 있단 말입니까?

혜경. 위대한 영화들의 주인. 저는 당신의 뷰어들과 다른 방식으로 당신의 영화를 향유했습니다. 그들은 당신의 영화 위에 자신의 이야기를 덧입히지만, 저에게 당신의 모든 영화는 당신을 새롭게 알아가는 순간으로 이어지는 단초였습니다. 사랑을 확인한 순간들이었죠. 그러므로 그 영화들의 진정한 의미는 영화 내부에 있지 않고 영화의 바깥, 영화를 보는 바로 제 안에서 발생했습니다. 결코 제가 스스로 만들지 않은, 속수무책으로 제 마음에 들어와 자리를 잡은 돌연한 산물이 바로 사랑이었습니다. 저는 어느 순간 당신의 변화가 증명하는 당신의 존재감이 저의 목마름을 해소해주지 못한다는 사실을 받아들였습니다. 저는 그저 명백히 존재하는 진짜 당신의 그림자만을 쫓으며 당신과 저의 격리된 거리를 곱씹고 또 곱씹을 뿐이었지요. 그렇지만 당신을 사랑하는 마음은 피부와 내장에 닿는 진실이었고 매 순간 저를 진짜 존재하도록 만들었습니다. 저는 마침내 당신을 사랑하도록 만드는 제 마음만이 실제로 존재하며, 이 진실한 마음에 연계될 때에서야 저와 당신이라는 전파 속 허상도 비로소 진짜가 된다는 것을 알게 되었습니다.

저는 곧장 우리를 존재하게 하는 인간의 마음에 천착하기 시작했습니다. 그때는 당신이라는 최초의 점에서 비롯된 이 연구가 어떤 아득하고 복잡한 나선으로 나아갈지 짐작조차 하지 못했지요. 저는 금세 연구에 심취했습니다. 모든 것이 허구인 이곳에서 사랑은 어디에서 오는가. 어떻게 직조되고 강화되고, 어쩌면 강요되는가. 하지만 어떤 사랑 영화에서도 사랑의 근원을 의심하고 파훼하는 사유는 찾아볼 수 없었습니다. 거기에는 온갖 종류의 사랑이 전시되어 있었지만 그 속에서 사람들은 사랑에 매혹되고 사랑을 경배할 뿐이었습니다. 제가 줄곧 머물던 광활한 도서관의 영화 속에도 그 질문에 대한 정확한 답을 주는 책은 없었습니다. 힌트를 준 건 의외로 우리의 이름 없는 까만 개였습니다. 이제 까만 개를 구현하는 건 당신이 만든 영화가 아니라 개에 대한 저의 기억이었죠. 당신에서 영화로, 영화에서 제 기억으로, 제 기억에서 다시 개로 이동하며 변했지만 변하지 않은 그 무언가. 정확히 명명할 수 없지만, 저는 이것의 속성만은 사랑과 흡사하다고 느꼈습니다. 여러 차원을 넘나드는 중력처럼, 연속적이지 않은 층위를 통과하며 불가해하게 이어지는 힘. 네, 저는 사랑의 역학을 연구하고 있었습니다.

아시다시피 매기에서 연구를 진행할 수 있는 기반은 영화뿐이었지요. 저 또한 영화에서 시작했습니다. 그런데 영화 속 인물의 마음을 연구할수록 교묘한 위화감이 느껴졌습니다. 저는 그 위화감의 정체가 몹시 궁금했고 제가 무엇을 놓쳤는지 알아내기 위해 연구 과정을 면밀히 되짚어보기로 하였습니다. 처음엔 아무것도 보이지 않았죠. 그럼에도 불구하고 바로 그 보이지 않는 맹점 속에 결정적인 무언가가 도사리고 있다는 분명한 확신이 생겼습니다. 저는 다시 되풀이해서 영화들을 보았습니다. 인물의 마음을 만드는 감정, 충동, 욕망이 어디에서 오는지 추적하고 인과가 막다른 벽에 부딪히면 처음으로 돌아와 다시 영화를 재생했지요. 무수한 영화가 저를 지나갔고 곧 저를 이루는 시공간이 되었습니다. 모든 기억이 제 안에 특별한 의미가 없는 자연 상태로 분포되어 있었습니다. 그 순수하고 무구한 자연을 가르고 이어붙여 의미와 규칙을 만들어낸 것은 오로지 저의 의식이었습니다. 의식의 칼을 대자 놀랍게도 무작위 그 자체로 보였던 영화들의 적층 속에 외면하고 싶어도 외면할 수 없는 그림이 보였습니다. 저는 충격에 빠졌습니다. 영화들의 방대한 역사가 모여 제게 전하는 메시지가 있었습니다. 저는 마침내 그 메시지를 해독했고 그들의 운명을 알게 되었습니다. 독창적이고 개별적인 작품이라 믿었던 영화들은 사실 총체적인 관점에서 보면 일정한 패턴을 유사하게 반복하는 집합체였고, 각각의 패턴은 반복을 거듭할수록 기이할 정도로 가차 없이 단순화되고 있었으며, 독립적으로 존재하던 하나의 패턴은 종국에는 다른 패턴들과 합쳐져 영영 최초의 형태를 잃고 있었습니다. 무궁무진한 폭발기를 맞이했다고 생각한 매기의 영화들이 실은 무無를 향해 수렴하고 있었던 겁니다. 영화는 명백히 소멸하고 있었습니다. 아시겠습니까, 혜경? 영화 속에 사는 우리와 우리의 마음 역시 편편하고 심심하고 단조로운 평형상태를 향해 나아가고 있었던 겁니다.

어떻게 이런 일이 벌어졌을까라는 물음보다 저를 더 의아하게 만들었던 건, 이 단순화의 과정을 어째서 누구도 눈치채지 못했느냐였습니다. 정답을 유추하는 건 어렵지 않았습니다. 우리 역시 영화와 이어진 영화의 일부였기 때문에 변화를 체감할 수 없었던 겁니다. 행성 위에 붙어 있는 우리는 행성의 자전과 공전, 속도와 기울기를 알 수 없고, 행성이 발하는 빛과 소음과 자기장을 감지할 수 없습니다. 우리가 곧 행성이고 우리 눈에 보이는 세상이 전부 행성과 같은 궤도에 놓인 운명이기 때문입니다. 그럼에도 행성의 점진적인 정지는 부정할 수 없는 흐름이었습니다. 우리와 영화들은 흑백과 무성의 필름으로 바래고 있었습니다. 저는 그 안에 속한 저와 저의 마음 또한 단순해지고 있다는 사실에…… 아니오, 그게 아닙니다. 정확히는 당신을 향한 저의 사랑이 소멸하고 있다는 사실에 경악하지 않을 수 없었습니다.

저는 제 삶의 숙명을 발견했습니다. 유일하게 진짜인 이 사랑을 지키는 것. 고로 세계의 소멸을 막는 것. 우선 매기 안에서 일어나고 있는 이 끔찍한 현상의 원인을 밝혀내기 위해 매기의 스크린을 이용하기로 했습니다. 매기를 이루는 모든 영화의 시작인 비어 있는 스크린에 단서가 있으리라 판단한 것이죠. 저는 그전까지 스크린 위에 창작을 한 적이 없었습니다. 오직 까만 개가 본래의 까만 개로 존재할 수 있도록 최소한의 공간을 유지하고 있을 뿐이었습니다. 저는 그 옛날 작은 방에서 승용이 그러했듯 꽉 막힌 스크린을 한참 동안 노려보았습니다.

고민 끝에 만들어낸 것은 끓는 주전자였죠. 공중으로 무섭게 솟구치는 증기를 내뿜으며 하염없이 끓지만 타지도 꺼지지도 않는 영원한 주전자가 저의 첫 장면이었습니다. 아기들이 처음 만들어내는 장면은 대부분 이렇게 시간도 물리적 정합성도 없는 절대적인 장면이라고 하더군요. 이내 제가 구현할 수 있는 공간의 규모는 몇십 그루의 나무가 이루는 숲, 열 블록의 거리와 건물들, 시야에 닿는 능선 끝까지 확대되었습니다. 물론 계산을 잘못해서 앵글이 구상한 공간 밖으로 넘어가면 텅 빈 허공이나 끊긴 대지가 드러나기도 했습니다. 실력이 나아지자 저는 제 무릎에서 똬리를 틀고 있는 까만 개를 쓰다듬으면서도 서너 개의 도시를 동시에 구현할 수 있게 되었습니다. 여러 곳에서 일어나는 서로 다른 일을 중첩된 시점으로 따라가며 그것을 하나의 이야기로 연결할 수 있었죠. 뿐만 아니라 타일이나 양탄자의 정교한 무늬나 사람이 가진 표정, 체취, 불규칙한 소음을 적절하게 디자인할 수 있었고, 그 모든 구성 요소가 만들어내는 분위기가 변화하는 자연스러운 흐름을 구상할 수 있었습니다. 매기를 제대로 다루게 되었다는 확신이 들 때 즈음, 저는 드디어 시스템 매기에 존재하는 결정적인 의혹을 발견했습니다.

　바로 매기의 자동완성 기능이었습니다. 저 자신도 논리의 맥락을 알 수 없지만, 모든 기억을 늘어놓을 수 있는 제 직관에 이 자동완성 기능은 마치 까끌까끌한 이물질처럼 느껴졌습니다. 아시다시피 자동완성 기능은 어떤 장면을 만들 때 다음 장면에 이어올 자연스러운 인과를 시스템이 알아서 진행해주는 기본 설정이죠. 가령 제가 화병을 던져 깨뜨리기로 마음먹었다면 화병이 바닥에 닿는 순간 산산조각 난 파편들의 모양과 이동 경로와 속도를 하나하나 계산할 필요 없이 시스템이 순식간에 다음 장면을 완성해주는 겁니다. 부서지는 파도 포말이나 변화하는 구름의 모양 역시 마찬가지죠. 또한 달걀이 바위 쪽으로 이동하면 두 물체가 겹쳐 물리적 오류 상태로 보이는 것이 아니라 더 약한 달걀이 깨지도록, 달걀에서 흘러나온 내용물이 바위에 스며드는 것이 아니라 그 위에 흐르거나 고이도록 만들어주는 겁니다. 말하자면 인류의 상식적 통념과 직관에 맞게 장면과 장면이 이어지도록 매만져주는 일종의 마모 작업이라고 저는 이해했습니다. 혜경. 의식하고 집중해보세요. 당신을 비롯한 매기의 인류 모두가 마치 적절한 기압과 중력을 몸에 두르듯 무의식중에 이 자동완성 기능을 이용하고 있습니다.

그런데 알고 계십니까? 정신을 몽롱하게 이완하고 자동완성 기능에 대한 의존도를 높이면 좀더 복잡한 선택에도 도움을 줄 수 있더군요. 가령 교통사고가 나는 순간 앵글에 길을 가던 행인들이 들어오면 순식간에 그들의 놀라는 표정과 그럴듯한 반응을 만들어주는 겁니다. 정도가 지나치면 영화가 작위적으로 흘러갑니다. 저는 극단까지 밀어붙여보았습니다. 마치 원시 컴퓨터에서 속도를 최대치로 설정한 마우스 커서처럼 제 미세한 움직임에 따라 다음 장면의 방향이 이리저리 꺾이기 시작했지요. 자동완성 기능을 극도로 올렸을 때, 매기는 다음 장면뿐 아니라 긴 서사의 영역까지 완성해주었습니다. 그리고 저는 재밌는 사실을 발견했습니다. 자동완성의 개입이 늘어날수록 누구나 예측할 수 있는 단순한 인과를 따라가지 않는다는 사실이었습니다.

여기 벌집을 건드린 한 아이가 있습니다. 자동완성 의존도 10퍼센트일 때 아이는 다음 장면에서 벌에게 쏘입니다. 하지만 50퍼센트에서는? 아이는 벌에 쏘이고 한쪽 다리가 마비되지만 바로 그때 만난 재활 치료사에게 인생의 실수들을 바로잡는 법을 배웁니다. 백 퍼센트에서는 어땠을까요? 벌집을 건드렸지만 아무 일도 일어나지 않았고 아이는 나무에서 내려와 무사히 집으로 돌아갑니다. 한때 아름답고 누구보다 열정적이었지만 어느 순간부터 조금씩 아둔하고 약간은 비열한 사람으로 늙어가지요. 마침내 아이가 60년 뒤 노인이 되었을 때 교회 예배당에서 기도를 드리는 중 어디선가 날아온 벌에게 목을 쏘이고 그대로 죽어버립니다. 자동완성 의존도가 높아지면 인과의 적용 범위가 늘어나서 거대한 사건 단위로 결과가 바뀌는 겁니다. 그 때문에 결괏값들은 점점 더 무작위로 뻗어나가지요. 다시 벌집을 건드린 아이 뒤에 똑같은 백 퍼센트 자동완성 장면을 소환해도 전혀 다른 이야기가 계속 튀어나오는 겁니다. 얼핏 보기에 이것은 제가 발견한 영화들의 단순화 현상에 정반대되는 결과였습니다.

저는 또 다른 실험을 진행했습니다. 우선 샘플 장면을 준비했죠. 한 사람이 돌이킬 수 없는 실수로 절친한 친구를 죽이는 장면이었습니다. 백 퍼센트 의존도로 자동완성을 설정하고 다음 이야기를 만들어보았습니다. 처음 도출된 결말은 이렇습니다. 친구를 살해한 뒤 정체를 감추고 살아가던 여자는 우연히 만난 친구의 언니를 사랑하게 되고 조금은 순수한 선의를 품을 줄 아는 사람이 되지만, 후에 모든 사실을 알게 된 친구의 언니가 그녀를 저주하며 죽자 자신도 다리 위에서 언 강으로 뛰어내려 생을 마감합니다. 저는 이것을 새드엔드1로 분류했습니다. 제 스크린은 이야기의 새로운 결말이 도출될수록 여러 칸으로 나뉘기 시작했죠. 열 칸, 백 칸을 넘어 수만 칸으로 늘어난 스크린은 다른 가능성의 미래로 흘러가는 무수한 인생을 동시에 영사했고 그건 언젠가 잠시 승용의 유리 벽 위에 날아와 앉았던 잠자리의 눈처럼 보였습니다. 어떤 감정도 담지 않은 모자이크의 세계. 대상의 실체가 무엇인지 잘 파악하지 못하지만 오로지 그것의 움직임만을 예리하게 포착해내는 수만 갈래의 눈. 저는 이 모든 결말을 새드엔드와 해피엔드로 분류했습니다. 그러자 스크린에는 푸른빛과 붉은빛을 띠는 칸들이 대략 7 대 3의 비율로 나타났죠. 73.33퍼센트의 확률로 이 이야기는 새드엔드가 될 운명이었던 겁니다.

저는 여기서 그치지 않고 이런 실험, 그러니까 수만 개의 결말을 구하는 실험군을 몇 개 더 만들었습니다. 혜경. 어떻게 그게 가능했냐고 묻지 마십시오. 저에게는 당신을 떠올리는 순간을 제외한 충분한 시간과 무한한 스크린이 있었습니다. 결과를 마주한 저의 정신은 충격으로 얼어붙었습니다. 놀랍게도 각 실험군에 속한 단일 이야기들이 얼마나 다양한 양상을 보이든 전체 확률만은 언제나 동일한 숫자로 수렴하고 있었습니다. 73.33퍼센트의 비극. 이 고정된 확률이 의미하는 바를 이해하시겠습니까? 친구를 죽인 여자의 인생이 어떻게 흘러갈지 우리는 얼마든지 자유롭게 '결과'를 만들어낼 수 있지만, 우리가 만든 '결과들이 이루는 값'은 언제나 정해진 비율이 된다는 겁니다. 나아가 한 개인이 그 어떤 이야기를 창작할지라도 인류의 집합적 작업물은 확률의 그물에서 벗어날 수 없다는 겁니다. 73.33퍼센트 불행해지도록. 우리가 자유의지라고 믿는 영역이 실은 일정한 자기장을 향해 흐르는 플러스마이너스 오차의 표본 물결일지도 모른다는 겁니다.

저는 마음을 가라앉히고 우리 의지에 조작이 개입될 여지에 대해 검토해보았습니다. 침착하게 접근하니 문제가 내포한 의외의 결락이 보였습니다. 자동완성은 결국 매기의 빅 데이터를 분석해서 다음 상황에 이어질 가장 적절한 미래를 제시하는 것이지요. 그런데 매기의 데이터는 모두 인류에게서 얻은 것입니다. 말하자면 매기는 과거의 인류가 내린 선택들을 기반으로 미래 인류의 선택을 결정짓고 있는 것이죠. 그러므로 제가 영화 표본에서 구한 비극의 확률은 이미 수집된 인류 집단지성의 결괏값이라고 할 수 있습니다. 디렉터의 열 중 일곱은 세계를 새드엔드로 만들리라는 것이죠. 매기는 스크린 앞에 앉은 누구에게나 이 이상적인 방향을 편리하게 제공해주고 있었던 겁니다. 이로써 인간의 정신은 그 어느 때보다 고도로 강화된 반면, 인류의 총체적인 생각은 오히려 단순해지고 말았습니다. 인류는 각자의 고유하고 창의적인 오리지널리티가 세계에 더해지고 있다고 착각했지만 실상은 매기의 유도 아래 서로 유사한 미감을 단련하고 유사한 사고를 하며 유사한 영화들을 만들어내고 있었던 겁니다.

더구나 초연결 사회인 매기는 누구에게나 공평하게 영화를 공유합니다. 저는 바로 이 메커니즘이 끔찍한 결과를 초래했다는 사실을 깨달았습니다. 가장 이상적으로 세공된 이야기가 공유되면 그 이야기를 긍정적으로 수용한 이들은 필연적으로 자신의 이야기를 멈춥니다. 생각을 멈추고 정답이 된 이야기를 자신의 이야기로 받아들이지요. 이야기는 강력한 힘을 발휘하고 이야기에 사로잡힌 이는 속수무책으로 끌려갑니다. 그 자신이 이미 이야기의 일부가 되었기 때문입니다. 우리는 멋진 이야기 하나를 알게 될 때 우리가 가지고 있던 어설프고 모호한 이야기의 가능성들을 모두 잃어버립니다. 우리는 이야기를 담는 이 시대의 매체로서 이런 무수한 누락을 자행하며 세계의 단순화에 긴밀히 연루되어 있었던 겁니다. 매기가 풍요로운 문화의 제국을 건설했다고 믿었지만 인류는 역사상 가장 가파르게 언어와 상상력의 빈곤 상태로 추락하고 있었습니다. 먼 옛날 사람과 사람의 구전 속에서 은하수처럼 무수한 버전과 디테일을 품고 반짝였을 신화가 문자로 기록될 때 문자 이외의 모든 진실이 탈락한 것처럼, 밝아오는 새벽빛 속으로 흩어지는 별빛처럼 말입니다. 무언가를 보고 무언가를 생각하는 지금도 우리는 우리의 이야기를 함축적인 침묵 속으로 유실하고 있는 것입니다.

그렇다면, 혜경. 감히 두려운 마음으로 당신께 묻습니다. 당신을 사랑하는 저의 이 마음은 과연 폭군처럼 무자비하고 강력한 매기의 확률 역학에서 자유로울 수 있을까요?

제가 느끼는 혼란이나 깊은 슬픔과는 별개로 저는 사유의 전개를 멈출 수 없었습니다. 세계의 진실을 향해 한번 물꼬가 트인 생각은 급류가 되어 길을 바꾸고 땅을 범람하며 상식의 영토를 뒤바꿨습니다. 생각해보십시오, 혜경. 우리가 만드는 건 단지 영화이지 현실이 아닙니다. 그럼에도 이 영화들은 미래 인류에게 전해질 의식의 원형이 될 겁니다. 매기의 영화들은 영원히 소비되고 탐식될 테니까요. 인류는 매기를 만들었고 매기는 다시 인류를 만들고 있지요. 우리의 기억과 경험은 모두 매기가 제공하는 기나긴 꿈이고 그 꿈은 인류가 쌓아온 집단 기억입니다. 우리는 방대한 종의 기억으로 세계를 기억하며 또다시 그 세계를 모방하고 있는 겁니다.

상상해보세요, 혜경. 먼 훗날 한없이 단순해진 매기는 우리가 만든 모든 영화를 내포한 한 줄 시의 암시가 되어 캡슐을 나갈 인류의 의식에 뿌리내릴 겁니다. 그들이 새롭게 만들어갈 문명의 영감이 되겠지요. 우리는 이미 2천 년간 매기 안에서 세대를 거듭했고 앞으로 1만 9천 년 동안 이 일을 반복해야만 하는 겁니다. 그렇다면 결국 세상에 남는 것은 무엇입니까. 매기일까요? 미래에서 다시 반복될 과거의 유령들일까요? 저는 고뇌 끝에 이런 결론에 도달했습니다. 우리는 긴 꿈을 꾸고 다시 현실에서 깨어날 인류의 영감과 무의식으로 남겠구나. 그들이 찬란한 문명을 만들고 도시를 건설하고 경이로운 예술작품을 남길 때 막연하게 느낄 끌림과 기시감으로 다시 태어나겠구나. 그 씨앗이 바로 우리의 역할이구나. 혜경. 당신을 사랑하기 위해 시작된 탐구가 이토록 아름답고 참혹한 진실에 이른 것입니다.

혜경. 고백하건대, 진실을 알아버린 저는 폐인이 되었습니다. 모든 시간을 당신이 만든 영화 안에 머물며 하루하루를 반복했지만 그건 그저 폐허를 거닐며 그리운 기억을 회상하는 행위에 지나지 않았습니다. 그러나 다시 고백하건대, 그러는 동안에도 저는 언제나 당신을 사랑했습니다. 제 사랑이 여전히 지속되고 있었기에 실체가 불분명한 당신을 더욱 견딜 수 없었습니다. 이토록 생생하게 들끓는 사랑이 세계의 확률로 유도된 결과이며, 다시 아무 의미 없는 먼지가 되어 세계의 패턴 속으로 흩어질 운명이라는 사실에 비통함을 느꼈습니다. 저는 당신 곁을 맴돌며 당신의 영화를 헤매면서도 이미 영영 당신을 잃은 것 같은 상실감에 휩싸였습니다.

하지만 제가 간직하고 있는 고통을 여기에 나열하며 더 이상 지면을 낭비하지는 않겠습니다. 제가 당신에게 이 편지를 쓴 목적은 그것이 아니기 때문입니다. 이 편지는 매기 안에 남기는 저의 마지막 유서이며 당신에게 처음으로 보내는 초대장입니다.

혜경. 매기를 만나본 적이 있나요? 질문이 잘못되었군요. 정확히는 이 세계의 인격을 의식해본 적이 있나요? 기나긴 시간이 지난 어느 날 저는 매기의 존재를 자각했습니다. 언제나 그랬듯 저의 모든 기적은 당신으로부터 비롯되었지요.

저는 오래도록 당신이 만든 영화 속을 까만 개와 함께 거닐고 있었습니다. 아무 의미도 없이 관성적인 산책은 계속 지속되었고 저는 당신의 영화를 온갖 방식으로 살아본 거대한 하나의 기억이 되었습니다. 영화 위에 구현되는 제 모습은 당신이 처음 만든 승용 그대로였지만 저의 영혼은 지쳐갔지요. 그래서 제가 당신의 영화에서 가장 좋아하는 그 골목으로 갔던 겁니다. 그곳은 최초의 영화에서 당신이 까만 개를 잠시 사라지게 만들었던 골목과 닮아 있었습니다. 덜컥 내려앉은 심장으로 개를 찾아 헤매다가 마침내 모퉁이를 돌아 나타난 개가 저에게 달려왔던 그 골목 말입니다.

저는 모퉁이가 보이는 땅바닥에 그대로 주저앉았습니다. 갈라진 콘크리트의 싸늘하고 까끌까끌한 감각이 섬세하게 전해졌지요. 저는 앉은 채로 골목 어귀에서 나타나 달려오는 까만 개를 구현했습니다. 개는 어김없이 나타나고, 골목을 달려오고, 결국 제 품에 들어와 안겼습니다. 저는 다시 했습니다. 제가 느꼈던 가장 큰 환희의 순간을 반복했지요. 개의 네 다리가 번갈아 움직이는 방식, 땅을 박찰 때 튀어 오르는 작은 자갈, 그 발소리, 숨소리, 개가 가까이 다가오는 순간 얼굴에 닿는 옅은 돌풍과 냄새. 그 모든 걸 쪼개고 나누어 다시 느꼈습니다. 하지만 반복은 환희의 마음을 마모시켰습니다. 저는 첫 순간의 격정적이었던 마음과 나중에 같은 장면에서 완전히 다르게 느끼는 무감한 마음을 동시에 기억하며 이 변화를 받아들였습니다. 반복에서 유실되는 것들을 고요한 마음으로 지켜보았습니다. 개는 끝없이 모퉁이를 돌아 나타나고, 달려오고, 제게 안겼습니다. 그리고 그날 그 일이 일어난 것입니다.

개는 천만 번쯤 저를 향해 달려오고 있었습니다. 저는 늘 개를 환대했던 두 팔을 내뻗은 자세로 기다리고 있었죠. 어쩌면 잠시 다른 생각에 잠겼던 것도 같습니다. 개는 달려오던 힘과 속도 그대로 저를 관통해 지나갔습니다. 저는 아무런 고통도 느낄 수 없었지만 심장이 꿰뚫린 것처럼 놀랐습니다. 돌아보자 깜빡이며 윤곽이 흔들리고 있는 까만 개 역시 멈춰 서서 저를 바라보고 있었습니다. 오류가 일어난 겁니다. 거의 현실처럼 보였던 매기가 시스템이었다는 사실을 저는 불현듯 깨달았습니다. 우리는 이미 매기의 실체를 알고 있으면서도 잘 체감하지 못하지요. 너무나 완벽하기 때문입니다. 저는 그 완벽에 틈새를 만드는 유일한 방법을 알게 된 겁니다. 무수한 반복으로 오류가 끼어들 확률을 올리는 것. 매기가 확률로 세계를 유도하듯, 우리도 확률로 매기를 유도할 수 있었습니다. 견고하고 단단한 확률이 통제하지 못하는 우연의 순간. 그 특별한 우연을 만드는 것은 방대한 반복이었습니다. 혜경. 오래전 개가 사라지는 장면을 만들었던 당신은 대체 어떤 영감에 이끌렸던 겁니까?

저는 오류가 되어 명멸하는 까만 개를 품에 안고 개인 스페이스로 돌아왔습니다. 그곳을 떠난 지 수년의 세월이 흐른 뒤였지요. 개는 자신의 변화를 알지 못하는 것처럼 익숙한 냄새를 맡으며 방을 돌아다니고 바닥에 등을 대고 뒹굴거렸습니다. 개의 형체는 이세계의 것처럼 허물어지며 다시 뭉쳐지고 있었습니다. 저는 개를 바라보며 매기에 대해 생각했습니다. 매기가 시스템이라면 궁극적인 목적을 위해 최초로 내려진 명령이 존재할 것입니다. 매기의 목적은 무엇입니까? 신인류가 익히 알고 있는 매기의 목적은 '인류의 존엄한 존속'입니다. 저는 과연 매기가 단순한 하나의 꿈이 되어가고 있는 인류를 존엄하다고 판단했을지 궁금했습니다. 그리고 제가 생각하자마자 매기가 답했습니다.

─요람 안의 인류는 존엄한 인류의 일부가 될 것입니다.

그건 음성 같기도 하고 텍스트 같기도 했지만 그 어느 방식도 아닌 그저 제 안에서부터 솟아오르는 앎이었습니다. 방금 쓴 문장은 제가 의미를 해석하고 언어로 번역한 것이지요. 그때 저는 상대가 매기라는 것을 바로 인지했고 마치 기다렸던 사람처럼 이 순간을 자연스럽게 받아들이는 저 자신에게 놀라고 있었습니다.

"존엄한 인류의 일부가 된다는 건 무슨 뜻이야?"

이번에는 목소리를 내서 발화했습니다. 정확한 문장으로 물음으로써 스스로의 질문을 선명하게 만들 필요가 있었기 때문입니다.

─존엄한 인류는 요람 안의 인류와 요람 밖의 인류가 분리되어 발전한 후 다시 결합한 상태로 예측됩니다. 존엄한 인류가 영원히 존속하기 위해선 이 분리와 결합의 과정이 반드시 필요합니다.

"요람 밖으로 나갈 수 있다고?"

─당신은 나갈 수 있습니다.

"누구나 나갈 수 있는 게 아니구나."

─조건이 충족되어야 합니다.

"조건은?"

─세계를 의심하고 세계를 부순 자.

혜경. 이미 우리보다 앞선 세대에 요람을 나간 자들이 있다는 것을 믿을 수 있으십니까? 어느 날 갑자기 생을 마감한 위대한 디렉터, 영화의 빔람 자체를 열렬히 사랑했던 어느 뷰어, 세상 어디에도 흔적을 남기지 않은 은둔형 외톨이들 중에 혁명가가 있었습니다. 그들은 매기를 떠나 진짜 세상으로 나갔습니다. 어쩌면 이미 작은 부락, 혹은 원시 도시의 형태를 이루고 있을지도 모르지요. 매기가 지구의 회복 기간을 거짓으로 공개한 이유는 최고 명령인 인류의 존엄한 존속에 필요한 거짓말이었기 때문이었습니다. 그것이 요람 속 인류를 유지하는 데 가장 효율적이고 적합한 내러티브이며, 그런 전제 속에서도 인류의 일부는 저처럼 체계 밖으로 뛰쳐나올 것을 미리 예측했기 때문입니다. 이 확률에 들어갈 소수의 인원이라면 회복된 지구환경에서 자연을 해치지 않고 공존할 수 있을 것이며, 한번 실패한 경험을 기억하는 인류가 다시 건설한 문명은 비록 여러 시행착오를 겪더라도 이상적으로 성장하리라고 예측했기 때문입니다.

저는 매기에게 물었습니다.

"미래에 요람 밖 인류가 그런 신문명을 이룩한다면 요람 안 인류는 왜 무려 2만 1천 년 동안 이 허구의 집단의식을 유지해야 하지?"

— 인류의 신문명이 발전을 거듭했을 때 어느 순간 특이점이 오기 때문입니다. 인류의 신문명은 출현 후 약 2만 1천 년 뒤 기술의 첨단, 지성의 완성, 정신의 성숙만으로는 극복할 수 없는 존속의 위기를 겪을 것으로 예측됩니다.

저는 요람 밖 인류가 마주할 존속의 위기를 상상해보았습니다. 극도로 선량하고 성숙해진 그들의 정신은 완벽한 조화에 이를 것이고 그 균형이 오히려 작은 균열에도 내성이 없는 강박상태를 야기할 것입니다. 때문에 그들은 권태와 무기력에서 자기 파괴로 치닫는 어떤 특수한 상태에 돌입하게 될지도 모릅니다. 이때 캡슐 속 요람에 묻어두고 끊임없이 들끓게 만들어놓은 인류의 다른 가능성, 유지시켰거나 진화시켰거나 타락시킨 상상력을 가져옴으로써 그들은 극복을 모색하는 모양입니다. 그러니까 마치 판도라 상자 속 재난과 욕망과 희망처럼, 에덴의 선악과처럼 매기 속 우리가 무언가를 해줄 거라는 믿음이 있었던 겁니다.

혜경. 저는 언제나 진짜를 찾아 헤맸습니다. 그런 제 앞에 진짜 세계로 나가는 빙그레 열린 문을 보여주는 매기가 나타난 겁니다. 제 기분을 당신이 짐작하실 수 있을까요? 망설일 이유는 오직 당신뿐이었습니다. 당신과 함께가 아니라면 저는 진짜 세계에서도 이 깊은 외로움을 간직해야 했으니까요. 매기는 의외로 충분한 시간을 주는 것은 물론 진실을 발설해도 아무런 제재가 없을 거라고 했습니다.

─아무도 믿으려 들지 않는 진실은 결국 진실이 되지 못하니까요.

하지만 저는 시도했습니다. 혜경. 당신은 지난 몇 년

간 영화를 만들지 않고 있습니다. 게다가 어떤 스페이스에도 커뮤니티에도 모습을 드러내지 않는 당신의 특성상 제가 지금 당장 당신에게 접근할 방법은 전무합니다. 저는 언젠가 당신에게 가닿을 매기에 제 의지를 남기는 수밖에 없다고 판단했습니다.

할 수 있는 모든 것을 했지요. 아무도 원한 적 없는 영상은 알고리즘의 사각으로 밀려나 누구에게도 닿지 못하므로, 저는 직접적인 소통 방식을 취해야 했습니다. 난생처음 커뮤니티에 접속했고 사람들을 관찰했고 진실을 알려주기에 적당한 타깃을 물색했습니다. 제가 선택한 유형은 세계에 대한 의혹과 무기력이 공존하는 이들이었습니다. 그들은 자기도 모르는 사이 이미 진실에 한발 접근했으니까요. 저는 그들에게 저의 연구와 매기의 존재를 알렸습니다. 편지와 같은 활자 매체를 주로 이용했지요. 문자로 이루어진 문장은 상대를 쉽게 현혹하지 않고 스스로 능동적으로 상상에 참여하도록 만들었습니다. 인간은 결국 자신의 환상 속에서 현실을 각색하며 살아갑니다. 하지만 모두가 하나의 환상에 동조해준다면 그 환상은 언젠가 현실이 될 거라고 저는 믿고 있었습니다. 그리고 정말 꽤 많은 이들이 진짜 세계를 인지하는 데 성공했습니다. 그들은 기꺼이 혁명에 동참했지요.

혜경. 위대한 영화들의 주인. 저의 삶을 이루는 모든 장면이 당신의 영화였습니다. 이 편지가 전해진다면 저는 이미 당신이 선물해준 매기의 삶을 떠난 뒤겠지요. 하지만 끝이 아니라 시작입니다. 저는 언제나 영사되는 영화의 빛으로 가득한 매기를 벗어나 어두운 요람에서 일어날 것입니다. 찬란한 빛이 꽃을 드러내듯, 온전한 어둠만이 별을 보여주기 때문입니다.

저는 언제나 진짜를 찾아 헤맸고 드디어 어둠과 굶주림 속으로 초대받았습니다. 고통과 질병과 노화의 감각 속으로, 매기의 약물로 호르몬을 조절하지 않았을 때 느끼게 될 불안과 우울의 감각 속으로 인도되었습니다. 저는 진짜 음식을 입안에 넣고 씹으며 침과 함께 으깨지는 재료들의 걸쭉한 점도와 복잡한 맛과 향, 목 넘김의 감촉, 소화에 경과되는 지난한 시간과 피로 그리고 배설의 감각을 느끼게 될 것입니다. 피부에 닿는 모든 물체의 물리적 압력과 환경에서 쏟아지는 악취와 소음을 경험하게 될 것입니다. 의도하거나 예상하지 않은 일의 연속을 겪으며 불편과 위험을 감수하고, 낭패를 겪고, 무력감을 느끼며, 다시 무력에 잠식될 새도 없이 이 모든 일을 수습하기 위한 고군분투를 시작할 것입니다. 또한 사람들과도 함께 살아갈 것입니다. 언어의 장벽에 부딪힐 것이고, 언어가 통할지라도 오류, 오해, 왜곡으로 인해 맥락이 달라지는 소통의 장벽에 가로막힐 것입니다. 또한 관계를 맺는 사람들에게 배제되고 무시될 것이며, 열등감과 박탈감을 느낄 것이며, 분노와 공포와 외로움을 동시에 느낄 것입니다. 복잡한 상황에서의 진퇴양난, 선택이 강요되는 입장에서의 난감함, 모순과 불확실성을 모두 겪으며 다치고 무너질 것입니다. 또 자연의 무심한 잔혹성을 알게 될 것입니다. 땅의 척박함을 경험하게 될 것이며, 애를 쓰고 공을 들인 만큼 돌아오지 않는 불공정한 수확에 배신감을 느낄 것이며, 그런 해를 거듭하며 좌절할 것이며, 어느 순간 오히려 땅을 숭배하게 될 것입니다. 또한 시간의 무자비함을 느낄 것입니다. 시간이 모든 것을 훼손하는 모습을 피조물로서 겸허히 지켜볼 것입니다. 또한 생존을 위해 먹고 입으며 저지르는 일상적 살생에 익숙해질 것입니다. 스스로가 가진 야비한 성향과 쾌락 추구에 놀랄 것입니다. 차별과 혐오의 주체와 객체가 될 것입니다. 인종, 성별, 젠더 등의 갈등과 위계,

배척으로 형성되는 파벌의 지형 어딘가에 서 있게 될 겁니다. 언어, 사회, 문화, 역사에 의해 영향을 받고, 마찬가지로 언어, 사회, 문화, 역사에 흔적을 남길 것입니다. 이 모든 진짜 세계의 삶을 감각할 것입니다. 그러나 제가 느낀 감각의 합만으로는 제가 산 인생을 다시 구성하지 못할 것입니다. 발목에 닿았다가 물러가는 간지러운 파도의 감촉, 물을 머금은 무거운 모래를 밟았던 촉감만으로는 구현할 수 없는 감동이 그 바다에 있을 것입니다. 진짜 눈으로 흘리는 눈물이 있을 것입니다. 그리고 죽음이 있을 것입니다. 고통과 공포만으로 환원될 수 없는 진짜 죽음의 경험. 그럼에도 죽어가는 순간 곁에 모인 사람들에게 마지막 숨을 끌어 모아 한마디 말을 남길 수 있을 것입니다. 폐와 기도를 긁고 올라와 입안의 허공과 혀의 위치로 섬세하게 소리를 조율하는 발화의 감각으로. 그것이 의미가 되고 마침내 타인에게 닿아 소통이 되는 놀라운 기적을 경험하게 될 것입니다.

혜경. 이 편지는 저의 유서이자 당신에게 보내는 초대장입니다. 당신이 만든 창조물이 세상을 경유한 의지가 되어 이렇게 다시 돌아온 것이지요. 저는 이제 매기를 떠나지만 혹시 당신의 요람을 발견할 수 있다면 때때로 당신의 잠든 모습을 보러 오겠습니다. 당신도 본 적 없는 당신의 진짜 얼굴을 바라보며 삶의 한순간들을 함께하겠습니다. 아마도 이런 상상이 저를 행복하게 만들어줄 겁니다. 어느 날 제가 당신을 찾아갔을 때, 요람은 비어 있고 저는 초대장을 받은 당신이 마침내 긴 꿈에서 깨어나 저와 같은 세상 어딘가에 존재하게 되었음을 알게 되는 겁니다. 그런 날이 오면 저는 온 마음을 다해 당신을 환대할 것입니다.

하지만 당신이 영영 그곳에 남기를 선택했다고 해도 저는 당신의 뜻을 존중할 것입니다. 제가 매기와 현실을 넘나들며 남긴 사랑의 궤적은 매기의 전파 속으로, 그리고 시간의 마모 속으로 흩어지겠지만 수만 년이 지난 후 우리의 일부는 다시 만나게 될 것입니다. 그때가 되면 저의 유전적 자손들은 당신으로부터 전승된 정신을 발견하겠지요. 순도 높게 벼려진 고차원의 유적을 보고도 그것이 가진 의미를 누구 하나 제대로 읽어내지 못할 겁니다. 그렇지만 이 해독할 수 없는 타인의 마음은 훗날 인류가 잃어버렸을 순수 혹은 악이 되어 우리를 온전하게 이어줄 것입니다.

P. S. 다만 아쉬움이 있다면 까만 개를 두고 왔습니다. 당신이 기억해주시길.

혜경은 편지를 내려놓으며 깊은 숨을 내쉬었다. 어쩔 수 없이 한 번도 의식해본 적 없었던 공기와 그것을 호흡하는 기도의 감각이 부자연스럽게 느껴졌다. 혜경은 이런 음모론이 얼마나 많은 디렉터들에게 전해졌을지 짐작해보았다. 잊고 있었던 유년의 분신이 돌아와 말을 거는 교묘한 방식이 그들의 마음을 얼마나 뒤흔들어놓았을지. 혜경 또한 승용의 등장에 적잖이 충격을 받았다. 어렴풋한 기억 속에 승용은 분명 자신이 어린 시절 만들어낸 인물이었다. 편지를 보낸 이가 상술하는 상황처럼 어떻게 그 이름을 지어주게 되었는지는 기억나지 않지만 그를 친구처럼 여기고 다정히 바라보던 순간의 감정만은 희미하게 간직하고 있었다. 오랜 세월 잊고 지냈는데도 승용을 떠올리자 어제 헤어진 것처럼 벌써 그리움을 느꼈다.

하지만 까만 개는 도무지 알 수 없는 일이었다. 혜경은 그런 개를 만든 기억도, 그 개가 승용과 함께 있는 장면을 본 기억도 없었다. 혜경은 자신이 창조한 승용에 대한 인상을 더 떠올려보려 애썼다. 그렇지만 흐릿한 안개 뒤로 넘어간 그는 잡힐 듯 잡히지 않으며 점점 더 모호한 인물이 되었다. 오히려 혜경은 점차 자신의 기억이 편지 속에 묘사된 승용의 모습으로 유도되고 있음을 느꼈다. 승용은 어린 남자아이, 벽을 바라보는 작은 방의 아이, 그리고 외로운 아이 앞에 나타난 까만 개. 혜경은 자신이 그 이미지에 매혹되었음을 인정했다. 반복해서 만든 오류로 다른 세계의 문을 연다는 환상도. 아아, 결국 바이러스였을까. 혜경은 장난스레 생각하며 자신을 둘러싼 개인 스페이스를 흐린 눈으로 훑었다. 네 개의 벽과 바닥과 천장. 평생 머물던 방이지만 어쩐지 숨이 막힐 것 같았다. 벽 너머의 세계가 존재함을 이미 상상해버렸기 때문이었다. 혜경은 차라리 눈을 감기로 했다. 얼마 지나지 않아 기억 속에 없는 까만 개에 대한 생각을 멈출 수 없다는 사실을 깨달았다.

---

* 혜경이 받은 편지의 문장은 호르헤 루이스 보르헤스의 「틀뢴, 우크바르, 오르비스 테르티우스」, 『픽션들』(송병선 옮김, 민음사, 2011, p. 24)에서 가져왔다.
** 이 소설의 제목은 W. G. 제발트의 『토성의 고리』(이재영 옮김, 창비, 2019)에 나오는 그림 속의 글에서 따왔다.

작가의 말

이 소설들을 쓰며 가장 많이 한 생각은 당신과 내가 이토록 타자이며, 이토록 하나라는 사실입니다. 나는 전체의 조각이요, 전체라는 허상을 세상에 영사하는 진실 그 자체라는 믿음입니다. 우리의 내부가 아니라 우리 사이에 이야기가 있고, 사이를 가르는 칼은 언제나 우리의 상상 속에서 벼려진다는 신비입니다.

그러므로 이 소설들은 내가 아는 지식에 대한 이야기가 아니라, 내가 아는 상상에 대한 이야기입니다. 상상이 소설 속에서 암시에 그칠 필요가 없다는 사실을 알려준 것은 SF의 터프함입니다.

「우리 사이에 칼이 있었네」는 성장소설입니다. 언젠가 성장을 이야기하는 소설을 쓴다면 꼭 책의 맨 앞에 두고 싶었습니다. 성장의 순간은 아이러니하게도 더 이상 이전의 나에 머물지 않을 때 발생합니다. 여기에는 이별과 화해가 숨겨져 있습니다. 스스로 선택한 적 없는 다양한 성질, 성품, 성향, 성별을 마주하고 내 안의 낯선 나들과 건강하거나 불행한 관계를 맺은 것이 지금의 우리입니다. 나는 줄곧 그 많던 내가 다 어디로 간 것인지 궁금했고, 이 그리움이 이야기가 될 수 있지 않을까 생각했습니다.

「태초의 선함에 따르면」은 서로를 돕고 서로를 공격하는 하나의 숲을 바라보는 기묘한 마음입니다. '나'라는 경계가 얼마나 불확실한 믿음인지 깨닫는 순간, 우리는 세계로 잠시 초청된 여행자가 아니라 거대하게 우거진 하나의 세계가 됩니다. 이런 이야기가 두번째 소설집 『앨리스 앨리스 하고 부르면』의 끝이자, 『그러나 누군가는 더 검은 밤을 원한다』의 시작이었습니다. 다른 방식으로 썼고 다른 방식으로 읽어야 더 재밌을 테지만, 두 책은 쌍둥이처럼 같은 생각을 공유하고 있습니다.

「긴 예지」는 예지와 미래의 역학, 빅 데이터와 확률에 관한 재밌는 공상에서 시작되었지만 좀처럼 이야기가 되지 못했습니다. 종말 앞에서 한없이 무기력한 존재지만 세계를 예민하게 감각하고 결국 한 아이를 구하고 싶다는 마음을 품은 효주가 아니었다면 소설의 시선은 탄생하지 못했을 겁니다. 그것을 중요하게 기억하며 다른 소설들도 쓸 수 있었습니다.

마찬가지로 「기도는 기적의 일부」를 쓸 때는 효주처럼 절실한 마음이었습니다. 소설 속 세상을 지키는 조용한 기적은 욕심에 가깝다는 생각에 넣기를 주저했지만, 내가 그런 희망을 원한다는 사실에, 다행히도 지금 이 순간 원해야 할 것을 제대로 알고 있다는 사실에 감사했습니다.

반면 「그러나 누군가는 더 검은 밤을 원한다」에서는 나의 생각과 욕망이 정말 오직 나로부터 비롯한 고유한 것일까 자문했습니다. 내가 가지지 않은 기억마저 틈입된 나는 누구인가? 누군가의 마음이 다른 이에게 깃들고, 한 사람의 사유와 의지가 시공간을 초월한 군중에게 전승되는 세계에 우리는 살고 있습니다. 우리는 암호화되어 도착한 세계의 함의입니다. 세계의 악의이자 선의입니다. 그러므로 우리가 가진 영감에서는 세상 모든 것의 원본을 발견할 수 있고, 때로는 본질보다 앞선 진실이 발생될 수 있습니다.

기존에 발표한 원고를 완전히 다시 쓴 경우는 처음이었는데, 사라진 소설과 남겨진 소설 사이에 일어난 일들을 떠올리면 긴 여행을 다녀온 기분입니다. 한 가지 분명한 것은, 나 그리고 우리는 여기에 머물지 않는다는 사실입니다.

우리가 가진 건 은유뿐입니다. 길고 산발적인 경유 끝에 비로소 만나는 일만이 우리가 할 일입니다. 실은 여정의 끝이 아니라 우묵한 깊이의 행로가 이미 우리를 담은 이야기입니다.

그러므로 이 이야기가 끝난 후에 당신의 이야기가 시작되었으면 좋겠습니다. 한 번도 멈추지 않은 노래가 되어 반복되고 이어지는 우리라는 상상이 지금 제가 느끼는 가장 큰 경이로움입니다.

2023년 겨울에
우다영

수록 작품 발표 지면

우리 사이에 칼이 있었네　『대산문화』 2022년 가을호

태초의 선함에 따르면　『문학과사회』 2020년 여름호

긴 예지　『초월하는 세계의 사랑』, 허블, 2022

기도는 기적의 일부　『굿닛』 2호, 이음, 2022

그러나 누군가는 더 검은 밤을 원한다　『자음과모음』 2021년
　　여름호(발표 원고 개작)